通往诗学的交叉小径

王永　著

燕山大学出版社
·秦皇岛·

图书在版编目（CIP）数据

通往诗学的交叉小径 / 王永著. —秦皇岛：燕山大学出版社，2019.1（2026.1重印）
ISBN 978-7-81142-454-6

Ⅰ. ①通… Ⅱ. ①王… Ⅲ. ①诗学－中国－当代－文集 Ⅳ. ① I207.2-53

中国版本图书馆 CIP 数据核字（2018）第 297166 号

通往诗学的交叉小径

王　永著

出 版 人：陈　玉
责任编辑：张　蕊
封面设计：赵小雨
出版发行：燕山大学出版社 YANSHAN UNIVERSITY PRESS
地　　址：河北省秦皇岛市河北大街西段 438 号
邮政编码：066004
电　　话：0335-8387555
印　　刷：廊坊市印艺阁数字科技有限公司
经　　销：全国新华书店

开　　本：700mm×1000mm　1 / 16　　印　　张：20.25　　字　　数：300 千字
版　　次：2019 年 1 月第 1 版　　印　　次：2026 年 1 月第3次印刷
书　　号：ISBN 978-7-81142-454-6
定　　价：78.00 元

序一

吴思敬

王永给他的第一本诗学著作起了一个引人遐思的书名：《通往诗学的交叉小径》。这里，“诗学”是目标；“小径”是通往目标的途径，让人不由地想起马克思的名言：在科学上面没有平坦的大道，只有不畏劳苦沿着陡峭的山路攀登的人，才有希望达到光辉的顶点；“交叉”则是指打破学科界限，因为许多学问的生长点，恰恰就在这交叉之处诞生。翻开这本书，我似乎也在沿着一条崎岖的交叉小径行走，能看到王永在这条小径上攀登的身影，并为他在行进中不断采摘到的鲜艳的果实而感到欣慰。

这本《通往诗学的交叉小径》，分成诗人研究、诗作细读、著作评论、诗学翻译四辑，从中能大致看出王永这些年诗学研究的进程与取向。

“诗人研究”是占这本书比重最大的部分，也正是王永步入诗歌研究道路以来着力最多的一块。王永属于学院出身的青年评论家，基本功扎实。他选取评论对象不是随意的，不是小圈子的，不是以我划线的，而是站在诗歌史的高度来观照对象，因而他所写的都是当代诗歌史上的有分量的重要诗人，既有何其芳、艾青、郑敏、邵燕祥、张志民、灰娃这样的老诗人，又有北岛、林莽、海子、陈超这样的朦胧派诗人和第三代诗人，对当代青年诗人的评论则集中在慕白、冯娜、王单单、张二棍等首都师范大学驻校诗人身上，这与王永博士出身于首都师范大学，与这些驻校诗人互相了解有密切关系。在研究方法上，他坚持美学的观点和历史的观点相统一的原则，并从人文与自然等多种学科中汲取某些新的观念，拓展观照诗人的视角与思维空间。特别是他在借鉴中国“知人论世”文学批评传统的基础上，引入了传记批评的方法，在批评具体的文学现象的时候，不仅着眼于文学现象自身，而且着眼于诗人其人。收在文集中的第一篇《何其芳与艾青之争辨析》，写的是20世纪30年代末，由何其芳的《画梦录》引起的何其芳与艾青的一场争论，这无论在当时，还是在文学史上都成为一个受人关注的话题。作者写这个题目时引证了大量有关何其芳与艾青的传记材料，并作出了自己的独立判断。这种写法，坚持把诗歌现象置于一定的历史范围内，避免孤立地、静止地看待文本，而是以一种开放的胸怀，从文化传统、时代要求、诗人特殊的生活阅历和审美情趣等方面对其进行全面系统的考察，审慎地作出判断，这样得出的结论自然令人信服。

“诗作细读”，也是王永多年来致力耕耘的一个方面。中国诗歌作品的品评，在古代是放在诗话、词话中去的，进入20世纪以后则以“诗歌欣赏”“诗歌赏析”等文体形式呈现。“细读”这一名目，出现于20世纪80年代，源于英美新批评(new criticism)中的细读(close reading)。在新批评以前，英美文学研究主要多为传记批评或印象批评，偏重研究文学的外部因素，缺少对文本本身的关注。新批评的领军人物艾略特在《传统与个人才能》中提出，“将兴趣由诗人身上转移到诗上是一件值得称赞的企图：因为这样一来，批评真正的诗，不论好坏，可以得到一个较为公正的评价”，“诚实的批评和敏感的鉴赏，并不注意诗人，而注意诗”。[①] 新批评的理论主张抛开作者本身及其历史背景，将作品视为单独的存在，称之为文本(text)，进而把文本作为语言的有机体进行阐释与分析。李欧梵先生在《新批评》的“总序”中提到：“新批评最大的贡献就是提供了一种‘文本细读’(close reading)的方法，从诗歌到小说，逐渐形成了一套理论，当时几乎所有英文系的教授和学生都奉之为规范。”[②] 尽管20世纪50年代后期，“新批评”在英美开始衰落，但对于80年代改革开放的中国而言，包括“文

① 王恩衷：《艾略特诗学文集》，国际文化出版公司，1989年，第8页、第4页。
② [美]约翰·克罗·兰色姆：《新批评》，王腊宝、张哲译，江苏教育出版社，2006年，第5页。

本细读”在内的新批评理论还是新的。兰色姆在《新批评》这部书的“前言”中，曾引用过R.P.布莱克墨对艾米莉·狄金森的一个诗节的批评：

抛开	Renunciation
是一种铭心刻骨的美德	Is a piercing virtue
放下	The letting go
一种期待的存在——	A presence for an espectation——
不是现在	Not now

这里所用的词语都简单平实，都是我们常用的词汇。仅renunciation一词属于一个特殊的经验类别，或者说集中体现了一种特定的态度，平日里，我们总是竭力排斥这种经验和态度。我们知道是怎么回事，我们知道它会以英雄主义或虚伪或感伤的面目出现，而我们总是对它置之不理，而会在震撼之余立刻作出反应。只有piercing一词直接地涉及肉体，我们遇上piercing的事不会置之不理，而会在震撼之余立刻作出反应。piercing给人带来的震撼把一个语法赘述变成一个隐喻意义上的同义重复，它提出并建构起一种共通性：由于piercing一词的作用，在renunciation和virtue之间突然建立起一种活生生的内部联系，这一短语由此溢彩流光。①

兰色姆所引的这段对狄金森的评论，可看成新批评的一个范例。把这段文字引在这里，对照一下，大略可以让我们看出王永细读方法的由来，以及他不同于新批评细读的一些突破。

王永的诗作细读，借鉴了新批评的细读理论对审美独立性的强调，突出对诗歌的心灵感受，但没有绝对地排斥知人论世，而是联系作者身世与社会背景，对诗歌文本作出有独立见解的阐发。

①［美］约翰·克罗·兰色姆：《新批评》，王腊宝、张哲译，江苏教育出版社，2006年，第2~3页。

这种细读方式可以以《朝圣者的灵魂——读〈当你老了〉》为代表。他的细读先讲了叶芝与茅德·冈那段刻骨铭心的爱情：1889 年，叶芝与美丽的女演员茅德·冈相识，这位女演员又是爱尔兰争取民族自治运动的领导人之一，叶芝对她一见钟情，多次求婚，未能如愿。后来，茅德·冈嫁给了一位爱尔兰军官，痴情的叶芝仍然对她念念不忘。在这位军官牺牲后，叶芝又向茅德·冈求婚，但仍然遭到了拒绝。这强烈的爱与失爱的痛苦长久地埋藏在叶芝的心底，最终升华为包括《当你老了》在内的一首首动人的诗篇。很明显，这样的叙述正是借鉴了传记批评的方法。

接下来，作者转入对叶芝此诗文本叙述方式的解读："这首诗的新异之处，体现在诗人没有采用第一人称抒情，甚至全诗都没有出现一个'我'字，而处处在说着'你'，诗人对'你'的念念不忘溢于言表；同时，这首诗的别出心裁还体现在对于时间的虚拟，也就是跳脱于当下的现实，而转入未来的时空，这在叙事学上也称作'预叙'。我们可以想象，设想自己心仪的美人老态龙钟、满脸皱纹并不是一件令人愉快的事，但同样我们可以想象，诗人当时需要这样做，否则就不足以平衡意中人别有怀抱带给他的巨大心理创痛。"这样的解读无疑是在技艺层面上展开的。进而王永又对诗人使用的意象进行分析："诗歌的第一节中有两个意象'炉火'和'诗歌'，如果我们细细体味，会领悟到二者之间有一种彼此影射的关系——炉火是提供温暖之物，而诗歌中同样有着诗人炙热的真情。由第一行的'睡意昏沉'（'full of sleep'）自然引出了第三行和第四行的'回想'（'dream'）——由此我们也可以看出，把'dream'译作'回想'的不尽如人意之处。这里有着奇妙的时空关系，看似是从现在回想过去，其实是从将来回想现在。"以下王永对叶芝诗歌的分析不再引述，即从所引这一小段当中，也可以看出王永对叶芝诗歌文本所做出的深微、细腻的解读了。最后，作者又引用了 16 世纪的法国诗人龙萨所写的一首《当你老了》的同题诗，指出这两首诗"有明显的互文性，但龙萨表达的无非是'有花堪折直须折，莫待无花空折枝'的及时行乐的主题，与叶芝诗中的谦卑、忠贞、圣洁的爱情有着境界的差距”。这里运用的是比较的方法，不仅拓展了读者的眼界，而且引导读者把对叶芝诗歌的理解提升到一个更高的境界。

此外《“毕肖普”的启示》一文，也颇能代表王永细读的风格。伊丽莎白·毕肖普（Elizabeth Bishop），是美国最重要的现代女诗人之一。《毕肖普》是诗人兼诗评家陈超写毕肖普的一首诗。《“毕肖普”的启示》则是王永对陈超这首诗的细读。这篇细读先对毕肖普的其人其诗作了概括性的评价：“毕肖普的诗歌创作可以说是‘个人写作’，她从不追求‘时代精神’，追随诗歌流派，追慕大众趣尚，所以在当时诗歌流派的理论风起云涌的美国诗坛上，她更像是一只不起眼的在她的诗中经常出现的‘鹭鸟’。”这自然是带有传记批评的成分了。在此基础上，他把陈超的诗论与他的《毕肖普》一诗对照起来进行解读。他认为陈超的诗体现了在丰富阅读基础上产生的对诗人的“渴慕”，同时也是“以诗论诗”的一个文本，而这样的诗不仅融入了诗评家对诗的理解，而且有着现实的针对性。接着王永又联系20世纪80年代中国的诗歌思潮，对此诗的意义加以阐发，从而使这篇细读文字带有更浓烈的理论色彩，不只是讲解一首诗，更像是针对当下诗坛的一个发言了。

著作的最后两部分是“著作评论”和“诗学翻译”。王永理论思辨能力很强，对诗学理论有着浓厚的兴趣，一直在追踪着当代诗学理论的进展，这本集子最后两辑中所收的评论诗歌理论著作的文章以及他的诗歌翻译作品，可看作是他的牛刀小试。相信以此为基础，他诗学研究的领域会有进一步的拓展，他行进的诗学小径也会越走越宽广。

2018年10月4日于北京花园村

序二

张立群

同门师弟王永博士的新作即将出版，邀我为其作序，自是欣然接受。他将自己的著述命名为《通往诗学的交叉小径》，不由让人联想到博尔赫斯的名作《交叉小径的花园》。那是一座关于时间主题的迷宫，引人驻足思索，而在此刻，王永只是将交叉小径的镜头切换到诗学角度并向其迈进，自然会在字里行间呈现不一样的风景！

很早就知道王永写有很多文字，很早就知道他曾翻译过许多国外诗人的作品，但由于此次结集的“路径”繁多且已行进至“诗学翻译”领地，所以，在阅读之余，还是会产生出乎意料的惊喜。无论是17篇“诗人研究”、14篇“诗作细读”，还是9篇“著作评论”，王永的文字给人留下的首要印象就是沉实与稳重，而后则是新颖的角度和发现的能力。“文如其人”历来是形容文章风格与作者性格相似的成语，用其来形容王永的人与文也并不过分。像生活中的本人一样，王永的文章风格朴实而通透、文字具体而简练，不事张扬、不轻言褒贬。在“诗人研究”方面，他或是通过有力的实证探究问题，或是以印象式的评价揭示创作之要义。在“诗作细读”方面，王永有自己独立而又独特的鉴赏品位，他经常可以在别人很少关注的诗行中发现问题；而在此过程中，他在诗歌细读方面的分析能力和积累的经验又使其分析常常获得独到的发现。在“著作评论”方面，他选取名家新作和力作，从写作者的立场和态度入手，既关注其理论建构价值，又注意其文本的整体性和艺术性。著作最后一部分是“诗学翻译”，尽管此次只收入了美国新批评理论家克林思·布鲁克斯的两篇文章《诗歌传达什么？》《丁尼生诗中哀泣者的动机》和美国当代著名诗人、有“新超现实主义”之称的詹姆斯·赖特的诗选，但这些堪称全新的译介，却显示了王永在诗歌研究领域中的“另一种才能”：译诗和译文特别是理论文章的翻译，不仅要了解翻译对象的意义、价值以及新意，而更为重要的是对翻译者本人的外语水平、理论素养和诗歌素养提出更高的要求。翻译是诗歌研究者王永综合能力的集中体现：一手批评与研究，一手翻译并和前者相互融合、促进，这种能力据我所知在当代诗歌研究界是不多见的！

如果说《通往诗学的交叉小径》的结构已呈现王永理解诗歌、研究诗歌、热爱诗歌三条重要的线索，那么这些线索正如“交叉小径”一样，彼此相通但又各自独立。王永以空间结构的方式将其置于这本书中，宛如现代都市中的立体交叉桥，它们各自独立又可能在不远处交汇并可以延伸出无限的可能，而王永正是这种可能的制造者和亲历者，并在沉稳前行的途中描绘出一个又一个点、线、面相交织的风景。为此，我们不仅需要领略，还需要有对未来的期待！

2018 年 9 月于沈阳

目录

第一辑 诗人研究

第二辑 诗作细读

第三辑 著作评论

第四辑 诗学翻译

第一辑
诗人研究

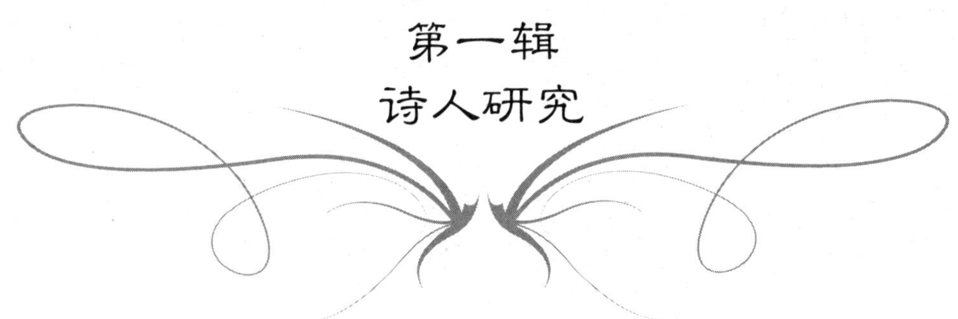

何其芳与艾青之争辨析

回顾中国新诗史，我们发现何其芳与艾青有着许多相同之处：同样是在1936年出版处女诗集，在20世纪30年代赢得诗名，同样是在周作人“附逆”之后发出愤激之声，同样是在中国新诗史上留下了脍炙人口的诗章，——还有，后来同样成为中国诗坛的卓然大家。当然，二人的个性、成长、读书、经历以及后来形成的诗学主张和理想等方面又存在着很大的差异。艾青是心神健旺的“吹芦笛的诗人”（胡风语）、“时代的号手”（高行健语），而何其芳则在《燕泥集后话》中自述：“我是芦苇，不知那时是一阵何等奇异的风吹着我，竟发出了声音。风过去了我便沉默。我不愿我成为一管笛子或一只喇叭。”（按，引自2000年河北人民出版社《何其芳全集》第一集。这句话在各个选集中被不断地删改，在四川文艺出版社1986年版的《何其芳研究专集》里，最后一句竟“失踪”了。）正是这些差异造成了何艾之争。本文用意不在对何艾之争进行介绍，而在于由此管窥诗人在论争背后的心态和精神处境。

《画梦录》引起的何艾之争

20世纪30年代末，由何其芳的《画梦录》引起的何艾之争，无论在当时，还是在文学史中都成为一个受人关注的“事件”，并且，这次“交恶”直接影响了二人在延安时的关系。

《画梦录》，1936年由文化生活出版社出版，共收何其芳1933年到1935年间所写的散文17篇，第二年5月因“独立的艺术制作”“超达深渊的情趣”而获得《大公报》的文艺奖金。此后不久，因诗集《大堰河》的出版而获得朱自清、胡风等重量级评论家赞赏的艾青写了《梦·幻想与现实——读〈画梦录〉》一文，这篇文章对何其芳的《画梦录》提出了尖刻的批评，认为它里面“美丽得像患上了肺结核的少女般的句子”在苦难的现实面前只是“梦的记录，幻想的记录”，并指斥“何其芳有旧家庭的闺秀的无病呻吟的习惯，有顾影自怜的癖性，辞藻并不怎么新鲜，感觉与兴趣都保留着大观园小主人的血统，他之所以在今日还能引起热闹，很可以证明那些旧精灵的企图复活，旧美学的新起的挣扎，新文学的本质的一种反动”。此文完成之后，艾青读到了何其芳《刻意集》中的篇什，他发现何其芳“寂寞的灵魂在摸索的中途找到了可喜的转机”，现在已能用“带着愤怒的眼睛注视这充满了不幸的人间，而且向这制造不幸的人类社会伸出了拳头”。艾青认为这是“好消息”。《梦·幻想与现实———读〈画梦录〉》以及附记的“好消息”和交代文章发表经过的“一点说明”，1939年6月在茅盾主编的《文艺阵地》第三卷第四期上发表。1939年12月10日，从前线回到“鲁艺”不久的何其芳写了《给艾青先生的一封信——谈〈画梦录〉和我的道路》，1940年2月1日发表在《文艺阵地》第四卷第七期。这封公开信同样措词犀利，直指艾青的文章“是一篇坏书评”，对他的作品和人“都作了不公正的判断”。何其芳语含愤激和嘲讽地说这篇书评根本够不上艾青自许的“纪程碑”：“你这最后一句话也说错了。不成问题的，《画梦录》是我的文学发展上的一个纪程碑，然而你那篇文章却不能像一块碑石那样竖立起来，更不能竖立在我所走过的道路上。世界上没有这样可笑的纪程碑。”在这篇反击式的长文中，除“自我批评”之外，更多的是“自我解释”。

艾青是寻衅的意气之争吗

艾青对于自己的诗文所受到的批评他都鲜有答对、辩解，这是源自他“高傲”的个性的“不屑”所致。那么，《画梦录》获奖后，左翼批评家都未予褒贬，连喜欢抨击“左联”作家的某些著名人士也未置一词，艾青与何其芳并不相识，何至于越俎代庖、“大动干戈”呢？程光炜在其所著《艾青传》中曾通过“文本细读”的方式作出如下阐释：

> 艾青在文后“一点声明”中说：“这文章，是我读了何其芳的《画梦录》后写成的，原已由胡风先生编进《工作与学习丛刊》第5册，该刊因故未出，后由胡风先生交《中流》，复因战事停刊，这文章就一起搁下来了。”显然，在写这篇文章之前，他与胡风是商量过的，文中某些观点及“希望”，与胡风一贯的文学主张极吻合；胡风是文坛敏感人士，文章又牵涉到与京派作家群的“关系”，所以，由一个人们还不太熟悉的青年作家出面批评比较合适。就艾青个人而言，《大堰河》在上海如此被重视，却不曾受到京派圈子的任何注意，心里不服气是自不待言的。当时艾青刚二十六岁，与何其芳是同龄人，都是刚刚崭露头角的青年作家，当时艾青的心境、气质，为人处世的种种“特点”，通过这篇文章却昭然若揭了。在何其芳方面，这口“恶气”直到1940年才倾泻而出。在《给艾青先生的一封信——谈画梦录和我的道路》中，何其芳也动了肝火，认为艾青的文章“是一篇坏书评”，对他的作品和人“都作了不公正的判断”。两人从此撕破了脸皮，艾青到延安后，亦始终与何其芳保持着“距离”。①

由这段文字可见，程光炜在传记写作中采用了旁观者的视点，不唯传主之所是为是，不虚美，不隐恶，对作为“诗坛泰斗”的传主进行了“祛魅”，体

① 程光炜：《艾青传》，北京十月文艺出版社，1998年，第131~132页，第127页。

现出了优秀传记作者应有的主体性和批判意识。然而，笔者并不完全苟同于他对于“文学现场”所进行的“还原”，尽管上述“臆断”言之合情成理。的确，艾青与胡风过从甚密，由于胡风的赏识，艾青接连在上海最重要的几家文学刊物上露面，使其一时“声名大噪”。[①]而艾青一半出于对胡风的感激，一半有练画笔之意，也为胡风与茅盾共同主编的《工作与学习丛刊》的三、四两期设计了封面。然而，艾青的这篇评论真的只是出于“文坛敏感人士”胡风的授意，甚至说胡风出思想，艾青只是代言？或者，只是由于不受京派注意而寻衅的意气之争吗？这些因素，或许有，但恐怕并不完全。因为，就像鲁迅所说“论文要顾及全人”，写作这篇书评时的艾青已经是一部诗集的作者，而且其诗作已露出不落庸常的气象，而且，我们也要想到，艾青并不只是一个单纯的诗人，他是有相当的诗学理论素养的——他在20世纪40年代就完成了具有系统性的理论著作《诗论》。也就是说，此时的艾青虽可能有迅速成名的“膨胀”，但业已拥有了自己较为成熟的诗学理念，而且对诗歌创作中的问题有着独立的思考（否则，如何能写出《诗论》呢？），他无需俯首聆听别人的指示。可为佐证的是，也是在发表艾青这篇书评的《文艺阵地》上，在此前的第二卷第七期，就发表了他的《给画家们》一文。艾青是习画出身，对于绘画自是有着发言权，在这篇文章中已表露出强烈的社会关怀：“传统的中国绘画，是一贯地叛离了人群的福利，专事服役于权贵的娱情与努力着个人自欺为满足的。……我们这时代，那种以殉道的精神立志去完成为人类呼吁，为向不合理的社会给以抨击的神圣的事业的画家是没有的。……中国是有着悽惨的命运的国家，它窒息在过深的外来的凌侮与自己本身的昏聩不醒里。……而我们的绘画，自安于涂抹虚假的彩色。嚣薄的与低级的趣味的追随充塞了整个的绘画界。”[②]

文中清醒的现实意识，对“叛离了人群的福利”的传统绘画的批判，对“向不合理的社会给以抨击”的艺术家的吁求，无疑是与艾青在《文艺阵地》第三

---

① 程光炜：《艾青传》，北京十月文艺出版社，1998年，第131~132页，第127页。
② 海涛、金汉：《中国当代文学研究资料·艾青专集》，江苏人民出版社，1982年，第109页。

卷第四期上发表的《梦·幻想与现实——〈读画梦录〉》旨趣相通的。从这两篇相隔不久发表在同一刊物上的评论性的文章，我们可以看出，艾青有着稳定的介入现实的艺术理念。而艾青这篇书评是源于不受京派注意而寻衅的意气之争的说法也难令人信服。如果真是如此，那么在这篇书评写成两年之后，事过境迁（其时，身在延安的何其芳已与“京派”无甚关系），他为何还要“执着”地将此文发表呢？如果以艾青强烈的介入现实的艺术理念来观照这篇文章，我们会认为书评后附的“好消息”，确是出于艾青对何其芳创作中出现转机而流露出来的欣慰和喜悦，而无微讽之意。而文章中涉及的干预现实与逃避现实的问题，在当时的艺术创作中仍然有着针对性和有效性——正如此前他的《给画家们》一样——故而这篇文章在事隔两年之后仍然被拿出发表。

何其芳：虚弱的内心世界

让我们把目光转向论争的另一方。应该说，确实是艾青的那篇书评中一些语句刺伤了何其芳，这从他在《给艾青先生的一封信》中激动地用了一连串的排比中可以看出：“你说了一些刻薄的话。你说了一些武断的话。你说了一些过火的话。”而何其芳有着川东人的峻急的个性，他在延安时曾几次表现出来。《喑哑的夜莺——何其芳评传》中记载着这样的故事：在鲁艺一次纪念高尔基的座谈会上，一位在当时颇有影响的诗人发言，观点比较偏颇，何听了不能遏制自己的情结，作出很激烈的反应。他涨红着脸，用快得别人几乎难以听清的语言，发泄了自己的愤怒和不满，不但言辞激烈，态度也颇冲动，举座皆惊。[①] 由此细节中我们可以见出何其芳直率、峻急的性格。但是，这种性格并不能很好地解释他对艾青反击式的长文，因为何其芳自认为《画梦录》是一本“可怜的小书，不过是一个寂寞的孩子为他自己制造的一些玩具”（《一个平常的故事》）。那么，何其芳又为何对于一篇批评此书的书评“大动肝火”呢？

① 贺仲明：《喑哑的夜莺——何其芳评传》，南京师范大学出版社，2004 年，第 141 页，第 138 页。

贺仲明也曾就此事在《喑哑的夜莺——何其芳评传》中有过简短的评述：

> 文章（按，指艾青的《梦·幻想与现实》）的发表刚好在何其芳从前线回来不久。在那么特定的情况下看到这样的文章，无异于一块伤痛被人所触碰，何其芳的反应自然十分激动。《给艾青先生的一封信》，对艾青进行了明确的反批评。文章的口吻充分体现了何其芳的复杂心态：一方面是相当的严厉，但同时又表现出很明显的辩解和忏悔的口吻，表现出何其芳非常虚弱的内心世界。[①]

这个简短的评述不仅点出了何其芳反应激烈的部分原因，而且对何其芳在文章中表现出来的心态也进行了揭示。也确如贺仲明所分析的，如果要了解何其芳何以会做出如此激烈的反应，还需要回到那个过去的时空——这仍是还原文学现场的一种努力，当然，这种努力也只能是在占有材料基础上的一种想象。

何其芳在成都听闻周作人"附逆"之后，迅速写下了《论周作人事件》，对周毫不留情地进行了批判。由于何其芳与周作人同属"京派"作家，且与作为前辈的周作人有不浅的渊源，这篇文章一经发表立即激起波澜。有人甚至讥讽他是"青年活动家""社会活动家"，而"京派"批评家朱光潜也发表了针对何其芳的文章，对他表示了疑问和非难。而后，何其芳又写了《关于周作人事件的一封信》。这两篇文章使得何其芳与"京派"的关系僵化，同时，他对成都文艺界也感到了失望，使他产生了到一个"新地方"去的想法。在何其芳看来，周作人的"下水"，在于"长久地脱离了时代和人群的生活使他糊涂"。[②]对周作人的批判中，也多少含有着何其芳的自省，这是使得他奔赴"革命圣地"延安的一个原因。

① 贺仲明：《喑哑的夜莺——何其芳评传》，南京师范大学出版社，2004 年，第 141 页，第 138 页。

② 何其芳：《论周作人事件》，《何其芳文集》（第 2 卷），人民文学出版社，1982 年，第 159 页。

何其芳到延安两个月后，因为工作上“表现积极”，被批准入党。之后不久，他写出了《我歌唱延安》，文章在一开始就宣布放弃了萧伯纳所说的“批评的自由”，表现出明显的皈依政治的姿态，而这一姿态与此前何其芳在人们心中的形象相差太多。作品发表后，在国统区引起了人们对何其芳人生和文学道路的疑问和争议。而在延安，何其芳的身份也是有几分尴尬的。在延安，何其芳是周扬的下属，而周扬对何其芳是什么态度呢？一本传记中说：“何忠实于周扬，周却一直只把他作为一个工具，而不是完全的‘自己人’看待。何去世以后，晚年周扬有一次与记者谈到何，还称是资产阶级唯美诗人，是资产阶级作家，口吻中颇有不以为然之感。”[①]由此可以想见当时周扬对何其芳的态度，或者说心思细密的何其芳不难感觉到周扬对自己的态度。而毛泽东对何其芳所说的“你的名字是一个问号”，将一个原本是“感叹号”的词理解成“问号”，也许可以作如下解读：毛泽东对作为文人的何其芳是否能真正“融入”延安这个“革命大熔炉”还是心存疑虑的。而正当其时，何其芳刚从前线归来，贺仲明在传记中写道：“前线经历改变了他。战争使他产生了一种强烈的自卑感，使他深刻地怀疑自己作为文人的存在价值和以往生活道路的正确性。”而且，传记中还提到，在他和沙汀决定带一部分学生离开前线回延安时，“他以诗人的敏感感觉到了贺龙似乎有些冷淡”。[②]

在上述情境下，我们可以想见何其芳心事郁结的心境及其精神处境。而对于在“大后方”的艾青，身在延安的何其芳似乎有着某种心理优势，文末所属明的“鲁艺”或许就有着潜在的分量。而他在文中也透露出这种优势：“我‘拿它来读’的时候和地方，比较你读它的时候和地方，恐怕还更‘充满了阳光’。”——或许正是这种处身于“革命中心”的“优势”和他的“身份”，让何其芳十分敏感于艾青所说的“大观园小主人的血统”，且无法容忍身在“后方”的艾青对他“旧美学的新起的挣扎，新文学的本质的一种反动”的指斥。

① 贺仲明：《喑哑的夜莺——何其芳评传》，南京师范大学出版社，2004年，第127页。
② 贺仲明：《喑哑的夜莺——何其芳评传》，南京师范大学出版社，2004年，第136页。

同时，我们应该看出，《给艾青先生的一封信》并不仅仅是对艾青批评的一种反驳，也成了何其芳抒发郁结于心的烦恼的宣泄口。因此他在文章中用了很大的篇幅谈了“我的道路”——尽管他说，“我并不愿意来这样琐碎地说我的道路。像我这样的年轻人，从他们的各种不同的道路走到了参加抗战，走到了靠近真理，在现在的中国，不是有着成千成万的吗？他们在工作，他们在斗争，他们在牺牲，而我又做了一些什么呢？我又有什么理由来这样高谈阔论地叙述我的道路呢？”。这篇文章，连同他稍后写的那篇《一个平常的故事——答中国青年社的问题：“你是怎样来到延安的？”》，其实都是对国统区对何其芳人生和文学道路产生争议的人们的一个“回答”，同时，也是对延安方面的一种自白，一种忏悔间杂其中的自白——故而，何其芳在这篇文章一开始就说：“对于许多许多读过《画梦录》的人，对于一些关心着我的人，我都有作一次自我解释或者自我批评的责任。”而他在文章中说的，“我并不否认抗战对于我有着不小的影响，它使我更勇敢，它使我脱离了中学教员的生活，它使我过着新的快乐的生活，然而我的觉醒并不由于它”，其用意在于提醒那些“关心着我的人”，何其芳这种走向延安，歌唱延安的“觉醒”之举是出于自身的“积极主动性”，而非被动地接受环境改造的结果。由上所述，何其芳这篇长文纠葛复杂的心态，是杂糅着反驳、回答、自白、忏悔的“复调文本”。

诗歌的“重”与“力”

——邵燕祥诗歌印象

作为一位早慧而勤勉的诗人，邵燕祥已经有六十余年的“诗龄”，曾出版过《歌唱北京城》《到远方去》《献给历史的情歌》《含笑向七十年代告别》等多部诗集，本文的评述对象则是他近年发表的诗歌（旧体诗暂不论及）。本文着眼点在于邵燕祥诗歌中的核心部件，即“沉重的思想”。作为一位“沉思型诗人”，他的诗歌题材无论回望来路，还是观照当下，抑或自剖自省，更多贯注了与其杂文一脉相承的感时忧国、针砭时弊的精神，闪烁着传承鲁迅“韧”的精神而来的思想的锋芒——这些也是形成邵燕祥诗歌给人“沉重”感觉的因缘。这种沉重之感及其诗中闪耀的“思想的锋芒”，固然源于诗人真诚、刚正、“眼里不揉沙子”的个性，在笔者看来，更源于诗人的知识型构，更确切地说，是源于诗人经由充满浪漫激情的理想主义体验而堕入荒诞而残酷的精神炼狱而形成的“精神型构”。他的近作给人印象深刻的还是“其中表现的精神人格，对生活不苟且的正直秉性和维护思想情感独立性所作的努力”①。

在邵燕祥的近作中，一代诗人不肯放弃的社会与历史的良知时时“不经意”地脱颖而出。比如，在一些“游记诗”中，邵燕祥看到的不仅仅是如画美景，

① 洪子诚：《中国当代文学史》，北京大学出版社，1999年，第283页。

而往往有着“沉重的尾巴”。《阿姆斯特丹》在开篇铺陈着北欧名城“斑驳陆离、五彩缤纷”的风景，然而，在诗的末尾，诗人笔锋一转，转向历史的深处，他想起了《安妮日记》的作者，那个藏身密室偷偷记录下纳粹残忍迫害犹太人的真实历史的小姑娘安妮·弗兰克：“安妮就住在这多彩的运河边／彩色的生活她首先有份／但她被杀死了　死了五十七年／至今没抓到告密的凶犯。”而意大利的比萨斜塔在诗人眼中是“存心报警”，诗中也对那些“空心”的“游客”进行了小小的讥讽：“即使乱钟齐鸣／仍然昏睡不醒／醒着的快活地跑来／以托塔的姿态留影。”（《比萨斜塔》）在“罗马的假日”里，诗人想到也是历史的“罪与罚”：“‘宁可让罪犯逃脱惩罚／也不可屈枉一人’／这古罗马的法典／是否当真／还是跟所有羊皮书上的历史／一样恍惚如烟云／罗马的假日结束了／下一站去哪里？”（《远处》）

邵燕祥诗歌中也有自谓的“谐谑之什”，但看似轻松的“谐谑”背后自有沉甸甸的诗“思”存焉。《播种》一诗可以看作诗人诗观的一种自我表达：“热闹的马路不长草／当然也不长诗歌／／那么，把诗歌的种子／播种到哪里，又用／什么来灌溉，清泉还是／浊水，蒸馏水，纯净水？／／据说酒水浇愁又浇诗，那酒／却不是朱门的臭酒，沉香亭的香酒／而是天子呼来不上船的李白／在花间独酌的那一壶／白居易的家酿／在红泥小火炉上烫热／还有瞿秋白在某一个寒天／从长安市上沽来的 。”这首诗用了唐玄宗与杨贵妃在沉香亭沉湎声色的典故，且化用了李白、白居易和瞿秋白的诗句——瞿秋白在曾题赠给鲁迅的七绝《雪夜》中写道：“雪意凄其心惘然，江南旧梦已如烟。天寒沽酒长安市，犹折梅花伴醉眠。”其旨在陈明：真正的诗歌不是追求“热闹”的潮流的，不是装饰“朱门”的工具，不是“蒸馏水、纯净水”样的清浅无味，而应该体现出诗人的独立精神并维护诗歌自身的“审美的傲慢”。在《戏咏木梳》中，邵燕祥更是嘲讽了几种追求“诗外功夫”的诗人，在看似调侃的口吻中，表露出对 “不平而鸣”的古老诗道传统的一种尊重：“只有‘义愤出诗人’的诗情如怒发／小木梳理不顺也梳不平。”

《夹边沟》就是由“义愤”的诗情喷薄而出的诗作，诗人由春日的沙尘暴想到了几乎被人们遗忘（而又实在不该遗忘）的“夹边沟”：“春日多风沙／从河西走廊来／从巴丹吉林沙漠来／从玉门关外的戈壁滩来／从盐碱地上的夹边沟来／裹挟着漫天的尘雾／血腥的沙砾／无数的墓碑都是粉饰和欺骗／被害者没有墓碑／甚至没有坟墓／／口令 训斥 鞭挞和呻吟／都被风刮走了／血痕和泪渍／早被风刮干了／过去的一切全不在了／只有你们留在这里／以你们的白骨／历史被黄沙掩埋／比无名白骨埋得深／而你们的灵魂／至今流落何处／／也许随着刺骨的朔风／一路呼吼 撼动所有的门窗／在这倒春寒的暗夜／寻找着／有多少颗心／敢听／你们／倾诉的／记……忆？”这首诗的结尾，短促的诗行所形成的节奏仿佛怦然心跳。在诗人沉郁劲哀的语调中，黄沙“掩埋”的历史又被拎了出来：夹边沟本是甘肃酒泉境内的一个昔日的劳改农场，1957—1960年这里关押了近3000名右派。在天寒地冻的沙漠中，与世隔绝，终日劳作，并经历了罕见的大饥荒，最后数以千计的右派活活饿死。然而，“历史被黄沙掩埋／比无名白骨埋得深”——这句相当“克制”的诗句底下蕴藏着多么沉痛的情感啊！或许，有读者认为这不还是“伤痕文学”嘛，早就不合时宜啦。然而，作为一位经历了太多的历史“故事”的长者，诗人正是由于历史的伤疤被很快地遗忘而感到了“比针扎更疼的疼痛”：“一生的伤痛集中于一个阴天／集中于健忘的老年／……比针扎更疼的是怎么苦苦回想／也想不起 是何年何月在何处受的／老伤。”（《老伤》）在诗人心中，被健忘的历史是更疼痛的“老伤”。在我看来，对历史的沉痛“念念不忘”，正是对鲁迅“韧”的精神的承继。这并不是因为个人所遭受的伤害而积怨难消、耿耿于怀，而是如果不深思历史何至于此，不做“刮骨疗毒”的工作，我们是否有历史悲剧不能重复上演的充分的自信呢？！值得一提的是，邵燕祥在20世纪80年代之初，整理有关个人在反右派运动中经历的人生实录《沉船》，在20世纪90年代中期编了有关个人在“文化大革命”中经历的《人生败笔——一个灭顶者的挣扎实录》，在新世纪又出版了《找灵魂——邵燕祥私人卷宗：1945—1976》，这些工作自然不是出于自恋，诗人之所以不惮于以“败笔”示人，是为了“拒绝遗忘，抢救记忆，给那一段不堪回首又必须审视的岁月留下一些细节、脚注，也是在场者的证词；其中档案性或准档案性的材料，更是当事人在现场留下的物证”[①]。这些“给历史存档”的工作都是“刮骨疗毒”的一部分。

“战后三十年，陈尸现场／只为了证明真诚之为虚妄／一个游荡的灵魂隐入书里／找来找去，找不到失踪的自己／／归来啊灵魂，走向末日的审判／曾经交给了上帝还是撒旦／沧海横流，日月穿梭一瞬／愚蠢的单恋，一个人的命运。”（《找灵魂——跋》）邵燕祥编检自己的带着历史烙印的旧作，也是对过往的历史进行反思，对自己进行自我剖析，寻找“失踪的灵魂”。“我也到所谓晚年了吧，这才发现：只有自由思想、自由意志、独立精神、独立人格，才是一个人的灵魂。”[②]到了晚年，才发现人的“灵魂”并不是以虔诚地“改造自己”为手段苦苦追求的“正确的政治观点”，而是“自由思想、自由意志、独立精神、独立人格”，这种迟到的发现对于邵燕祥来说无疑是相当沉痛和悲哀的。他反观自己的旧作，由于“灵魂”丧失，那些处于“紧跟”和“跟不上”之间的旧作“不是一份文学读物，而是一份知识分子改造史的个案。徒具形式而不具备文学的品格；而且因为这些作品主要是作为作者世界观（具体到政治思想和文学观点）的载体以供考察”[①]。因此，邵燕祥歆羡有名著遗世的拉辛和名曲流传的贝多芬——“我默默／我唯唯／附庸风雅的我／终于懂得／拉辛的灵魂／没住在故居／而是栖息在他的书里。”（《寻拉辛不遇》）“贝多芬／被命运囚禁在自己之内／任悲苦的鹫鹰／啄食／你的血肉 你的愤怒／但我说／你毕竟是幸福的／我纵有四千个方块字／每个字都挂着枷锁／而你有权调动／千军万马／——属于你的／自由的音符。”（《天地一囚徒》）在《找灵魂》一书的“引言：历史现场与个人记忆”中，作者说：“面对一堆废纸，或温和地说是一堆故纸，仿佛与那消逝的年代的故我重逢。有几分陌生了，但

① 邵燕祥：《找灵魂》，广西师范大学出版社，2004 年，第 1 页。
② 邵燕祥：《找灵魂》，广西师范大学出版社，2004 年，第 2 页。

面对当年的自己，不能不痛切地感到，自己的历史是自己书写的，尽管有一只看不见的手不时左右着我的手腕以至心灵。”①这种沉痛而深刻的反思恰与其《文字垃圾》一诗形成一种“互文”关系——“时间使新纸变为故纸／尘封鼠咬虫蛀／并不遥远啊犹如昨夜／三十年五十年算什么历史深处//是现代的臣民／从现代的字盘检出／经过现代的滚筒机／印成方块的符箓//曾左右无数生灵命运的／竟是这些历史的沉积物／啊我明白了为什么／仓颉造字鬼夜哭。”正是对历史的反思，对自己的反省的那种“不识时务”的执着劲儿，才让诗人发出“并不遥远啊犹如昨夜／三十年五十年算什么历史深处”的浩叹！在“毛泽东时代”，邵燕祥也曾唱出轻快而热烈的“颂歌”，其第一部诗集就名为《歌唱北京城》。而如今，我们读到的邵燕祥的诗作多为沉郁顿挫之作，给人以沉重之感，究其根源，或许正如王尔德所说：“如今我无法由衷地歌唱快乐，因为我已经懂得了痛苦。”

邵燕祥的诗歌自然不仅仅是“向后看”，也不乏对当下的观照。《落叶之舞》从对落叶形态的准确地描写中灌注着诗人自身的生命体验；《火车叫》则流露出对逝去的峥嵘岁月的怀念和无奈。这些都是出于生命本真的歌唱，相当感人。但较之这样的将情感投射到一个核心意象的“抒情”之作，邵燕祥诗歌中更多的是在“叙事”中蕴藏着“思”的沉重，或者说，更多的是带有杂文的“打击力”。耿介的诗人有着爱憎分明的个性，有着强烈的社会干预意识和不容折中的正义感，这些都在诗中尽露无遗，邵燕祥在1980年《怒江问答》中就写道：“我不能容忍自己无动于衷／面对着有害的事物，人民的疾苦。”《美丽城》这首近作，以民生关怀为题材，体现了诗人的悲悯情怀。“美丽城”本是巴黎的一个华人聚居的街区，诗人写的是一位被迫在“美丽城”沦落风尘的来自中国东北的下岗女士，以“美丽城”为诗题本身就具有一种苍凉的反讽意味，“我的家在东北松花江上”这句众人周知的流浪歌谣的插入，不难看出诗人对失业下岗职工生活窘境的深刻同情。这首诗极具情感强度，在一次座谈会上，诗人

① 邵燕祥：《找灵魂》，广西师范大学出版社，2004年，第3页。

谈及这首诗的“本事”时，语竟哽咽！“后来又有／被狼叼走的孩子／但是再也没有祥林嫂了”（《后祥林嫂时代》），当受到损害，却无法或无处倾诉出来，这种沉默不是更悲哀，这种“后祥林嫂时代”不是更可怕吗？！《墓地天堂》一诗在叹息中夹杂着讽刺，更大胆，更尖锐，更让人拍案叫绝：“北京的天堂也渐渐多了／第一号天堂设在八宝山／闯入的平民都分了班组／天堂也按级别排列顺序”，“这里停息了一切纷争／二十四小时绝对安静 ／在这里谁都要适应寂寞／见了什么都无法再伸手／想看看鲜花只怕也看不见／闻不到花香供果更难尝／最难忍受的必得忍受天堂／封杀权力又禁绝欲望。”

我们生活的时代无疑是一个发达的技术时代，是各种现代传媒大兴其道的时代。邵燕祥在诗中也呈现了网络与电视等现代传媒的喧哗与热闹：“不要说无声胜有声／遥控器抓出——嗡嗡的六欲七情／天台山的丛林陷入后现代／新武侠，恩恩怨怨的官司与纷争／雁荡山的观音洞难逃衣香鬓影／靡靡的劲曲：正声还是郑声？／／远隔几千年，几万里外／沧海横流，却招之即来／密集的信息，抛出的档案／南亚的波尔布特，北欧的帕尔梅／告诉你被害者陈尸何处／却不说杀人者到底安在。”（《空中的音像》）“这是一个虚拟的世界／／在这里／自由地驰骋／天地是虚拟的／／在这里／自由的亲昵／爱情是虚拟的／／在这里／自由地嬉笑怒骂／沙龙是虚拟的／／在这里／自由地行使公民权利／宪法是虚拟的。”（《网络》）在这个发达的技术时代，对工具的狂热追求使得人们往往忽略了人文关怀，遗忘了历史的沉痛，弱化了独立判断能力、想象能力、自由精神。美国媒体文化批评家尼尔·波兹曼在《娱乐至死》一书中，曾深刻地分析了电视等现代传媒对我们生活的作用。它已经改变了公众话语的内容和意义：政治、宗教、教育和任何其他公共事务领域的内容，都不可避免地被电视的表达方式重新定义，而电视等现代传媒的一般表达方式是娱乐，因之，一切公众话语都以娱乐的方式出现，并成为一种文化精神，其结果是我们成了一个“娱乐至死的物种”。在当今这种“轻快”的、“虚拟”的娱乐化语境下，邵燕祥沉重的诗歌及其闪耀的思想的锋芒则具有了独特的分量和能让生命产生刺痛感的真实性。

通过阅读邵燕祥的近作，我们也可以看出他在写作上的历时性变化。在他“复出”之初的诗作，虽然也有着对于历史和现实的取材倾向，但往往有着尖锐的论辩色彩，在情绪基调上也是激愤而炽热的，有着“广场诗歌”的调性（比如《中国的汽车呼唤着高速公路》《地平线》）。而近年来的诗歌则表现出如老吏断狱般的冷静、深刻、犀利，其具体表现为“视角的调整变化”：“大致说来，在20世纪80年代以前，大多数诗中的说话者，往往是直接面向时代的，而90年代以来，则更注意感受人在时代的命运，以个人记忆、感受与想象同时代对话。”[①]这种视角的变化，一方面，由于历史语境的变化而引起的诗歌的内部调整，另一方面，我想，由于年龄的变化，诗人的运思方式必然由情绪化而更倚重经验化——使得诗人处理历史的题材，并不流于占据道德优势的控诉，而是把思性的锋芒指向历史深处，甚至诗人自身，从而增加了反思的力度和深度。值得一提的是，邵燕祥在关注诗歌的“伦理力量”的同时，并不以损减诗歌的“艺术成色”为代价，这使其诗歌别具一种“力”——“审美的打击力”。

① 王光明：《中国诗歌年选2002—2003》序言，花城出版社，2004年。

倾听“世纪之树”年轮里的风声

——郑敏诗歌研究中的几个问题

郑敏先生是跨越中国现代文学史和当代文学史的著名诗人，如今已过鲐背之年而将至期颐，但她一直保持着对于社会、对于诗歌的关注，笔耕不辍，是一棵真正的泽被文坛的“世纪之树”。

1939年，19岁的郑敏考入西南联合大学哲学系。在联大学习期间，郑敏深入而亲密地接触到闻一多、徐志摩、卞之琳、废名等中国新诗人，并在她的德文导师冯至先生的直接影响下，走上了诗歌写作这条“充满艰辛的小路”。她在20世纪40年代写的诗汇编成了《诗集：1942—1947》。1948年，郑敏留学美国，1952年获布朗大学研究生院英国文学硕士学位。1956年，郑敏回到祖国。之后，她的诗歌进入荒芜期，直至新时期重拾诗笔。新时期后陆续出版的诗集有：《寻觅集》《心象》《早晨，我在雨里采花》《郑敏诗集：1979—1999》。由于大学时期的际遇以及海外求学的经历，郑敏深受西方现代诗学思想的熏染，与此同时，她对中国的文化传统也有浓厚的兴趣和感情。她的诗歌偏重内在的感受和宁静中的沉思，贯穿着对于存在、自然和宇宙的哲思，力图把现实与历史的体验与西方诗歌的现代意识交织在一起。“沉思”是其诗歌的特征，哲学的根底使得她的诗歌有鲜明的辨识度。诚如诗人评论家任洪渊所说，她是继卞之琳、戴望舒等之后“在诗的东方美学传统与西方现代主义影响之间寻找平衡的第二批诗人中卓越有成就的一个”。

对于郑敏诗歌的评论与研究，始于20世纪40年代，21世纪以来，更是持续升温。其研究视点繁复，微观宏观皆有，可以主要归纳为以下几个问题。

一、“九叶诗派”与郑敏

更多的时候，郑敏是作为“九叶诗派”的一员为人们所谈论的。这个文学史上的诗歌流派是对20世纪40年代的9位年青诗人的指称。这个指称是后来追加的，它源于1981年江苏人民出版社出版的《九叶集》。这部合集中收录了穆旦、郑敏、杜运燮、袁可嘉、陈敬容、杭约赫（曹辛之）、唐祈、唐湜、辛笛等9位诗人在20世纪40年代创作的140余篇诗歌作品。由于40年代他（她）们的作品大多发表在具有现代倾向的杂志《中国新诗》上，所以，也有学者更愿意将他（她）们称为“中国新诗派”。艾青在当代是最早提及并肯定这些诗人的，在《中国新诗六十年》一文中，他写到，在日本投降后的上海，以《诗创造》与《中国新诗》两份诗歌刊物为中心，集合了王辛笛、杭约赫（曹辛之）、杜运燮、唐祈、唐湜、穆旦、袁可嘉以及女诗人陈敬容、郑敏等一批“对人生苦于思索的诗人”，“他们接受了新诗的现实主义的传统，采取欧美现代派的表现技巧，刻画了经过战争大动乱之后的社会现象”[①]。由于艾青在新时期诗坛的领袖地位及其影响力，《九叶集》的出版使“九叶诗派”或“中国新诗派”陆续出现在诸多版本的中国文学史和诗歌史当中。在这些文学史和诗歌史中，这个流派大多被归结为具有“艺术与现实的平衡性”“思想的知觉化”等特征，被视作是现代主义诗歌发展的高峰。这样的叙述非常符合肇端于李金发的中国现代主义诗歌经由象征派、新月派、现代派直到九叶诗派的发展和完善的线性历史。

文学史对于诗歌流派的追认也得到了“当事人”的允可和承认。袁可嘉是“九

① 艾青：《中国新诗六十年》，文艺研究，1980（5）。

叶诗人”中卓然有成的理论家，在为《九叶集》所作的序言中，他谈及了流派的最初形成：绕着《诗创造》和《中国新诗》，“由于对诗与现实的关系和诗歌艺术的风格、表现手法等方面有相当一致的看法”，后来便形成了一个风格流派。这种界定最早地肯定了这一诗派的存在。唐湜也是“九叶诗派”中较早走上文学批评道路的，有着文学理论的功底。在《我的诗艺探索历程》一文中，他也提到了“九叶诗派”中诗人的差异性和最终的合流。袁可嘉、杜运燮、穆旦、郑敏等由于所学专业的关系，深受外国现代诗歌的直接熏染，新诗中传统的感性与形象的描绘较少，而抽象的哲理沉思或理性的机智的火花较多，诗歌往往具有多层次的构思；而唐湜和辛笛、敬容、唐祈、曹辛之等则较多接受了“五四”以来新诗的艺术传统或现实主义精神，较多感性的形象的思维与语言。双方在诗艺的探索过程中，在诗歌创作与诗论方面都渐趋一致——比如，唐湜就认为他们的现实主义也由于汲取了国外现代的艺术风格与创作手法的艺术营养而得以深化和丰富——从而形成了一种流派色彩。“由于《中国新诗》的创刊，我们确实形成了一个诗的流派。”①

自20世纪80年代以来，对于“九叶诗派”（或“中国新诗派”）研究成果甚夥。研究者们在评估“九叶诗派”的地位与影响、在探索诗歌观念的现代性、与外来文化的关系等方面，都达成了基本共识。伴随着“九叶诗人”的经典化（以穆旦为代表），“九叶诗派”的整体研究也因此得到了学术界的广泛肯定。应该说，对九叶诗人的整体研究对郑敏的个案研究有着许多的启发意义和参考价值。但是，可以想见，对于诗派的综合性研究难以避免地只能少量涉及郑敏，很难形成郑敏研究的系统化与理论化。另外，由于类比的需要，还可能会造成对郑敏诗歌的独特个性的遮蔽或过度阐释。举个有趣的例子，蒋登科在《九叶诗派与中国诗歌的文体意识》一文指出，从文体建设和语言形式层面看，九叶诗人的创作较为“欧化”，其流弊表现在抛弃了诗的音乐性等中国诗歌传统，文章特别批评了郑敏诗中语言“欧化”的毛病和恶果。而黄岚在文章《九叶诗

① 唐湜：《一叶诗谈》，广西教育出版社，2000年，第8~13页。

人的语言建构》中，虽然同样从诗歌语言层面立论，却认为九叶派在词序颠倒、陌生化、割裂、错位等语言建构方面形成了独特的风格，郑敏诗歌“欧化”的特点在这里得到了肯定与褒奖性的评价。

对于“九叶诗派”（“中国新诗派”）的命名和界定，也有学者持不同的意见。当人们将几位实力派诗人视为一个整齐划一的流派，并以“表现上的客观性与间接性”“综合”“戏剧性情境”等概括其流派特征时，难免忽视与遮蔽了具体诗人的创作实际，模糊了不同诗人之间巨大的创作差异。而且，满足于诗歌流派进化的线性叙述也会简化历史。现代诗歌史家孙玉石认为，“中国新诗”派，作为一个因共同诗艺趋向由创作聚集，而不是因同人刊物的社团而结合的群体（他们中间的许多人是直到20世纪80年代初《九叶集》出版之后才得以相见的），这个特征，决定了他们不存在一个流派共同恪守的文学纲领。“从严格意义上说，他们甚至很难说是一个诗歌流派。”[①]的确，“九叶”的命名有着很大的偶然性。出版诗歌合集的动议来自有着敏锐的编辑意识的曹辛之（杭约赫），他也是这次活动的组织者和召集人（郑敏说过，没有曹辛之就没有九叶派）。正像孙玉石提到的，他（她）们好几位第一次见面就是在曹辛之组织的聚会上。根据情景，我们可以想象，诗集中出现“八叶”或“十叶”也是完全可能的。

同样作为当事人的郑敏，对于这个流派则持和袁可嘉、唐湜不尽相同的意见。在晚近的采访中，郑敏甚至否定了“九叶派”的流派界定。她认为在所谓的“九叶诗人”的形成中，曹辛之功不可没——其实“就像曹辛之捏了一把茶叶，把我们撮在一块”，相同的地方仅仅体现在20世纪40年代的背景、学院的背景和善于思考的心性。而九个人的诗路各不相同，“我们的诗学和美学的传承等这些诗歌的背景是不一样的，我们的语言风格、艺术旨趣也不一样；我们对诗歌的理解也不一样，我们对社会的关注点也不一样，我们题材等不一样。不能构成严肃意义上的诗歌流派”。而九人相同之处并不足以是构成流派的要件。[②]

① 孙玉石：《中国现代主义诗潮史论》，北京大学出版社，1999年，第313页。
② 南鸥：《郑敏访谈：哲与诗的幽光》，中国诗人，2012（3）。

如果摆脱当事人的夫子自道和文学史家“命名的冲动”，细查史料，我们的确会发现文学史叙述的漏洞。文学史的叙述中，九叶派是围绕着《诗创造》和《中国新诗》发展起来的，所以才有了“中国新诗派”的命名。且不说《诗创造》的主流根本不是现代主义的，就是在《中国新诗》中，也有众多的作者，有着大不相同的创作倾向，其创作手法与美学追求之间差异甚大，并不构成通常意义上的流派刊物。《中国新诗》创刊于 1948 年 6 月，至 1948 年 10 月，共发行 5 期。那么试想，一个存在短短 5 个月的刊物能否足以承载一个现代主义诗派的孕育与成长呢？而且，“九叶诗人”中，袁可嘉仅在《中国新诗》第二期发表 2 首诗，郑敏仅在第一期发表 3 首，这么少的数量又能否作为其为诗派一员的充分理由呢？而在《诗创造》上，郑敏甚至没有发表过一首诗。而且西南联大时期的穆旦、郑敏、杜运燮、袁可嘉等人已经在西南联大特殊的环境中形成了自己的诗学风格，其诗歌品格的确立与《中国新诗》等刊物无甚关系，也与辛笛、杭约赫等人的诗学风格差异甚大。所以，也有不少学者弃用“九叶派”或“中国新诗派”的命名，而提出“西南联大诗人群”这个概念。

二、西南联大与郑敏

在 1998 年出版的《探险的风旗——论 20 世纪中国现代主义思潮》中，张同道看到了“九叶诗派”中的分裂性，将九叶区分为“西南联大诗人群”与“上海诗人群”。这是学界较早打破这个在文学史上已然站稳位置的诗派的整体性的学术阐述，具有前卫性与探索性。在区分的两大诗群中，张同道更加肯定和彰显了西南联大诗人群的价值和地位，认为 20 世纪 40 年代西南联大诗人群的创作产生了颇具水准和质量的杰作，并“预示了中国本源文化复元的迹象”，而上海诗人群“比诸西南联大诗人群，他们的现代主义显得温和，钝化了先锋色彩，诗学常规符码复位”[①]。可以说，西南联大诗人群出现在新诗的历程中

① 张同道：《探险的风旗——论 20 世纪中国现代主义诗潮》，安徽教育出版社，1998 年，第 33~74 页。

是由于战争的外在的偶然因素。这与其说是一种时间上的线性必然，不如说是一种空间上的偶然。而在以往历时性的线性流派研究“范式”之中，为了形成一个现代主义诗歌发展的完美叙事，人们很容易从抗战前的“现代派”直接过渡到战后的“九叶诗派”，从而忽略了新诗共时性的交错存在。在这种历时性的线性流派研究“范式”及目的论的叙事之中，西南联大诗人群具体的存在被忽略乃至被压抑。“九叶诗派”的命名和文学史叙述，也遮蔽了西南联大诗人群的价值。正是基于此，为了使得这个被遮蔽的诗群得以清晰呈现和公正评判，邓招华在2009年完成了其博士论文《西南联大诗人群研究》。该论文突破了既有的诗歌研究范式，分析与阐释了这个具体存在的诗人群体所取得的艺术成就。邓招华认为，在西南联大这个相对自足的学院空间中产生诗人群体的创作与西南联大的文化氛围、精神传统、文学传承等文化精神要素密切相关，同时也与西南联大独立的学院文化密切相关。该论文通过历史细节的刻画和具体场景的展示，对西南联大的校园环境、文化氛围、精神传统、师承关系、文学讲授、创作活动等方面做了较为细致与明晰的历史描述。这是在“文化考古学”意义上还原文学真实的一次尝试和努力。同时，也将外部的文学社会学的考察与内部的诗歌形态、创作辨析结合在一起，在现代诗学的意义上考察了西南联大诗人群诗歌创作的独特意义与价值。在史料的基础上，西南联大诗人群扩大了诗人的范围，不再仅仅拘囿于我们熟知的穆旦、郑敏、袁可嘉、杜运燮四位“九叶诗人”，这无疑丰富了我们对于文学史的理解。

张华的长文《论郑敏前期的现代主义诗作》是一篇精心之构。在文中，他也认为，同为“九叶诗人”，但在精神气质和艺术追求上却存在着很大的差异，各有其鲜明的创作个性。袁可嘉、杜云燮、穆旦、郑敏是真正的现代主义者，同属西南联大诗人群落；而唐湜、唐祈、辛笛、曹辛之（杭约赫）、陈敬容等则体现了现实主义与现代主义相结合的特征，现代主义技法是为现实主义目的而服务的，因此他们实属现实主义者，同属上海诗人群落。他指出，这两种截然不同的倾向，根源在于昆明与上海的文化环境的差异性。对于诗人郑敏，无疑归入西南联大诗人群比归入“九叶诗派”要准确得多。[①]

周礼红、陈绮梅的《西南联大与郑敏20世纪40年代诗歌》关注了西南联大之于郑敏诗歌创作的关联和根深蒂固的影响。文章论及了当时在西南联大教书的英国现代诗人、新批评的代表人物威廉·燕卜荪对于年青诗人们的知识视域不可估量的作用。当然，为人熟知的是，郑敏的德文老师冯至先生对于她走上诗歌创作道路的巨大影响。而经由冯至接触到的里尔克对郑敏的影响则是深层的。从20世纪40年代的诗歌看，郑敏所受的里尔克的影响主要有三个方面：深沉的生命体验；观看事物的角度，寻求客观对应物；十四行诗形式的借鉴。[②]

毋庸置疑，西南联大对于诗人郑敏的人生来说意义重大，所以她才把西南联大称作“唯一放射在我们记忆里的太阳”。可以说，西南联大对于作为诗人的郑敏来说，就像母亲之于婴孩。因此，把郑敏放置到20世纪40年代的西南联大的文学环境、文化环境，包括自然环境中去打量，的确可以看出郑敏早期诗歌的渊源与来路。但是，我们也要看到，郑敏1943年就毕业离开西南联大，从1941年写作《晚会》算起，只有短短两年的时间。离开昆明后，她先到重庆北碚教书，后到国民政府的中央通讯社做了一名翻译，不久，她随中央通讯社迁回南京。在这期间，她的思想和视点必然会发生变化，她的诗歌创作也会呈现出新质。因此，仅就西南联大评论、观照她的《诗集：1942—1947》未免有些狭隘。

三、郑敏与里尔克

毋庸讳言，中国新诗的发生是直接受到西方诗歌传统的影响的。新诗的开山祖师胡适的白话诗“尝试”和新诗理论主张有着明显的美国意象主义的印痕。对于郑敏来说，其诗歌创作受惠于德语诗人里尔克早已是公开的秘密。郑敏多次在文章和访谈中提及，通过冯至先生接触到的里尔克对自己在精神和诗艺上

① 张华：《论郑敏前期的现代主义诗作》，广西民族学院学报，2000（2）。
② 周礼红、陈绮梅：《西南联大与郑敏20世纪40年代诗歌》，甘肃社会科学，2010（3）。

的影响。读者在阅读中，也能感受到郑敏的一些诗篇有着里尔克咏物诗的影子，比如很多论者提到的郑敏的《马》之于里尔克的《豹》。在20世纪80年代，周星就对郑敏与里尔克进行了比较研究。他认为，郑敏对于诗艺手法纷呈的里尔克是选择性地接受，“她更为钦慕于象征手法与浪漫主义诗情画意的结合”。而这是由于她的柔情细腻的本质，“她并不长于理智地概括，而更倾向于情感的观察与抒发，象征手法赋予她情感抒发的新角度，联想、暗示、衬托等手法使情感表达更为细致与悠长，雕塑性画图感使诗意耐久而蕴藉，音乐性则使诗的含义更加隽永而富魅力”。循而察之，构成郑敏诗作独特性的因素除里尔克的影响之外，中国传统诗意境影响不可忽视，它使得郑敏的诗“先天地倾向于纯象征与浪漫主义之间”，呈现出“象征主义与中国诗歌传统的交融”。[①]黄启豪则分析了郑敏接受里尔克后期创作艺术影响的原因。郑敏的内向性格和所攻的哲学专业使她善于静思默想，养成了以哲人的眼光去静观人生，烛照现实，并力求揭示事物的真实意蕴。而郑敏步入诗坛的20世纪40年代，正值中华民族在进行一场空前的民族战争。祖国的受难，人民的鲜血，灾难的岁月使得像郑敏这样的具有正义感和爱国心的青年学生感到迷惘与痛苦。因而里尔克诗中孤独、寂寞、惶惑和哀伤情调较易被接受。同时，当时西南联大师友的创作所形成的氛围也是郑敏向里尔克诗艺借鉴的原因。[②]

郑敏的诗歌成就也引起了国外学者的关注。比利时学者伊歌对于郑敏与里尔克的诗学亲缘的研究为我们开启了国外郑敏研究的视角。这篇文章用两位诗人的诗作相比照，指出了里尔克诗歌对郑敏诗歌的重要性。他总结了里尔克对郑敏早期诗歌在形式、意象和主题的影响，比如：远距离和客观的观察方法；形式的准确性与自然和现实的不确定性之间的张力；诗歌的音乐性。他认为，“在中国现代诗歌发展史上，郑敏的作品有它自己的声音和无可置疑的地位”[③]。

① 周星：《象征主义与中国诗歌传统的交融——九叶诗人郑敏与里尔克的比较研究》，中国文学研究，1989（1）。

② 黄启豪：《论郑敏诗歌创作中的里尔克影响》，龙岩师专学报，1990（3）。

③［比利时］伊歌：《形式·意象·主题：郑敏与里尔克的诗学亲缘》，诗探索，2006（1）。

同前面所述的中国学者一样，伊歌在肯定里尔克的影响之外，似乎也看到了中国诗歌传统的影响。他不止一次提到了中国古代女诗人李清照，认为郑敏喜欢以生动的自然描写来解释情感与经验，这是与中国古典诗歌相一致的。

张桃洲认为，西方文化语境中的里尔克“移植”到中国以后，在一定程度上被中国诗人“简化”了，而且，不同诗人在选择接受里尔克的诗学时各取所需，各有侧重。郑敏受里尔克影响并非只体现在里尔克式的诗思和写作方式上，“在很多时候，郑敏从里尔克诗歌里所感受到的是一种诗歌精神的弥漫和与之心灵上的契合”，她强烈地认同后者“深沉的思索和超越的玄远”。与这种强烈的生命意识相对称的，是诗歌中的“死亡”主题。正是基于此，张桃洲认为，不仅郑敏前期的创作，其后期诗作也受到了里尔克的熏陶。里尔克与对郑敏后期诗歌和思想产生很大影响的德里达构成了郑敏诗学资源的双翼。[①]

探讨里尔克与郑敏的诗学亲缘关系，属于影响研究的范畴。这些研究既探明了郑敏诗歌中一些特质的源头，也加深了对于郑敏诗歌的理解，同时，又看到了郑敏诗歌的丰盈性和个人创造性，她并不是单向度地接受里尔克的影响，也不存在“影响的焦虑”。

四、郑敏诗歌中的意象

意象，是现代诗的基本艺术符号。正如诗人批评家陈超先生所说，意象“是诗人感情、理智和客观物体在瞬间的综合。它暗示着诗人内心的图景。它锋利而具体，有着坚固的质量”[②]。意象凝聚着生命体验，是一种“生命心象”。郑敏自己也讲，意象来源于长期观察、学习和思考，其过程即刘勰《文心雕龙》神思篇中所云：“积学以储宝，酌理以富才，研阅以穷照，驯致以绎辞。”意象是现代诗歌的基本构件，对于20世纪的诗歌来说，意象的使用为其“打开了新的途径”。[③]郑敏认为意象经过了诗人灵感与深思的点化，凝聚了诗人的

① 张桃洲：《从里尔克到德里达——郑敏诗学资源的两翼》，徐州师范大学学报，2007（4）。
② 陈超：《生命诗学论稿》，河北教育出版社，1994年，第39页。
③ 郑敏：《诗歌与哲学是近邻》，北京大学出版社，1999年，第103页。

创造灵感与对生命的敏感与经验，“对于诗，它犹如情节之对于戏剧与小说。它是诗歌独特的叙述方式”[①]。对于郑敏笔下的意象的研究，也可以为我们了解诗人内心的图景打开窗口。

在《融会、变革与创新——浅谈郑敏诗歌中的意象运用》一文中，立足于诗歌意象研究，陈由歆认为，纵观郑敏在20世纪40年代到80年代的诗歌创作，可以分成两个阶段。前一阶段主要体现在20世纪40年代的创作，其彰显了西方现代主义与中国古典诗学的融合，传统意象内涵得以丰富和发展；后一阶段即进入20世纪80年代以后，郑敏的创作在手法上着力创新，从而将后解构主义、玄学和中国老庄、禅宗相结合，在悟性、境界诸多方面颇开新面。郑敏认为中国古典诗词并没有过时和失效，反而包孕着深刻的现代诗学观念——“中国古典诗词经过现代读解，又留学西方，是归来后的古典现代性。”该论者认为，郑敏哲学、文学、艺术三位一体的学术修养构成了其诗歌创作中中西意象理论的融会，使得她的诗歌“沟通了中西意象学说，赋予了中国意象理论新的内涵，在中国现代诗歌创作上起到了融中贯西、承前启后的作用”。生命体验论、涵义多维化是郑敏诗中中国传统意象变革的手段；固化感觉、捕捉流动意象则是郑敏意象革新的特征。[①]与之相关，也有论者提到了郑敏诗歌意象具有天人合一意境。

“我在口袋里揣着／成熟的寂寞／走在世界，一个托钵僧。”这是诗人郑敏在《成熟的寂寞》一诗中的句子。郑敏自幼就是敏感而孤独的，她自嘲经历了“闷葫芦”之旅。因此，寂寞便是她常常感受并在诗中表达的。对此，公刘在《〈九叶集〉的启示》中批评郑敏，“她的作品是纯知识分子的，而且属于那类锁闭着自己的心灵，欣赏着自己的痛苦的旧知识分子”，“我诚挚地希望，诗人下大决心与哀愁和落寞诀别”。而默弓（陈敬容）却说这恰恰是“真诚的声音”。王莉对郑敏的寂寞意象做了现代诠释，认为，郑敏诗中观察、认识、

① 陈由歆：《融会、变革与创新——浅谈郑敏诗歌中的意象运用》，辽宁经济职业技术学院学报，2007（3）。

解释寂寞的方式造成了寂寞意象的现代感。寂寞意识还体现在多维性，既有一己的寂寞也有众生的集体无意识的寂寞，不仅有现代人对寂寞的感喟，还有现代人为了摆脱寂寞的探索。[①]可见论者充分肯定了郑敏的寂寞意识。曾立平还在其硕士学位论文《论郑敏诗歌意象的文化蕴涵》里，把寂寞意象总结为两个来源：对祖国和民族命运的沉思；对传统文化和现代文明的反思。并认为，郑敏“能透过事物的表面，开掘到精神的深处。她在寂寞中苦苦拷问自己的灵魂，清醒而冷峻的思索着”。自觉地接过人文主义的旗帜，把它扛在知识分子柔弱的肩膀之上，这正是郑敏“作为诗人的伟大”。

除了寂寞意象，曾立平还总结了母亲意象、生命意象和死亡意象，并对每一意象群做了分类，阐释了其文化蕴涵。比如，把母亲意象分成苦难的、慈祥的、忠诚的三类母亲形象。论者认为郑敏的成功之处在于她并没有写闺怨诗，而将艺术的视角延伸到了整个宇宙和人类。郑敏诗歌中所塑造的母亲意象具有博大的人文主义情怀，体现了“一个真正成熟的当代女性诗人所具有的鲜明的女性意识”。而郑敏笔下的死亡意象，也因为对于死亡的体验和冥想更具有文化内涵和人文精神，弥散着神秘主义的色彩。郑敏笔下的死亡意象没有局限于个体感受的抒发，而成为时代的某种缩影。“她对死亡的崇高揭示与礼赞，对死亡所表现的人文主义的救赎情怀，以及对死亡与生命的辩证思考，都深深地打上了时代、民族和文化的烙印。”该论文对郑敏诗歌意象的分析，得出非常肯定性的结论：“郑敏诗歌最大的价值在于它构筑了中国现代知识分子的心灵浮雕。”[②]王茜的《九叶女诗人郑敏意象艺术研究》袭用了此前曾立平《论郑敏诗歌意象的文化蕴涵》一文中所归纳的四类意象，对意象生成中的诗人的心理结构及艺术手法做了拓展研究。该论者认为，郑敏诗歌意象艺术有不同于其他现代派诗人之处，这体现在其诗歌意象中的心理时空建构、宇宙自然时空意识的独创性。而郑敏在诗歌意象创造中运用陌生化、戏剧化、象征、暗示、变形、

① 王莉：《“寂寞”意象的现代派诠释——九叶诗人郑敏诗作的解读》，宿州师专学报，2004（1）。

② 曾立平：《论郑敏诗歌意象的文化蕴涵》（硕士论文），湖南师范大学，2005年。

张力性等现代主义的表现手法，彰显出诗歌意象的独特艺术魅力。[①]

五、女性写作

法国思想史家米歇尔·福柯有言，重要的不是话语讲述的年代，而是讲述话语的年代。女性主义在20世纪80年代引入中国文学研究领域后，在90年代迅速成为一门显学。作为一种时新的话语，女性主义也为郑敏研究开启了全新的视角。女性主义学者荒林选择“女性”和“现代性”这两个关键词切入郑敏的诗歌是非常机智和敏锐的。她的《郑敏：女性现代性文本》也是女性主义研究中非常有质量的文献，后来的研究者多有借鉴。荒林认为，郑敏是冰心、林徽因而后的第三代“现代”女诗人，是迄今为止“中国女诗人中对女性生命形而上、形而下问题孜孜探求最为深入的一位”。其诗歌原创力源自爱欲冲动，她的早期爱情诗（如《云彩》《晚会》《音乐》《怅帐》等），已经把“五四”妇女解放成果转换为诗歌语言。而此后，由于郑敏诗歌中表现出来的女性“自我”对于时代的自觉投入，使得其诗歌真正获取了“现代性”。如《树》（我从来没有真正听见声音／像我听见树的声音，……即使在黑暗的冬夜里，／你走过它也应当像／走过一个失去民族自由的人民／你听不见那封锁在血里的声音吗？）等诗，诗人融汇了女性的经验和细腻的体验，以哲人式的思考介入民族存亡的主题，“既凸现了沉埋已久的女性经验，又使普遍的经验获得一种具体深度”。荒林还以女性主义的视角阐释了郑敏的名诗《金黄的稻束》，带给读者全新的理解。论者把这首诗的展开过程视作一个“女性现代性”经验过程，认为这首诗歌的魅力来自于两种经验的互为映照：“我”和“母亲”之间的关系，既是“女”与“母”的承续关系，更是一种“认识”与“被认识”的文化关系。而“没有一个雕像能比这更静默”几乎可以视作是这首诗的诗眼，因为它表现着女性的“这个不是”和“那个也不是”的自我立场确立策略。诗中郑敏以反复出现的“静默”一词揭示出了在男权话语与强权话语喧嚣的时代氛围里“母

① 王茜：《九叶诗人郑敏诗歌意象艺术研究》（硕士论文），内蒙古大学，2012年。

亲／女性”的生存状态。而结尾的诗句把历史比作流逝的小河，这正表达了在女性的“现代”价值判断中，历史线性的过程应该让位于生命永恒的时间。“与其说哲学启迪了诗学，不如说诗人为女性话语自由寻求着一条既荆棘丛生又相对安全的道路。因为正是在哲学的高度，郑敏诗歌回避了两性的（性政治）对抗而达成对人类共同存在的思悟。”[①]郑敏先生对于此文的价值给予了肯定：“荒林不是简单地套用流行的‘女性意识’概念来读诗，而是想从女作家在自己的经历和成才中对环境、历史的反应来寻找其作品的女性特点。这种扩大了的‘女性’概念可能比只抓住一些表面的女性现象（如婉约、敏感之类），更能反映真实生活中女性生命的过程，而并非橱窗式的女性意识展览。”[②]

康苗的硕士学位论文《论郑敏诗歌写作的性别姿态》对荒林所提出来的“女性现代性文本”这个概念进行了引申与拓展。该文立足于“女性自我”角度，对于郑敏诗歌写作中女性本真意识的呈现进行了审美观照和文化分析，认为郑敏诗歌写作生涯的三个时代中，由于“女性自我”的描述而呈现出了诗歌中的“另类”女性姿态。此外，阐述郑敏诗歌写作的性别姿态，即生命的“在”与角色的“不在”。[③]

的确，郑敏在写作过程中是极为关注女性主题的，并对于“女性写作”有着自己的理解。《郑敏诗集》的第五卷就是“母亲没有说出来的话”。而在这部诗集的序言里，郑敏谈到了自己对于女性写作的理解，她认为女性写作不能仅仅关心解除性禁锢、自由发挥女性青春魅力，如果想要达到女性写作的更高层次，还要能够“探讨像诺贝尔和平奖获得者修女特丽莎那种爱人类的境界和精神，和生活里一些默默无闻的单身母亲的母爱”。赫学颖在《郑敏诗歌的性别姿态及当下意义》也看到，郑敏的写作并非是一种性别对立的视野，而是一种“母性视野”。这种女性写作或性别姿态其实是一种女性的“人学”立场，是为了书写更为丰富和谐的人性和人性境遇。郑敏诗歌中这种性别姿态真正体

① 荒林：《女性现代性文本》，广东社会科学，1998（2）。
② 郑敏：《诗歌与哲学是近邻》，北京大学出版社，1999 年，第 363 页。
③ 康苗：《论郑敏诗歌写作的性别姿态》（硕士论文），西南师范大学，2004 年。

现着女性写作的力量。[1]周礼红甚至认为郑敏的超性别写作有着中国当代诗歌史上的意义，这种写作极大影响了20世纪90年代女性诗歌，使之从“身体写作”转而开始关注诗歌语言。“郑敏不仅在理论上对当代女性诗歌提出批判，而且在实际诗歌创作中为中国当代诗歌写作提供了新的可能。”[2]或许是由于早年所接受的哲学思维方式的训练，抑或是新时期以后对德里达等当代哲学家解构思想的接受，她在诗歌创作中拒绝二元对立的思维模式，而是采用多元和宏大开放的视角，从而写出了对女性生命形而上／形而下问题进行深切思考的作品。

囿于篇幅，本文只是围绕着以上几个问题进行了综述，还有一些方面付之阙如，比如，对于郑敏诗歌创作分期的研究，郑敏的诗论研究等。在《金黄的稻束》的结尾，郑敏如是写道：“历史也不过是／脚下一条流去的小河／而你们，站在那里／将成了人类的一个思想。”而在中国新诗历史的河流的旁侧，郑敏先生的诗歌，作为“金黄的稻束”或“世纪之树”的形象站在那里，已经“成了人类的一个思想”。当经过历史河流的淘洗，郑敏先生诗学思想的辉光会更清晰地显现。

① 赫学颖：《郑敏诗歌的性别姿态及当下意义》，重庆职业技术学院学报，2006（6）。
② 周礼红：《当代女性诗歌批评：女性自我寻找的历程》，海南师范大学学报，2012（4）。

灵魂的返乡
——读灰娃《山鬼故家》

无疑，《山鬼故家》（人民文学出版社，1997年版）是一部独异的诗集。

首先，从诗集的外观来看。这部诗集采用的是罕见的异型32开本，即它与通常的32开本不同，它不是把16开本横断一半，而是把16开本纵裁二分之一。这样的开本设计，除考虑到诗歌这种体裁诗行较短这一特点之外，更着重强调了视觉的奇特效果。因为，这部诗集是灰娃极不平凡的一生心血的凝铸，这种具有奇特的视觉效果的开本设计恰与之相合。不仅如此，诗集中，灰娃悲怆苍凉的诗与每页下端著名画家张仃的同样悲怆苍凉的焦墨山水画相配，堪谓珠璧辉映，这也是诗集的独异之处。其次，从诗集的作者来看。“灰娃”，这个听起来非常稚嫩的名字，其实在诗集出版之年已是七旬长者，而她也是年近知天命才与诗神不期而遇的。灰娃有着独异的生命历程。在诗集前面的“作者简介”中，我们可以知道，1939年，时年12岁的灰娃就到了“圣地”延安，是位“老革命”。在诗集后面的王鲁湘《向死而生》这篇长文中，我们可以了解，“进城”后的灰娃由于现实与在延安时所接受的理想的巨大反差而终日抑郁，终致精神分裂。1972年灰娃开始写诗，这是她“生命深处的本能启动了自救程序”，而她终在诗歌中获救，神奇地从精神分裂的危机中恢复过来。最后，从诗集中的诗来看，像《我额头青枝绿叶……》《墓铭》《路》《带电的孩子》这些“文革”期间幸存下来的诗歌作为“贫乏时代的富庶”，以“常规的突破”，以“齐声高唱”时代的心灵低回，以执拗的个人化写作，为中国新诗提供了独异的景观。而她其后的创作，如《野土九章》《大漠行》《太行纪事》《祭典》等组诗，寥然大气、块垒峥嵘，极具穿透力。这些诗的价值已经得到诗坛的高度赞誉，并入选多个诗歌选本。这些卓尔不群的诗章与诗人的传奇经历一起构成了独异的“灰娃现象”。

灰娃曾自述，自从进京城之后，心情就越来越压抑，而她心中的圣地延安又回不去了。她对人越来越恐惧，对社会越来越疏离，“文化大革命”的爆发，更成为其精神分裂的导火索。由于面对的现实与旧时理想的巨大反差，灰娃在1972年（这也是她开始写诗的年份）所写的《路》一诗中进行了沉痛而有力的反思，并发出锥心的反问：“哦　浑沌无识的灵魂／我们不是竭力栽培／不开花也不结果的蔷薇？／曾百般挥霍自己／毫不吝惜　唯恐迟疑？／哦怎能赔偿／怎能再世一次我们的生辰！”她在这首诗中已经表达出了一种绝望：“我们的灵魂／毒火烧焦／烟云奇幻／膝行前往／终于／连苦笑　也／厌弃了。”在其后的《我额头青枝绿叶……》中，她更是准备好了以死亡这种极端的方式作为与她所无法接受的现实的弃绝，或者说，以死亡作为对绝望的抵抗：“我再不担心与你们／遭遇隐身那／无法捉摸猜也猜不透的战阵／我算是解脱了。”在这首诗中，她甚至表达出了与鲁迅在《野草》中所写到的“复仇”相似的快意：“再不能折磨我／令你们得到些许欢乐／我虽然带着往日的创痛／可现在你们还怎么启动／你们反逻辑的锯齿／倒刮我的神经还怎么再捅一块烧红的铁往我心里／这一切行将结束／／终于我望见远处一抹光／拂去我额头上的冰凌／我被这音乐光亮救起／彻底剥夺了你们的快意。”

如果说幸存下来的灰娃在“文革”中所写的诗歌（这句话似乎存在歧义，但它又恰恰具有双重准确性——灰娃是“文革”中幸存下来的，因为她经历了死亡危机；她的诗也是幸存下来的，因为灰娃把当时被视为“罪证”的诗大都销毁了）是一种噬心的反思，一种对现实的弃绝，那么，度过了死亡危机之后，灰娃的诗歌写作可以说是一种灵魂的返乡——这既是针对她写作的性质、功能来说的，又涵盖了她主要的写作对象。我们不难看到灰娃诗中经常出现的“故乡”“故土”“故家”这类词语（在我看来，灰娃笔下的“大地”以及与城市相对的“村庄”“山谷”同样也具有故家的性质），它们作为庇护性的空间，是一个神话性的力量场，是一种心灵上的现实——这是对她心中虽贫寒却洋溢着理想的光辉的圣地“再也回不去了”的一种补偿。

在灰娃笔下，故乡更多是作为一种追忆的存在，它具有永难忘怀的温情：“我怎么能忘怀，黄昏渐近，我迷路在我们村外纵横的堤畔，夏季突降的大雨点敲打万物，呈现一派爽气逼人轰烈壮丽的生气，和那充满空间生生不息蓬蓬勃勃的生命的音乐？”（《我怎么能忘怀》）同时，灰娃笔下的故乡兼具着亲切的世俗性和某种令人向往的神性：“打从歪歪斜斜学迈步／我闻惯了荞麦花香气／自河对岸成群飞来蜜蜂／骚乱了地气地脉精灵萌动升腾。”（《故土》）在《故土》这首诗里，灰娃表达了返乡的心灵冲动：“我要归去／我将飞回我们磨坊顶上那颗星／讲述你富饶而苦旱的原委遭遇／春去秋来夜夜在你头上守望你。”与城市的嘈杂喧闹相对，故乡的村庄却具有诗意的静谧——当然，这种静谧也只有对故乡充满虔敬之情的人才能感到，并为之感动。在《野土·午间村庄》中，灰娃写到了午间村庄静谧弥漫的霎那：“只有炊烟在村子上空飘浮，给土墙、草垛添了浅浅一笔淡墨。一只蝴蝶悄然无声正飞掠蒲公英和紫堇的光影。”正如王鲁湘所言，灰娃把“乡村生活的每个细节从岁月深处拣拾回来，通过心灵的放大器，把这一段唯一有价值的生活过程，彰显、加密，使它在质感上格外稠密浓厚，在体积上格外庞大扩张。这样做当然是为了挤压生命过程中那些废墟般的时候”①。

在对《山鬼故家》的阅读中，我们会感觉到灰娃对故乡的追忆成为了一种仪式，一种祭典式的仪式，因之具有了明显的挽歌色彩。在“祭典”组诗中，

① 王鲁湘：《向死而生》，《山鬼故家》，人民文学出版社，1997年，第214页。

灰娃写道："我还有什么献给你能比你自身／更深沉／更叫人揪心。"同时，在灰娃的诗中，我们会读到某种"宗教性"，而这就在于她对故乡土地的"宗教"的态度。"为着保护大地的儿女／你的形象／超越耶和华背负十字架／高耸在我们祖先生息过的领空／深深铭刻在你儿女心中。"（《大地的母亲》）"无论何时，走遍世间，我总闻到，夜气袭来，炊烟的薰香，一丝苦艾味道，圣经式的气质肃穆，尘世的惆怅苍凉。"（《我怎么能说清》）

然而，灰娃在诗中重返的故乡并不是一个诗意的栖居之地，也不是一个可以安顿她灵魂的所在。故乡、大地在她笔下是"美丽而忧倦"的，所以她才产生复杂的情感："我无以名状的心迹／局外人不可思议。"（《归——无须言说》）她在《大地的恩情》一诗中写道："人人都说自己故土好／可我的故乡真真叫人心放不下。"她心思系念的故乡并不是她灵魂的安居之所，相反，故乡成了让她"心放不下"的源头。

读灰娃的诗，会令我想到同样患了精神疾病的，被海德格尔大力标举的德国诗人荷尔德林。在《莱茵颂》中，荷尔德林唱出忧悒的歌："阿尔卑斯山峦鬼斧神工，／那是远古传说中天使的城寨，／但何处是人类／莫测高深的归宿？"而在《山鬼故家》中，灰娃写到天子山："那是神界鬼域的残骸／谁竟毁了这非人间的杰作／留下一片遗迹一片神奇……谁的领地谁的故家／赤豹山鬼／诡谲多情不为人知。"荷尔德林把阿尔卑斯山视为"天使的城寨"，因而想到人类的归宿无着，而灰娃则把天子山视作"鬼域的残骸"，这里是赤豹、山鬼的故家，然而它们的"诡谲多情不为人知"，这写出了一种深刻的孤独感。在另一首诗中，灰娃写道："无边大地从没这样／孤独／大地漂渡／在漆样的黯黑／一面梦想以重炮／摧毁心头皱折／在／颓日血色光带里／众树萧萧中。"（《大地从没这样孤独》）

《山鬼故家》是灰娃25年诗歌写作的集合，然而，我们可以看到她的写作数量相对于这么长的写作时间来说是相当少的。灰娃说，"我不可能'高产'"，因为"必得诗自内心催我，我才能写。我不会以行数计算诗，自己写过的少量文字，再读时每次都不忍看下去，甚至怀疑那些文字的属性，每因审视自己的心灵质量而愧疚。”[①] 由此可见，灰娃的写作，迥然异于那种消遣娱乐、陶情养性的“老年写作”，而是一种心灵写作，它听命于内心的催促，完全是源自心灵的需要——这使她的诗量少而质高，具有打动人心的力量。而这种心灵写作之所以具有打动人心的力量，在于“心灵乃是（心绪、性情）这种东西的源泉和场所，又是它的构造和声音，它把我们抛入呈现为诸般形态的亲密性之中，诸如冷静和贫穷、温厚和高尚、优美和无私、宽容和忍让”。[②]

诗人牛汉把灰娃的诗称为“野诗”，是因为她诗中具有一种“野性”：“在精神界，一切同样被圈养起来，一切都被规定好了，连鬼神都加以驯服，排好座次。野性就是天性，就是未被污染的未遭摧残的自然的本性，就是原创性。”[③] 牛汉所说的“野性”的存在，使得灰娃的诗具有一种穿透制度和“常识”的力量。同时，这种“野性”的存在，也使得她的诗歌语言具有异样的光彩。例如以下的诗句：“白云／绕着拥着在你四周飘扬／朦胧了记忆、旗帜／掩埋着歌声、鬼雄／没有碑／没有坟／一树梨花疯开／一阵白色摇摆／一阵大笑空中抛来……沿着云我／到处谛听我前生的梦／无缘由地哭泣／千言万语湿淋淋的。”（《沿着云我到处谛听》）；“阳世只午剩无数／深紫色瞳孔　听／巫师发功……热血童心受了欺骗凌辱／紫的泪纷纷碎了／紫泪滂沱漫过。”（《童声飘逝》）“如今／每时每刻我都被动地残酷地／意识到生的虚假／活着但活的不是自己的生命／太阳巨钟古铜色的轰鸣被擦拭／被镀成铿光呛出干笑。”(《我怎样再听一次》)

以上的文字，只是我在对灰娃的诗集阅读中所提炼出来的阅读印象和感想。恰如海德格尔所说，任何对诗歌的阐释，或许都脱不了是一场“钟上的降雪”，悬于旷野的诗歌之钟会因之而走调。[④] 还是去读灰娃的诗吧，借用灰娃的诗句来说，它们有着一种“充沛的沉默”，在其中，我们会不由自主地感动、激动、震动。

---

① 《诗人灰娃访谈》，中华读书报，2002-09-13。
② 海德格尔：《追忆》，《荷尔德林诗的阐释》，商务印书馆，2004 年，第 146 页。
③ 牛汉：《谈“野诗”》，《梦游人说诗》，华文出版社，2001 年，第 104 页。
④ 海德格尔：《荷尔德林诗的阐释》（第二版）前言，商务印书馆，2004 年。

变血为墨的赤子情

——张志民诗歌印象

早在20世纪40年代，弱冠之年的张志民就已经成为著名的解放区诗人。在恢复了创作自由之后，在20世纪七八十年代，张志民又创作了大量的诗歌，而且诗艺又有精进。对于张志民的诗歌成就，邵燕祥先生曾这样的评价：“在80年代，志民的诗达到他自己创作的又一高峰；无论从诗的意义或史的意义，他的许多篇章都无愧于新时期杰出之作。”“在诗艺上已经获得了成熟的个人风格的诗人张志民，以他从口语提炼的夹叙夹议的长短句，自由地书写着，明快地表达着；摆脱了散文化的芜杂和拖沓，也突破了歌诀式局促板滞，错落有致的句式一气呵成，顺口而又抑扬顿挫，特别是那富于讽刺意味的短章，每一个韵脚都像一枚致痛的针。”（《张志民诗百首》前言）虽然这是多年前的论断了，但是，现在站在当代诗歌史的角度回顾，这样的论断也仍然是中肯的，并非虚誉谬赞。邵先生谈到了张志民诗歌的诗艺方面的成就、诗歌形式方面的探索，而从诗歌的内容方面，我感觉到有一点非常突出——这便是我的文章题目所概括的“变血为墨的赤子情”。我想，这一点也是张志民诗歌的艺术感染力和影响力的非常重要的根源，形成了他的诗歌的风格与风骨，与他的诗歌成就密不可分。

一、诗魂·血滴

张志民一直是带着一腔赤诚和真诚的感受去写诗的，从诗歌创作的起步就是如此。我们现在再去阅读他20世纪40年代的第一批诗歌，如《王九诉苦》《死不着》《野女儿》等，首先感受到在革命摇篮中长大的年轻诗人那强烈的政治动机和弥漫在诗篇中那种真纯的政治情怀。政治动机之强烈与单一，政治情怀之真纯与显豁，笼盖在所有诗篇之上，以致诗人笔下的人物和题材有些雷同。因为所有诗篇诉说的似乎只是一个故事，一个真理。这些苦难的农民形象的人生悲喜剧无非都是因穷困而佣工，因佣工而受欺，因受欺而反抗，因反抗而家破人亡，最后又因土改而翻身，因翻身而欢喜。雷同的“叙事”当然在一定程度上消解了叙事文学更为关注的题材的丰富性和人物形象的深刻性——为了政治所要求的历史“本质”的真实，张志民诗歌中的“地主”，如《王九诉苦》中的孙老财、《野女儿》中的李霸天，都是扁平化的、脸谱化的（这可与张志民晚年所写的回忆录《十二岁以前》中的地主“南老天爷”形成有意味的对照）。正像张俊才先生所指出的，这些诗歌“以反复出现的情节画面，强化着诗人渴望利用叙事诗的形式表现和讴歌党领导下的土地改革、农民斗争和诉苦翻身的政治之情。”尽管诗人的政治意念是那么显豁，“但这种意念却不是外加的，它没有脱离诗人对生活的带血的感受”（张俊才《诗与政治的苦恋——张志民论》），所以它们并不是政治观念的传声筒，也不是空洞的口号诗。张志民早期的诗歌迅速成功并产生“轰动效应”，离不开其诗歌和占主导的政治意识形态的共振。但是，毫无疑问，他真诚的写作态度和他真诚地感受生活的体验方式也功不可没。而这，不仅是诗人创作原则的体现，也构成了诗人一以贯之的诗歌伦理。

1976年，诗人写下《自誓——斗室题壁》的“自赏诗”：“五年炼狱发如锥，十年绝墨笔生雷，愿作杜鹃啼血死，不慕簧舌学画眉。”这是对十年浩劫的反思，也是对自己诗歌理想的反思，对于张志民来说，诗行不是修辞练习，不是婉转的腔调，而是用生命吐出的血丝。1978年，作为一个有着30年诗龄的诗人，他又写下《诗魂·血滴》：“为探索／诗的奥秘，／曾染成多少——／白发，／送走了多少——／青春！／为寻求／诗的定义，／曾困扰过多少／今日的／——学者，／已故的／——先人。”最终诗人对“什么是诗”作出了明确而肯定的回答——“那不是／一行行墨写的／——诗句，／而是／一串串滚烫的／——血滴！”我们可以清晰地看出张志民的“生命诗学”——诗歌不是政治的宣传，不是为邀宠献媚，也不是仅供消遣把玩的语言游戏，而是与生命休戚相关的，是变血为墨的阵痛。诗歌是无用的，但也是强大的。法国当代诗人让·贝罗尔说，诗歌中贯穿着一根火线：中止绝望，维系生命。张志民在“文革”初期，无端罹祸，在监狱中，“一切自由都失掉了”，在“唯有‘头脑’这块地盘，他们还无法占领”的情况下，口占心记，“写”下了一批短诗。“因为这些诗最初是为给自己看的，故取名为‘自赏诗’”（张志民：《关于我的自赏诗》）。在那种是非颠倒、暗无天日的特殊环境下，在残酷的、最缺乏诗意的岁月里，这样特殊的诗歌写作，可以说其作用就是“中止绝望，维系生命”。布罗茨基在“诺贝尔文学奖受奖词”中说：“我敢断言，一个阅读诗歌的人比不阅读诗歌的人更难战胜。”那么，一个写作诗歌的人是更难战胜的，是诗歌让张志民抵抗住了绝望。这些“自赏诗”，也并不是“孤芳自赏”，而同样是“杜鹃啼血”，滴血写素心，它们凝结着诗人深层的生命思考，凝结着噬心的生命体验。

吴思敬先生说，张志民“有一种硬骨头的气概，有一种宽阔的胸怀，有一种强烈的使命感”（《风前大树——彭燕郊诗歌论》）。这种强烈的使命感和铁肩担道义的精神也表现在他的诗歌创作之中。“文革”之后，张志民创作了长诗《梦的自白》。在题记中，诗人郑重地交代了这首长诗的创作动机：“为着子孙的安宁，不能不记下这段荒唐的历史。”诗人秉笔直书，用“带着眼泪的笑”回忆了那段荒唐而恐怖的岁月，虽然早已时过境迁，但其中的段落现在读来仍让人砰然心惊——“其实，在‘监规’里／并没有规定／不准犯人做梦！／但我那些梦非同小可呀！／我懂得，那是——／绝对绝对的‘犯忌’，／红鼻子审讯员／早已经警告多次了：／‘就是要挖出你／内心深处的东西！／不坦白，咱有工具！’／我知道——／世上已有‘测谎器’／老天爷呀！／莫非还有‘测梦机’？”在《二十世纪的“死魂灵”——献给十年浩劫“文攻武卫”中无辜的死难者》中，诗人写道：“……历史竟有这样的怪事？！本来是两军厮杀，打的却是同样的旗帜，奉的却是同样的信仰！当带血的刺刀／戳进对方的胸口时，两人做着同样的／——祝福，／为同一个人的／——健康……一群无家可归的／——灵魂，／在郊野里游荡！／他们是战死者，／但没有番号，／也没有勋章！／他们仿佛／不计较这些名分，／要紧的是——‘观点’和‘立场’！直到今天／还在那里争吵：／一方论‘路线’／一方讲‘方向’……”诗人还曾经“给一条公路写志”，记载了“文化大革命”期间，北京郊区的一条“有种奇特的繁忙”的公路（我们现在可以读出，这其实就是通往秦城监狱的公路）。通过这条公路，诗人同样记录下了那段不忍回顾但又绝对不能忘记的历史。巴金先生生前呼吁建立“文革历史纪念馆”，以给人以警醒和启示，万不可重蹈覆辙，但一直未能如愿。我觉得张志民这些贯注着求真意志、对历史勇于剖析的诗篇就是在纸上保存下来的“文革历史纪念馆”，它们至今仍有意义。

二、为民立言的底层立场

谢冕先生曾说：“张志民是中国大地的儿子，他身上流淌着中国农民的血液。”诗人孙静轩在《一棵枣树》一文中，也称张志民从某种程度上是位“农民诗人”。而诗人自己在“自赏诗”里也自称“一品小民”。正像张志民的名字所昭示的，他是“矢志为民”的。身为农民的后代，张志民始终不忘对底层百姓生活和命运的关注，将自己文学的根系深深地扎在社会底层。他在《我与民间文学》中说，“诗人，作家需要文学的语言，文学的语言则不应是干巴巴的概念，它需要形象，需要有生活气息，而这种话，多是存在于劳动人民之中”。不仅从劳动人民中提取文学的语言，他所表达的情感也是自然淳朴的，用当下的流行词来说，是“接地气的”，这就形成了他诗歌的民间性和为民立言、为民请命的底层立场。

早在1961年的《写在香妃墓》一诗中，张志民深情地写道：“让我垂下头，／把你墓前的石阶／轻吻！／因为我／不是来谒拜／一位帝妃的陵殿，／而是来寻找／一个民间女儿的／小坟。”相对于名贵的石景，他更爱农村随处可见的供人休憩的石台：“我不喜欢／那名园中的／——石景，／它装模作样，／似假非真，／更不爱那上面的／——御笔石刻，／名士们的题吟，／说到底——／那不过是一笔／互相标榜的／——交易，／他靠它／抬高身价，／它靠他／涂脂抹粉。／我喜欢／那村口上的／——石台，／它默默地摆在那儿，／从不需要／画家的临摹，／诗人们的问津，／这里不刊登，／名家的颂词，／但发表人民的评论，／祖先们，／曾在这里／——说功道过，／儿孙们，／仍在这里／——评古论今……”（《石景和石台》）

也正是张志民一贯秉承的为民立言为民请命的底层立场，他才会注意到，故宫除去那些豪华的宫殿，给人印象最深的是门和墙。继而他思考：“那‘正大光明’／难道是真的？是真的——为什么又／躲在墙圈里／那么胆小？／那‘恩光普照’／难道是真的？／是真的——／为什么又／那么害怕／自己的百姓，／自己的同胞？”（《门和墙》）时至今日，“土皇帝”“官老爷”依然存在，因此这样具有批判意识的诗歌没有随着时过境迁而丧失它的现实针砭性。在1984年的《游“草堂”》里，他还慨叹：“‘安得广厦千万间’／该是您的理想。／办‘实事儿’／可真不容易啊！／这首歌儿／已唱过一千多年了，／不知天下还有／多少‘寒士’，／把它当作／梦中的希望……”对于旧社会矿区形成的畸形的婚姻“拉帮套”，诗人没有投以猎奇的眼光或是廉价的嘲弄，而是用一颗滚烫的同情心写下：“哪个算丈夫？／她是谁老婆？／难说！／人称‘拉帮套’／此话含泪说！／不是女人贱，／不是男人野，／人不值钱柴米贵，／

一个丈夫，／——养不活……”（《拉帮套》）

三、爱憎分明的赤子心

对于张志民，我敬重的邵燕祥先生这样评价：“这是一个真正的好人，索之当世，已不易得。”（赵日升《哭师哭友哭好人》）我想，人们之所以称颂张志民是好人，是因为他有一颗赤子之心。

张志民的人品是和诗品高度契合的。他的赤子心在诗歌中表现在他对于这片土地的爱，对于人民的爱，对于英雄和烈士的爱。在《送女儿出国》一诗中，女儿出国留学，这对于很多人来说原本是高兴的、自豪的，但诗人心里却是五味杂陈，“我该代表谁，说一声对不起呢？是代表我／父爱的失调／是代表妈妈／乳房的干瘪”。这首诗看似写的“家事”，其实，从诗中我们能体会到，诗人想到是当代历次“运动”使得祖国母亲贫瘠和落后，使得女儿要去异邦“留学”。诗中潜藏的是诗人对于祖国早日强大起来的殷殷期盼。张志民还写了《你与太行同高》《应该为你编出戏》《如果要说“书生”气》等诗篇，表达了对于彭德怀将军，对于吴晗、邓拓等著名文化人士的悼念。而在追悼遇罗克烈士的诗中，张志民用悲愤而雄强的笔墨写道：“他不是／死在法场上／而是死在／一座宫廷的——后院；／他没有触犯／国家的刑律，／但却撼动了／紫禁城的——门栓！//刽子手们／是想用那颗／染血的弹头，／制作镇静的——药片，但没想到／它牢牢地——／种入大地的深层！／像一颗雷管，／引爆了那座／——火山……”（《他——遇罗克》）这首容易让我们想到“在星星的弹孔将流出血红的黎明”这行著名的诗句。它们同样是表达对于铁幕一样的黑暗的憎恨和对于牺牲的启蒙者的无上的敬意。

“我爱自己的母亲。为了爱我学会了用枪，也练习了用笔。”（《诗说》）张志民如是说。张志民的赤子心不仅表现为爱，还表现为憎，对于丑恶的憎。王蒙先生曾这样评价张志民：“他总是一副笃诚温顺，笑容可掬的样子，而他的诗作却是爱憎分明，力透纸背也。”（《张志民诗百首》前言）张志民蔑视和鞭挞了那些弄权小丑，他把靠诬陷好人起家的投机分子骂为“跳蚤”，“嘴尖齿利形如尘，测风查雨观气温，明谋暗算盘肥瘦，东张西望费精神。下口常乘无人备，隐身只缘日光临，小物纵有三千跳，怎奈丈夫七尺身”（《吟蚤》）。他决不宽恕那些“靠别人的血求生的臭虫”：“不能宽恕的只有／没骨头的臭虫／靠别人的血求生，／尽管是红得发紫，／总使人感到／有点儿肮脏……”（《不能宽恕的》）在《祖国，我对你说……》中，诗人一针见血地揭露了政治赌徒的真面目：“就是这帮匪徒呵！他们口口称‘左’，只准说‘公’，不准言‘我’！他们的道貌岸然，并不是为了修仙，而是为着——赌博！”每见到那许多“慷人民之慨的当代食客”，诗人总要联想到“小时候所见的蝗虫”（《我坐在观众席上》）。

托尔斯泰认为，艺术是一种“情感的传达”，在《什么是艺术》中，他写道：“艺术感染力的大小决定于下面三个条件，1. 所传达的感情具有多大的独特性。2. 这种感情的传达有多么清晰。3. 艺术家的真挚程度如何，换言之，艺术家自己体验他写出来的感情深度如何。”当然，这样的艺术观念早已不新鲜、不时尚，但是我们也无法完全否定它的合理性和有效性。张志民的诗歌主张表现出了与托尔斯泰的应和。他在《文学笔记》中写道：“抒情诗，看来，情是主要的。你有多少情？你是什么情？决定着诗的分量。”在《张志民叙事诗选》后记中，他也说：“诗贵于情，而情，多来于事，也就是来源于生活，来源于现实，源于生活的东西，可免于空洞。因此，生活这块基土，是叙事诗与抒情诗都不可疏远的。”他的诗歌善于将叙事与抒情相结合，在叙事的同时注重传达内心的真实感受和人生体悟，并且紧贴社会现实，紧贴“生活这块基土”。他诗歌中所表现的对于历史的反思，对于生活的领悟，对于个体生命的体验，都可以让人感受到变血为墨的赤子情。——因之，他的诗歌至今仍让人感动，仍有审美的有效性和力度。

“笔在绝望中开花”
——北岛《无题》及其他

北岛，“朦胧诗”代表诗人，被认为是中国当代诗歌史上具有里程碑意义的诗人。2010 年，在当代文坛具有重要影响的大型文学期刊《钟山》评选 30 年（1979—2009）十大诗人的活动中，北岛是唯一全票当选的诗人，高居十大诗人榜首。但是，北岛又是被严重误读的诗人，甚至他在公开接受，包括海外接受的一些荣誉也是误读性的。这种误读就是对于北岛诗歌中的政治性的过分强调和强化（这满足了西方读者对于“中国幻象”的消费心理）。其实，北岛是向内探询“人的存在”的诗人，而非向外顺从或寄生性地反叛权力意识形态的诗人，甚至也不是惯常认为的启蒙主义“总体话语”发布者式的诗人。从美学的角度而不是从社会学的角度，重新衡估北岛诗歌的价值是当下评论界要处理的事情，就像陈超先生所指出的：“从北岛诗歌作为对人的自由精神和困境的展示，作为对汉语言内在奥秘的探询，作为对先锋诗歌艺术形式的探索……如此等等的角度来论述，恰如其分地将北岛‘还原’为一个诗人，是今天应做的尽管已经是严重‘迟到’的工作。”[①] 本文拟从北岛的“无题”诗入手，通过细读的方式，管窥诗人的思维方式以及其修辞手法与意象的意蕴，进而探照

① 陈超：《中国先锋诗歌论》，人民文学出版社，2007 年，第 162 页，第 175 页。

北岛诗歌的美学风格。

一、“无题”与朦胧

作为“朦胧诗”的代表人物，北岛的诗也被很多人认为“朦胧”“读不懂”，其实，这并不在于诗句的艰涩，他的诗句都有着精敏而准确的含义。这种晦涩往往是因为北岛“复杂盘诘的个人经验，他细致的自我分析成分，他的个人化诗艺追求”。[①] 这里以北岛的“无题”诗为例进行细读式的分析。

在我的阅读视域里，从“新时期”到“新世纪”，北岛写了20首左右的“无题”诗。他似乎是当代诗人中写作“无题”诗最多的诗人。众所周知，在中国诗歌传统中，无题诗以晚唐的“小李”（李商隐）为最著名。而在此前，诗人极少有将自己的诗歌标为“无题”的。由于李商隐的绝唱，“无题”诗创作一时形成风气。时至宋代，余韵不衰，多有“无题”之作。何谓之为“无题”？宋人对“无题”诗的理解大致有二：其一，“无题”诗是专门写男欢女爱的；其二，是不愿意标明诗歌题目的。比如，陆游就曾这样解释：“唐人诗中有曰‘无题’者，率杯酒狎邪之语。以其不可指言，故谓之‘无题’，非真无题也。近岁吕居仁、陈去非亦有曰‘无题’者，乃与唐人不类。或真亡其题，或有所避，其实失于不深考耳。”[②] 然而对于陆游所谓李商隐的“无题”为“杯酒狎邪之语”，清代吴乔不以为然，在《西昆发微序》中，他质疑说：“李义山《无题》诗，陆放翁谓是狎邪之语，后之作《无题》者，莫不同之。余读而疑矣。……义山始虽取法少陵，而晚能规模屈宋，优柔敦厚，为此道之瑶草奇花。凡诸篇什，莫不深远幽折，不易浅窥。何故于艳情诗讳之为《无题》，而遣辞惟出于赋！”[③]

对于北岛的“无题”，可以确定，既不是“杯酒狎邪之词”，也不是“真亡其题”。“无题”诗之所以“不易浅窥”，与其没有题目关系甚大。因为题目，往往是一首诗歌主旨的概括或提示，比如朱熹的《观书有感》，诗题就为读者

① 陈超：《中国先锋诗歌论》，人民文学出版社 2007 年，第 162 页，第 175 页。
② 陆游：《老学庵笔记》，中华书局，1997 年，第 78 页。
③ 刘学锴、余恕诚：《李商隐诗歌集解》，中华书局，1988 年，第 630 页。

的理解指引了方向——这组诗是谈读书过程的收获、体验与感悟的。当然，对于音乐的理解也如是，比如贝多芬把音乐取名为“田园”或“命运”，都为听众的解读提供了指向性；而如果只是命名为“作品X号”，就带来了欣赏理解的难度。北岛的《无题》是不折不扣的“朦胧诗”，其立意可谓“深远幽折”。

这与北岛的诗歌写作方式有关。正如，诗评家陈仲义所言，北岛在艺术上的最大贡献，就是率先进入并成熟象喻写作。他深谙对应交感论，在主客体间，巧妙“接通”双方契合点，经由精准的意象，完成象征的微言大义（北岛的意象，多数为孤峻的，如“古寺”“彗星”“岛”“云母”“蛛网”），成就了一种从意象到象征的多方喻指效应，引领了新时期以来，现代诗的一种重要写作范式。[①] 这种象喻式写作以“陌生化”带给读者以新奇感的同时，也带来索解的难度。

二、“无题”的文本细读

永远如此
火，是冬天的中心
当树林燃烧
只有那不肯围拢的石头
狂吠不已

挂在鹿角上的钟停了
生活是一次机会
仅仅一次
谁校对时间
谁就会突然老去

上面这首诗是北岛的《无题》之一，是北岛早期的作品，创作时间应在

① 陈仲义：《读北岛诗二首》，语文教学与研究，2008（1），第76~77页。

1980年左右。这首《无题》很简短，分两节，结构基本匀称。第一节，劈头一句，“永远如此”，语气中透露出一种无奈，一种愤激。“火，是冬天的中心”，这句比较费解。从意象的意蕴来看，“火”，象征着温暖、热情、光亮，也可以喻指启蒙——在英文里，“启蒙”（enlighten）与“火光”（light）是同一个词根。而“冬天”却是严寒、冷酷的。其实，我们既可以理解成“火”对于“冬天”作用重要，也可以反向去理解，广漠的“冬天”对“火”形成一种窒息性的围困之势（结合整首诗，后一理解应更准确）。这种修辞方式或者说思维方式，也出现在北岛后期的诗作中，如，“钟这时代的耳朵／因聋而处于喧嚣的中心”（《过渡时期》）。接下去的“当树林燃烧”，自然是承接上句的“火”而来的。“树林”可以喻指人群，这在北岛后期的诗句可以印证：“大街上的人群／是巨大的橱窗里的树林／寂静轰鸣。”（《磨刀》）“树林燃烧”可以理解为受到“火种”（早期启蒙者）的“引燃”，人群开始觉醒并迸发出极大的激情。而“石头”，不消说，自然是喻指冥顽不化的顽固者，他们不仅“不肯围拢”，而且还“狂吠”，即是对觉醒者的攻击和威胁。值得一提的是，“狗”“狂吠”是北岛诗歌中的熟词，这应该与他的生命经验密切相关，我们不难看出他对“狗”怀有不可遏制的厌烦。如下面的诗句：“在树与树的遗忘中／是狗的抒情进攻／在无端旅途的终点／夜转动所有的金钥匙／没有门开向你”（《路歌》）；“带上冬天的心／当泉水和蜜制药丸／成了夜的话语／当记忆狂吠／彩虹在黑市出没”（《黑色地图》）。

第二节的首句，“挂在鹿角上的钟停了”，“钟停了”也即时间不再往前运行，停滞了，这就与首节第一句“永远如此”构成了对位呼应，二者形成意义的和弦。“挂在鹿角上”应该是运用了一个西方的典故，也就是圣诞老人驾着鹿车给人们赠送礼物（吴昌硕曾撰联“多驾鹿车游汗漫，写来鲤简识平安”）。在西方，圣诞节就代表着一年结束，即将迎来新的一年。所以，我们也可以理解成一个时间的转捩点，马上就要开始新的时期了，但是，恰在这时“钟停了”。这意味着我们把时间停在了过去，带有万象更新意味的全新的时间不会到来。

这幅画面容易让我们想到超现实主义画家达利的名画《记忆的坚持》。如果达利画中融化的钟表象征着越来越糟的时代，那挂在鹿角上的停止的钟就代表着不会更新的时代。这个“钟停了”的认识，也与20世纪中叶共和国的诗人满怀激情地喊出的“时间，开始了”形成有趣味的对照。接下去的诗句中，“一次”“仅仅一次”的强调，突出了生命的宝贵以及时不我待的急迫性——这容易让人想到了北岛等人在1978年创办的《今天》的发刊词：“过去的已经过去，未来尚且遥远。对于我们这一代人来讲，今天，只有今天！”而结尾的“谁校对时间，谁就会突然老去”让全诗猛然沉落到绝望之上，这种截然的语气也是北岛诗中常见的，在《明天，不》中，北岛写道：“明天，不／明天不在夜的那边／谁期待，谁就是罪人。”这里同样蕴含着一定程度的激愤，体现着诗人的绝望感。

在另一首《无题》中，北岛写道——

我看不见
清澈的水池里的金鱼
隐秘的生活
我穿越镜子的努力
没有成功
一匹马在古老的房顶上
突然被勒住缰绳
我转过街角
乡村大道上的土
遮蔽天空

在我看来，这两首“无题”诗，虽然在情绪表达上有着程度上的差异，但就主题思想而言却是一致的。“一匹马在古老的房顶上，突然被勒住缰绳”与“挂在鹿角上的钟停了”异曲同工，即将聚力跳跃“古老的房顶”的马，突然被勒停，激情与热情也慢慢冷却。而“乡村大道上的土，遮蔽天空”与“谁校对时间，谁就会突然老去”表达着同样的失望，甚至是绝望。原本以为就要进入现代化的社会了，即将呼吸到新鲜的空气，却发现“遮蔽天空”的仍然是千年来的乡村大道上腾起的尘土。而悲剧的体验是“谁校对时间，谁就会突然老去”。也就是说，当你试图去让别人相信时代已然不同了，却发现周围人仍然停留在传统的陈旧的思维和生活方式之中，你的热心会受到孤立甚至被视作异端，而你也不由地怀疑自己也是生活在过去的时代。在北岛那首著名的《履历》中，“直到从盐碱地似的／白纸上看到理想／我弓起了脊背／自以为找到了表达真理的／唯一方式，如同／烘烤着的鱼梦见海洋／万岁！我只他妈喊了一声／胡子就长出来了／纠缠着，象无数个世纪”（《履历》）。也是表达的“谁校对时间，谁就突然老去”这种弥漫不去的绝望感和深刻的悲剧感。这种主题，或者说，对于历史与现实近乎冷酷的认识在北岛诗歌中以变奏的形式反复出现：“时间诚实得象一道生铁栅栏／除了被枯枝修剪过的风／谁也不能穿越或来往／仅仅在书上开放过的花朵／永远被幽禁，成了真理的情妇。”（《十年之间》）“那伟大的进军／被一个精巧的齿轮／制止／／从梦中领取火药的人／也领取伤口上的盐／和诸神的声音／余下的仅是永别／永别的雪／在夜空闪烁。”(《此刻》)

鲁迅在《华盖集·忽然想到》中写道：“历史都写着中国的灵魂，指示着将来的命运，只因为涂饰太厚，废话太多，所以很不容易察出底细来。……但如看野史和杂记，可更容易了然了，因为他们究竟不必太摆史官的架子。……试将记五代，南宋，明末的事情的，和现今的状况一比较，就当惊心动魄于何其相似之甚，仿佛时间的流驶，独与中国无关。现在的中华民国也还是五代，是宋末，是明季。……用了这许多好材料，难道竟不过老是演一出轮回把戏而已么？”[①]这和北岛在诗歌中的表达何其相似乃尔。北岛曾被称作“诗界的鲁迅”，评论家燎原也曾准确地指出：“从北岛秉持的艺术立场上溯，是先行者鲁迅的

① 鲁迅：《鲁迅全集》（第3卷），人民文学出版社，2005年，第54页。

清晰背影。”[①]——在我看来，就是因为其诗中流露的那种“我不相信”的怀疑，以及鲁迅式的目力穿透历史所看到的绝望，并由此而生的悲剧体验。当然，还包括北岛《履历》《触电》等诗歌中所呈现出来的鲁迅式的自省与自审。

三、“笔在绝望中开花”

李陀曾说：“在二十世纪七〇年代，北岛的怀疑，如同金斯堡的愤怒，曾经震动了千百万的中国人。我相信，怀疑是北岛的影子，会终生终世跟着他，无论他漂泊到哪里。”[②]的确，北岛诗歌中那种怀疑的眼神随处可见，那种绝望的体验也加深了他的孤独感：“我的影子／捶打着梦中之铁／踏着那节奏／一只孤狼走进／无人失败的黄昏。”（《关键词》）

北岛还写过另外一首《无题》——

把手伸给我
让我那肩头挡住的世界
不再打扰你
假如爱不是遗忘的话
苦难也不是记忆
记住我的话吧
一切都不会过去
即使只有最后一棵白杨树
像没有铭刻的墓碑
在路的尽头耸立
落叶也会说话
在翻滚中褪色、变白

① 燎原：《十大诗人（1979—2009）十二个人的排行榜推荐语》，钟山，2010（5）：第65页。
② 北岛：《蓝房子》，江苏文艺出版社，2009年，第81页。

慢慢地冻结起来
托起我们深深的足迹
当然，谁也不知道明天
明天从另一个早晨开始
那时我们将沉沉睡去

这首诗的起首三行，很容易让我们想到鲁迅在《我们现在怎样做父亲》一文中著名的句子："自己背着因袭的重担，肩住了黑暗的闸门，放他们到宽阔光明的地方去；此后幸福的度日，合理的做人。"的确，在北岛早期的诗歌中有一种英雄情结，尽管他说"在没有英雄的时代，我只想做一个人"。但是，这种情结并不体现为"等高一呼，应者云集"的自豪与成就感，而是对于使命的自我认领和责任的主动担承，就像著名的《回答》一诗中的句子"如果海洋注定要决堤，就让所有的苦水都注入我的心中"所昭示的那样。这首诗结尾的句子"谁也不知道明天／明天从另一个早晨开始／那时我们将沉沉睡去"，既有怀疑与绝望，同时也有着对于承担"虽不可为而为之"的使命的坚定与悲壮。

绝望而反抗者难，比因希望而战斗者更勇猛，更悲壮。鲁迅如是说。北岛曾说："如果一个诗人不是被悲哀打倒的人，他能写些什么呢？"[①]但是，他并没有真正被打倒，更多地表现出"独自去成为"的勇气和决绝，更主动地承担起了绝望。"是笔在绝望中开花／是花反抗着必然的旅程／是爱的光线醒来／照亮零度以上的风景"，这是北岛《零度以上的风景》中的诗句。这首诗带有诗人的精神自传性质，甚至可以视作是北岛的"个体诗学"。绝望，源于对历史体验的深刻性，这是北岛诗歌写作的发生学基础，但是他的笔并不是粗鄙的对抗权力的工具，笔下写出的诗歌是具有美学价值的花朵，是具有创造性的语言之花，这是对于诗歌本体价值的强调。"花反抗着必然的旅程"，可以结合北岛自己的话来理解。他在一个访谈中说："我相信宿命，而不太相信必

① 北岛、唐晓渡：《我一直在写作中寻找方向》，诗探索，2003（3–4）：第164~172页。

然性；宿命像诗歌本身，是一种天与人的互动与契合，必然性会让人想到所谓客观历史。……再说到宿命与必然性，在我看来，其实有两种不同的色调，宿命是暗淡而扑朔迷离的，必然性是明亮而立场坚定的。”[①] 在北岛的诗观中，诗歌是对晦暗不明的复杂的人性的护卫，是对缩减规训人性的所谓必然性的反抗。当然，强调诗歌是语言之花，强调诗歌的本体依据和诗歌的审美性，并不是说北岛追求的是不及物的“纯诗”，北岛也强调了“爱的光线”，强调了诗歌是对于“零度以上的风景”的照亮。冷峻的怀疑和不妥协的批判也使得北岛成为“有硬度”的诗人。尽管在前面那首《无题》中，北岛说，“永远如此，火，是冬天的中心”，但他还是选择了义无反顾地“走向冬天”：“风，把麻雀最后的余温／朝落日吹去／走向冬天／我们生下来不是为了／一个神圣的预言，走吧／走过驼背的老人搭成的拱门／把钥匙留下／走过鬼影幢幢的大殿／把梦魇留下／留下一切多余的东西／我们不欠什么／甚至卖掉衣服，鞋／和最后一份口粮／把叮当作响的小钱留下／走向冬天。”（《走向冬天》）因为对于绝望的直面与承担，北岛的诗歌更显悲壮，也因之呈现出崇高与荒诞相扭结的美学风格。

北岛的诗歌具有一种更本质的灵魂净化效果。虽然理解人的困境会加深我们的痛苦，而我们也因此更认识了人的价值。[②]而因为对于精神世界的深入烛照，对于现代人生存与心灵境遇的持续揭示，对于生存真实性和艺术自律性的双重承担，北岛也必然会成为从“时代”进入“时间”的诗人。

---

① 北岛、唐晓渡：《我一直在写作中寻找方向》，诗探索，2003（3–4）：第164~172页。
② 陈超：《中国先锋诗歌论》，人民文学出版社，2007年，第175页。

“我对你陈述我的一切，有如内心的独自交谈”
——林莽诗歌印象

由于具有相似的生活经历，诗人林莽的创作常常是被评论者与“白洋淀诗群”联系在一起的。但是，尽管诗人林莽同来自“白洋淀诗群”的大多数诗人都保持着良好关系，他的作品却在“白洋淀诗群”中显得疏离而独特。那么，这种疏离感从何而来？而具体到诗人林莽的创作中，他的疏离又为诗歌带来了怎样的美学特质？本文将通过透视林莽诗歌创作和文学批评倾向进行观照。

一、独立于流派之外的自主选择

在中国现当代文学史的发展过程中，文学作品所具备的“历史意义”对于不同文学思潮诞生、发展的影响是不言而喻的，而文学评论者与文学史叙述者亦倾向于将单个作家的创作历程及其创作的作品在文学史语境之中找到客观对应关系。于是，由于生活经历相似的缘故，当诗人林莽作为一名诗人进入到文学史讨论范畴的时候，他和“白洋淀诗群”的联系自然是密不可分的。不过，当北岛、芒克、多多这批在“白洋淀诗群”成长起来的诗人，通过自身旺盛的创作精力以及一系列产生“轰动效应”的诗歌作品，将“朦胧诗”写进文学史的时候，林莽又是疏离于这股潮流之外的——“他在这种汹涌的时代潮流中，却似乎有意地疏离了一些时尚的东西。他没有从群体的‘热身运动’中获得共享的声名,反而在诗的艺术取向上沿着内心的沉思踽踽前行。”[①] 学者叶橹将林莽的这种精神状态称为“独行者的孤寂与守望”。而这种评定恰恰可以说明林莽在诗歌创作、诗歌批评中的一种主要倾向，那就是努力保持自己在生命体验和审美判断过程中的个体主体性。

在通常的文学评价体系中，研究者倾向于将文学艺术创作视为一种特殊的意识形态生产，它是客观物质世界发展的一种延续和体现。因此，在本质上，当代文学几次重要的理论思想讨论高潮，都是对当时社会历史发展进程的一种反应。在这个语境中，文学评论者努力寻找着社会历史在单个艺术家创作生涯中所留下的痕迹，而文学作品在一个时代中的客观参与程度也因此成为了评价的重要标准。

因此，当我们以这个视角来看待“白洋淀诗群”的形成，以及以其为发展基础，最终进入文学史讨论的“朦胧诗”创作的时候，这种价值评判标准其实是不言而喻的。尽管多多、北岛、江河、芒克这些诗人在不断强调着自身创作的独立性，但在普世的社会认同和文学讨论中，他们仍旧因为“在对文化专制主义所形成的僵化的诗歌表现方式所持的叛逆态度”而被划分到“朦胧诗人”群体中。在他们的创作过程中，那种以文化专制和文学创作僵化为主要反叛对象的创作倾向旗帜鲜明地被表现出来。而一个值得注意的现象是，尽管林莽个人在成长过程中，也经历了类似的精神幻灭，但是他的创作显示出了更多的独特性和私人化。正像张清华所说，林莽诗歌的风格是非常“综合”而又独特的，其温和内敛而习惯于沉思默想的性格和气质决定了其诗歌具有“思想的独语”与“精神的漫游”的性质。[②] 当“朦胧诗人”群体努力将自身的精神幻灭在历史和时代的发展中寻找客观对应关系的时候，林莽则更安于一种相对私人化的感性表达。用他个人的表达就是：“艺术即直感，是源于身心的情感的释放，

---

① 叶橹：《独行者的孤寂与守望——论林莽的诗》，诗探索，2007（1）：第149~158页。
② 张清华：《林莽：“我渴望在人们心中抛下一片光焰”》，太行日报，2010-08-08（3）。

它是独立存在的，它不依赖于任何理性。”[①]

这种对于“直感”的追求和对于“理性”的舍弃，基本上可以坐实林莽主动和现实主义创作理念保持距离的创作初衷。因为如果认定“艺术即直感”，那就等于否认生活阅历对艺术创作产生的必然影响；如果认可艺术“不依赖于任何理性”，那就意味着社会性、历史性的客观分析对文学评判价值并不具有绝对的指导意义。由于这种创作初衷的倾向性使然，尽管林莽在后期的创作中也尝试了一些不同文学理论的引入，例如从 20 世纪 70 年代中后期开始，现代主义思潮开始对林莽的诗歌创作产生影响，但他的诗歌创作从来不能在任何一股文学风潮或者创作流派中找到完全对应的存在坐标。这或许可以解释，为什么在以现实主义创作思维和评价标准为主导的舆论体系中，林莽的诗歌创作一早就注定了边缘化的宿命，因为这既是评价体系对于林莽创作的必然结果，也是林莽个人在创作过程中的主动选择。那么，这种自主选择又是如何体现在林莽具体的作品创作中的呢?

二、聚焦于生命体验的创作表现

林莽曾经如此自述：“我是以生命的感知与经验为创作原动力的作者，对那些表层化的、言不由衷的作品从来都无法接受。也反感某些急功近利的流派和主义的追逐者。因为艺术最惧怕的是虚伪与做作，那些浮于表层的思想和矫情绝不会产生好作品。”[②]林莽还在文章当中多次提到罗丹所说的艺术是对真诚的考验。正是这样的诗歌理念和追求，使得他的诗歌沉静、内敛、直指内心。而以生命体验为原动力，追求生活体验的真诚表达，也使得林莽的诗歌具有“世俗”活力，体现出对于人生的依恋和质询。在这种意义上，陈超先生指出林莽的诗是“入世”的，这保证了它们具有亲切动人的美质，而不是停留在岑寂清奇的遣兴水平上。[③]

① 林莽：《读写散记》，新文学评论，2012，1（4）：第 51~54 页。
② 林莽：《穿透岁月的光芒》，天津百花文艺出版社，2001 年，第 186 页。
③ 陈超：《林莽的方式》，广播电视大学学报（哲学社会科学版），2001（2）：第 3~7 页。

在讨论林莽的诗歌创作的时候，一个明显的特征就是林莽的诗歌是“平等的交谈”[①]，而非概念化的定义。因为这种平等，诗人在更多时候强调的是诗人作为一个“人”的体验与感悟，而非是“刻意的追求”。

在林莽的创作之中，“土地”这个意象可以说贯穿了其整个创作生涯。当朦胧诗人们试图用高度凝练的文字抽象出个人对于历史、民族的理解和概括的时候。林莽更像是一个在荒野中低吟、求索的游子，他有感于命运带给自己的种种不幸与困惑，却又割舍不下这片土地为自己带来的惊喜与安慰。因此尽管“寒风的冬日”把初冬的原野上“挣扎着违时的嫩苗”“由苍绿变为焦黄”（《自然的启示》），但毕竟“冬天并非我们想象得那样冷酷无情”，“它心灵的深处，也有年轻温存的生命”（《凌花》）。可以看到的是，林莽无意于将自身的诗人身份从“土地”这一意象中抽离出来，他更为关心自己和土地在共存关系中的相互依托。如同林莽在著作《穿透岁月的光芒中》引用了美国文学批评家梅斯温逊在《科学时代诗的经验》中的诗论，“诗不告知，它只展现自己。散文才告知”，“诗不是观念，而是发生”。[②]正因如此，纵然林莽自身与“白洋淀诗群”有着千丝万缕的联系，但他的创作仍旧是游离于“朦胧诗”之外的，这些蕴含在其作品中的潜在文化与生活经验只是一种自然的流淌。他的沉吟与自省最终都指向了自己的私人体验，他的陈述也无关于对于世界真相的偏执解剖，更多包含的是一种在自我对话中寻求和解的预期。

这种孤立于流派之外的自主创作视角让林莽实现了一名诗人的“独立”，但一个令人遗憾的现实是，这种过分孤立于流派之外的独立为他的创作题材圈定了一个范围。在林莽于 1984 年撰写的短文《这仅仅是一个开始——谈诗及审美意识的转化》中，他较为明确地表达了对当代先锋诗歌过分关注社会意识形态，缺少艺术本质寻求的看法。这一倾向和上述“诗不是观念，而是发生”的理论可以充分体现出这种安于以私人体验为创作基础的创作理念，对林莽诗

① 林莽：《穿透岁月的光芒》，天津百花文艺出版社，2001 年，第 217 页。
② 林莽：《穿透岁月的光芒》，天津百花文艺出版社，2001 年，第 215 页。

歌创作的最终走向产生了巨大影响。那就是诗人主动将自身创作与同样作为客观存在的宏观意识形态世界所割裂。而这种割裂带来的最直接影响就是林莽的诗歌创作的主要题材都来自于个人有迹可循的生活经历与私人记忆，这导致他的创作缺少了一种更为明确的主题确立与终极关怀，且有限的生活经历也限制了诗作在审美方面的丰厚程度。

在林莽创作的诗篇中，虽不乏有关历史、命运的终究追问，但令人遗憾的是，这种追问往往终结于诗人追思过去的沉湎中，找不到一个理智的出口或者情绪的爆发。诗人在《海明威，我的海明威》中愕然道："我不是迷惘的一代，历史已经过去。我们又将留下什么，从累累伤痕的记忆中，称出历史的重量。也许，枪声不再响起，密支安的湖泊记住了那个声音，美洲的风不再诉说，加勒比海也在沉默。"林莽"爱海明威"，但英雄的传说在他的叙述中最终败给了伤痕累累的记忆，陷于沉默之中。这种源于自身记忆的伤感常常使林莽的诗篇止步于一种私人化的情绪排解，于是当历史创伤和私人记忆在实现审美共鸣的时候，这种消极宣泄总是在诗人流露出的对世界的总体认识中占据主导，"那些精神被无情掠夺的时代，人们像夜晚的游魂，闪着磷火一样的希望，在这里悄悄地把失掉的一切寻找"。因此，在这类书写历史和人类命运的诗篇中，林莽常常透露出一种不自觉的伤感。与其说这种伤感是诗人林莽对于抽象历史发展的论断，不如说这只是一种私人情感在客观世界中的单纯映射。于是，在 20 世纪 80 年代以后的创作中，林莽鲜有此类诗作问世。随着他与关注社会意识形态的创作理念越来越疏离，其后来的诗作在主题上也更加私人化。

这种主题选择上的私人化是林莽系统阐明自身诗歌理念后的必然结果。于是，作为诗人在成长时期的最重要经历，青年时代在"白洋淀"的乡土经验构成了林莽诗歌创作的主要主题来源。即便诗人最终离开了这种乡土生活，但以这些乡土经验为基础的生活记忆依旧成为了诗人创作中的主要意象来源。这种对于过去记忆的沉湎让林莽的诗歌创作有了一种整体性的回溯倾向。长诗《记忆》则可以看作是这种倾向的一种集中体现。在长诗的第一部分，城市被描绘得灰暗且混乱，“它战栗，但并不知晓命运的指向”，“太阳在远方的尘埃中变得暗淡”，它逼迫着诗人的记忆回到乡土，回到自然，“让苍凉的记忆播响每一个遗忘的年头”。于是在第二部分，阔别乡土已久的诗人再次进入了创作初期熟悉的乡土写作之中，因为和模糊的城市图景相比，“那不止是青春丧失的年份”，“雨后升起的月亮把它的银色，镀在了那些倒伏的生命上”，也许“没有人看见那场青春的暴风雨”，但诗人依旧最终肯定了自己与那段岁月之间的积极意义，“我乞求、我感伤、我悲愤、我渴望。而我清醒地知道，这是那些年的记忆，沉入了我们的生命，铸就了我们的灵魂”。或许，从白洋淀开始自己诗歌创作的林莽，更多地将这种经历视为了自己的灵感宝库，他坚信这种生活的片段“将永驻于心灵与历史的契合点上，闪电般照亮风雨的凌晨和那些酸楚的心灵”。

所以，作为诗人的林莽，从来没有因为任何现实原因而将自己的创作过分抽象化，并从主观经验中抽离出任何纯粹的概念。他的诗篇皆源于自身情感的自然流露和对生活经验的回望与凝视，他个人也主动选择游离于各类意识形态色彩浓厚的文学流派之外。这可能是因为诗人林莽有感于“这是一个非文学的时代，一种现代主义的酸，溶解了那些带有某种怀旧情绪的往事，使许多事物处于无所适从的尴尬之中”[①]，而为了避免这种“尴尬的无所适从”对自己的创作造成冲击，他努力将自身的作品回归到体验本身，放弃了审美和情感之外的一切理性探讨。这种自主选择让他诗作的题材被局限在乡土经验的再现，让诗作的落脚点止步于简单的私人回忆。所以，在这样一个由文学的专业化、理论化逐步占据讨论主流的时代，无论是作为诗人的林莽，还是作为文学批评家的林莽，在对待诗的态度上都是相对谨慎与保守的。而这种旁观者的视角，既是林莽作为一名文学理论家的主动选择，也是他作为一名诗人最值得被后世珍视的理由。

“我对你陈述我的一切，有如内心的独自交谈”，题目中所引诗句出自林

① 林莽：《穿透岁月的光芒》，天津百花文艺出版社，2001 年，第 80 页。

莽的诗歌《雨中交谈》。在我看来，这句诗足以体现“林莽的方式”（陈超语），亦是林莽诗歌的风格特征和独特面貌：潜心以求、真诚而内敛、沉思而自省。那么如果以此为切入点的话，上述讨论也可以渐渐归纳为一种对于林莽诗歌创作的整体印象：他是在土地间低吟求索的游子，却在得到答案之前，在求索中与土地合为一体。或许这种创作习惯让林莽的诗歌常常处于一种自我陈述的回忆中。可是，我们回顾中国新诗发展道路的时候，在永不停息的流派争论与价值评定之外，恰恰正是有诗人林莽的存在，为文学史研究提供了这种真诚但深沉的自省视角。他无意于用理论赋予世界一个情感之外的抽象答案，只是在和内心的温和交谈中尽力达成与这个世界的和解。他带着对世界的热忱以及对诗歌的忠诚行走在世界的边缘，将深沉的私人体验内化为诗篇，在体悟生活、自我反思的过程中为世界写下独属于自己的注解。

个人心灵志或回望的乡愁

——散论张中海的诗

一、人间烟火和“泥土的诗”

张中海出道很早，成名也早，在 20 世纪 80 年代初已经是全国知名的“乡土诗人”了。其诗歌作品在《诗刊》等重量级刊物发表，受到知名批评家的关注。1982 年参加了《诗刊》农村诗采风创作座谈会。张中海在 20 世纪 80 年代还多次荣获诗歌奖项，出版多部诗集:《泥土的诗》(1988 年)、《现代田园诗》(1989 年)、《田园的忧郁》(1990 年)。二十几年后，重拾诗笔的张中海又接连捧出两部诗集，分别是 2016 年由山东文艺社出版的《混迹与自白》和 2017 年由中国青年出版社出版的诗人乡土诗志系列“再试验”的成果《土生土长》。

应该说，张中海最初的成名与当时的政策导向和主流宣传不无关系。张中海自己也承认最初一些反映农村变化的诗歌是为了配合宣传。1982 年张中海参加的“农村诗采风创作座谈会”，其主题就是怎样配合政策，反映农村新变化。但是张中海的诗并不是政策宣传的传声筒。甚至在反映新时期农村新变化的诗歌创作成为时尚潮流，在张中海参加全国农村诗采风座谈会时，他就决定不再写这类宣传性诗歌，尽管再写什么，怎么写，他心里并没有数(参见张中海《我与乡土诗——与诗友 H.Q 书》）。也正是由于他的诗的出发点不再是配合宣传，而是源于现实生活的发现和对于乡土真实而深厚的情感，所以他 80 年代时的乡土诗（或者用他的诗名“泥土的诗”更合适）不是空泛的抒情而是更具有主体精神。恰如程光炜所言，与其说是齐鲁乡间旧闻故事的“出土”，“莫如说是历史的巨大身影徘徊在今天农民心理世界的困惑和憧憬，并由此而滋生的极其复杂的心理情绪。对这种情绪的深刻揭橥，提供了当代农民心灵历史的某些侧影”。

“是的，我的诗本来就没啥价值／我写的大都是鸡毛蒜皮／我是庄稼人，头顶高粱花两裤脚泥／我的笔，说啥也扯不起惊天的雷奋飞的旗。”（《农家情》）从张中海早期的诗句中就能透露出重要的信息，有的信息甚至贯穿于他整个的诗歌写作生涯。比如，诗人的角色定位“庄稼人”；诗歌的题材选择“鸡毛蒜皮”，对于宏大题材和堂皇叙述的拒绝，“说啥也扯不起惊天的雷奋飞的旗”；以及对于自己写作价值的自我衡估——“本来就没啥价值”，当然，是一种自谦。张中海对于自己的写作具有自觉性和明晰的价值和功能判断，尤其是 20 世纪 80 年代中后期以及晚近的写作，作为个人心灵史和乡土诗志的特征越发明显。在《土生土长》的序言中，张中海重申了他对于诗人、对于诗的理解：“所谓诗人，在这里也应该首先回归于人——人，这么一个称号。不是神，不是仙，也不是鬼，也不再是机器或配件——而只能是人！人话，人事，人样，人性。所谓人间烟火，是也。”对于人事、人间烟火的强调是对于 80 年代初“鸡毛蒜皮”的赓续，而对于诗人是人而不是机器或配件的强调则还是体现诗人的主体精神和个体主体性。由此可见他的诗歌理念具有相当的一贯性。

作为被千年来农耕文明所浸润，被“种豆南山下”“竹喧归浣女”这类古典诗词所影响的中国人，对于乡土诗和田园风格会有一种天然的亲切。张中海的诗中出现了为现代社会和城市生活所陌生的乡野意象和生活，比如蝈蝈、蚂蚱、蛐蛐、雁阵、吊葫芦，比如小驴驹、大牲口，比如驴道、村井、泥塘，比如穰垛、搭犋，比如露水、屋檐水、草木灰，比如坡火、童戏、“鬼打墙”，等等。诗人敏锐地捕捉着这些乡野意象的诗意和所蕴含的人生况味。比如：“大人们放心重又上炕／孩子却趴上窗棂，寻找上一次／发山水时的动静／有点失望，又有点希望／全然不知，檐水砸在石阶上的小窝，就叫／岁月。”（《屋檐水》）这些意象和生活是乡村生活的记录，尤其在乡村和地域风俗文化快速消失的当下，这些诗歌确实有着“乡土诗志”的功能。但是，张中海意不在用这些乡野意象迎合人们的田园趣味，而往往是通过这些意象把在时代变化中的农民的境遇和心理状态暗示出来，比如“六月雨”“红席篾的蝈蝈笼”“风旗”；也有对于农民命运的观照与思考，比如《驴道》等诗。顺便提及，《驴道》这首诗容易让人联想到同为山东诗人臧克家那首名诗《老马》，“眼前飘过一道鞭影，它抬起头看看前面”，写出了“老马”一样的民众的苦难和坚忍，而被摘去“捂眼”的“驴子”则暗示了农民的新变化。《风旗》《驴道》这样的“泥土的诗”有着一种忧郁的气质，这种气质曾在艾青等优秀的诗人笔下出现。忧郁不同于感伤。感伤是一种细碎的情怀，而忧郁则更磅礴深厚，其中有着对于现实生活的执著关注。比如我们说俄罗斯作家往往有忧郁气质，这从根本上来说是来自于他们对于俄罗斯民族和土地的深切关怀。从感伤到忧郁，作家的主体精神的力量感增强了。

二、“抛离乡土”和个人心灵史

对于乡土诗，张中海有着清醒而独特的认识和理解。在1986年九宫山全国乡土诗研讨会上他就提出，“只有抛离乡土才能产生乡土概念，只有对浪子才能唤其回头”，“你走得越远，回来得也越快”。或许是基于“只在此山中，云深不知处”的认识，抑或是对于“戏台里的喝彩”的不满，张中海主张用一个“他者”的视角来重新审视乡土和乡土诗歌。这种诗歌理解也与张中海的“野心”、人生探险和心灵纠葛休戚相关。之后，他便写出了下面的诗句，也几乎同时开始他“抛离乡土”（也就是当年时尚热词“下海”）的生活之旅。《新〈茵纳斯弗利岛〉》是集中体现张中海当时心理状态的一首诗。“我也要动身走了。

我只是凭直觉走向引领我去的前方／现代之荒原、市场之汪洋、众生云集之竞技场／没有宇宙飞船我就乘公共汽车去／没有公共汽车我就徒步去。”似乎诗人是勇往直前义无反顾的，但是接下来的诗句却看出诗人的根源于农耕文明的价值判断：“同流合污，急流勇进／一水当前，谁还再去顾惜是否有一身／纤尘不染的衣裳。”正是对于物质文明和经济财富的向往和根源于千年来的农耕文明的价值判断的抵牾，让诗人的心灵充满了骚动、不安和更多的纠葛。“睁眼我也能听见，闭眼我也能听见／远远的大山那边，有一个声音，正激烈地／敲打着我的门窗”，这里的“激烈”也是诗人内心纠葛的激烈。“田园，我的母亲；田园，我的爱／当我老了的时候，我还要回家乡的／或者带着希望，或者带着失望／只是你千万莫再为我留门／你若给我留门，我更羞愧地／无地自容……”（《没有月色的夜晚》）“田园，我的神明；田园，我的爱／我可以遗弃你，可你不要遗弃我。”（《当子夜万籁俱寂》）这些诗歌是这种激烈的内心纠葛的延续，而新世纪之后的“混迹与自白”，这种纠葛仍在继续。“物质的年代我的歌自然唱给物质／包括金钱与美女，谁敢与之过招／所过之处，放屁也要砸上个窝／……北岛诗说，对于这个世界——我不相信／并非反其道而行之，我说／对于这个世界——我从来没有怀疑／我怀疑的只有我自己！”（《生逢其时》）再如《半截子革命》《二道贩子》等诗都是在时代的嬗变和波动中对于张中海自谓的“古老中国最后一代标本式农民／第一代农民工／第一代土里刨食的新兴资产者”的个人心灵史的记录。其实，这也不仅仅是诗人个我的心灵史，因为在那个历史语境里，中国大地上有着千千万万的“张中海”，他们放下祖祖辈辈握着的锄头，“抛离乡土”，成为兼具农民和工人两种身份的角色，辗转于城市与乡村之间。所以，是否可以说这也是“一代人”的一段心灵旅程？

三、《土生土长》：回望的乡愁

对于乡土的情感和混迹商海20年后对于乡土文化的重新打量和皈依，张中海把他最新的诗集最初命名为《乡村至上主义诗抄》，后更名为《土生土长》。这部诗集，在我看来，语言更加洗练精粹，加之融合以历经一甲子的长者的智慧和生命感悟，使得诗意绵长而深厚。比如这首《炊烟》——

麦秸蓄的屋顶，棘条插的柴门，土坯垒的墙
这些，才能烘托我的炊烟
每当内心那根脆弱的神经被什么撩动
那袅袅炊烟就从屋顶熏起
以它的轻
举起日子的沉
以它的随风消散
洇染年代的久远
教我，屋漏偏逢连阴雨的日子
喝口凉水，也小心咯牙
锅砸了，就再锔起
即便只有半碗饭
也得双手平平地端起，心平气和吃下
勺子不能向外舀
人在屋檐下，该弯腰就弯腰
夜深人静，也还要举头三尺

日行千里，也总马放南山
金戈铁马，也还解甲归田
该放下的放下，不该放下的也放下
只有这时，那一缕炊烟，才从茫无人迹处
重又升起……

从屋顶熏起的炊烟带着铁锅炖饭的香味和柴火的噼啪声响及呛人的味道，这不是流行歌曲“又见炊烟”的甜腻抒情，而是诗人对于朴素生活源头处的回望，但它并没有因为回不去而伤感，也没有故作姿态的矫情。这是心平气和的诗歌，也是“终于智慧”的诗歌。那一缕从茫无人迹处升起的炊烟不啻让人心安和开悟的神示，而这已经是诗人“知天命”之后的领悟。

诗人的同乡，也是优秀的诗人郜筐曾在为张中海的诗集作序时并没有一味地为乡党吹捧，做“戏台里的喝彩”，反而真诚地表达了自己的见地：“这里，显然是一个不合时宜的人，一组不合时宜的诗。是乡土？它没有乡土的纯粹与平和；是现代？又处处残留着上一世纪的陈迹和锈蚀。是出土文物？年代又显然不够久远。”尖锐甚至尖刻地评判张中海的诗“起于县级水平，最终又沦于县级水平”。然而，诗歌非要追随“时宜”吗，非要“和国际接轨”吗？我倒觉得王延庆的评点一语中的：“无论过去时还是现在时，中海的诗大多取材于乡村，青崖头、烟家铺是他生命的源泉也是他创作的源泉。从这原来地图上没有标记，现在也几近从新行政区划中消失的小村一隅看开去，展现在眼前的竟是我辽阔的乡土中国！那注定消逝、已经消逝，却又永远也不会消逝的无尽的乡愁啊！”(《张中海其人其诗》)这种回望的乡愁不妨说就是在当下快速工业化、城市化的历史语境和文化表达中张中海诗歌的独特性所在。——这是否也可以算是另类的合时宜呢？

希门内斯说，诗是献给无限的少数人的。我甚至认为，诗歌是个人灵魂的显影，有着类乎个人宗教的职能，诗人在诗歌写作中获得自我救赎。所以，诗人对于自己“不合时宜”的诗歌的命运的担心——担心它们是否可以被“读得懂”，是否具有“普遍意义”，也许是大可不必的。况且，文学题材的选择并不能影响作品的审美成就，一些作品可能会因为自身题材的小众性，无法在最大的范围内吸引有效读者数量，但只要作家保证应有的水准，选择开始阅读作品的读者通常应该不会因为题材的缘故而对作品产生误解和排斥心理。而回到《土生土长》这部诗集本身，以个人的观点，其落脚点并不只是单纯地在回忆农村生活，其本质仍是一种私人记忆的再现，张中海用自身在特定时期的记忆和情感不断向读者编织着一种态度。换言之，农村生活只是他提取这种私人情感的一种媒介，即便现代读者没办法同他一样，对于作品中的生活细节如数家珍，但相信他那种回首往事的沧桑感，以及对于个人命运与世界真相的执着追寻，在如今的读者群体中，仍旧是可以被理解和共鸣的。

四、有关诗人作品风格的转变

相比而言，张中海在20世纪80年代的诗篇更具有现实主义基调，探讨的问题相对直接且明确，那就是生活在乡村田园的“庄稼人”的生活状态，以及对于时代变革为这种生活状态带来的冲击的一些思考。而在2014年之后，他的创作初衷似乎发生了一些变化，用他自己的话说，即“我反对树乡土诗旗帜。树乡土诗的旗帜实质上大多是画地为牢，排斥了诗中最根本的哲学意蕴和现代意识”。虽然这种论断不免有些许自嘲的意味，但其实详细探究起来，亦非空穴来风。

首先，比起80年代那些具有明确指向性的现实主义诗篇，张中海“回归”之后的诗篇在创作态度上更加“私人化”。所谓“私人化”，一个特征就是，虽然他在后期的诗篇中仍不乏以“乡下人”自居，且乡土生活依旧被作为主要描述对象，但在主题方面，主语“我”与“世界”的关系显然成为了他更加倾力描绘与捕捉的对象，一种现代主义的形而上式思考渐渐显露出来，80年代具有现实主义的书写语境被不断突破。具体来说，在80年代的作品中，张中海试图通过提纯式的描述来还原乡土生活与农民群体在时代变迁中的真实处境，呼喊出“粗手大脚的庄稼人，啥时变得这么难缠”这样的疑问，也在努力为这种生存现状找到一种现实依据，例如《驴道》一诗似乎就可以看作是对这种生存状态的极端隐喻。但是值得注意的是，在创作于20世纪90年代的《破车子张中海》中，“私人化”或“本我”的关注其实已经超越了现实主义语境，而这个特点其实可以涵盖诗人回归之后绝大多数作品。以这个层面来看，所谓“20

多年后的重新开始，即接的这个茬”，的确是一个相当有说服力的论断。

另外，除却所谓在主题风格上向“私人化”的现代风格转变，张中海在2014年之后的诗篇的另一个特点就是语言风格的转变。在20世纪90年代以前，或许是为了突出“乡土诗”的独特质感，他并不避讳，甚至在努力渲染“我手写我口”的原始和粗粝，努力将自己的诗篇与强调意境的传统文人诗划清界限。例如诗歌中对于方言俚语的使用，如“懈晃”“仄楞”等词和“啥”字的使用，以及类似于“我的诗本来就没啥价值”的极端书写。这是他的诗歌的“土气”所在，也形成了他的诗歌的“地方色彩”。尽管在回归之后的诗篇中，这种犀利的精神态度仍旧得到了延续，但他在后期的创作中开始更加注重细节的打磨和文字的运用，对于意象和隐喻的使用也更加考究。促成这种转变的原因，可能是如他自己所言，意识到了“树乡土诗的旗帜实质上大多是画地为牢，排斥了诗中最根本的哲学意蕴和现代意识”。因此，以诗的审美成就来看，张中海在2014年之后的整体水平应该比20世纪80年代有进步，但不排除在新的创作中，一种属于学者式的概念先行的创作理念在牵引着他的创作思维，当然也可能是他已经将创作重点转移到了隐喻、反讽等具有现代性的追求上，从而引起了诗篇中情感浓度的稀释与收敛。

五、对于诗歌，形式就是一切？

张中海曾说，对于自己的诗歌，形式就是一切。同时，他也表示担忧自己的诗歌是否也会沦为带着腐朽味道的“老干部体”。这种形式创新的焦虑可能是当代有抱负的诗歌创作者面临的一个普遍问题，但其实也在某种程度上说明了“诗”这种体裁在创作方面的独特性。无论是小说创作还是戏剧创作，作家都可以在一定程度上通过技巧来掩盖自身情感上的匮乏，这就是为什么即便剧作家和小说家在某一阶段并不具备足够充沛的创作热情，但仍旧能够创作出水准之上的文学作品。然而诗人是很难做到这一点的，现当代诗人尤其如此。诗人张中海所以搁笔20年之久，恐怕也有其中的一些原因吧。不过以笔者看到的他目前发表的诗篇而言，基本都做到了“言之有物”，大概是因为他一直都有所思考。这种思考早在他80年代的一些现实主义思维明显的创作中就有着非常明显的表现，而这种思考最终通过这些诗篇幻化为非常直接的情绪表达。需要警惕的是，这种直接的情绪表达有时会造成诗意的稀释和寡淡。如《向往》这首诗——

当流浪成为一种病
成为时装，在街上流行的时候
我向往一种世俗的生活
一片遮风挡雨的屋檐
一个劈柴烧热的炕头
三亩园圃，年年新韭
两头牛，把奔命的生活拉回田园的节奏
阳光照进格子窗
小小一隅，也照样尘灰浮动
我天性混沌，自然难脱红尘
眼里只有女人孩子
满脑子里只是油盐酱醋柴
也许你指责我从此堕落
可由上进到堕落，于我
是一种怎样的历史性转折呵！

在我看来，这首诗中“阳光照进格子窗／小小一隅，也照样尘灰浮动”格外精彩，既有着生活细节的质感，又有着古典诗词的雅致。而结尾的几句由于过于直接的抒情和直白的议论则让诗歌质量大幅受损。古典诗词的理论家对此多有评点，比如俞平伯在《清真词释》中说：“诗以不触及议论为常，而议论有狭义广义之别。狭义之议论，即议论是也；广义，则凡在文字间加以点破者，皆议论之属也。”沈德潜在《说诗晬语》中也说：“人谓诗主性情，不主议论，似也而亦不尽然……但议论须带情韵以行，勿近伧父面目耳。”

的确，诗歌需要创新，需要追求语言和形式的创造。但同时，刻意求新的创作理念并不可取。所谓“诗歌创作必须不断蜕变”可以看作是诗歌创作的一种总体趋势，但作为创作个体的诗人切不可陷入刻意求新的无趣。老旧并不可怕，重要的仍是作品自身的自洽性。因此，作为一名诗人，与其纠结在新旧之间，不断希望借助新理论、新技巧为自己的创作增加新的时代意义，不如回到诗篇创作的本源，以最直接的个人思考和情绪表达来完成只属于自己的创作。以此为基石的话，只要诗人仍然在关注世界的变迁，仍具备思索命运与表达自我的欲望，即便不需要所谓“对新形式新表现手法的接纳吸收”，仍旧可以创作出属于新时代的优秀诗作。

不可言说的言说

——浅论海子的诗歌创作

海子（1964—1989）以他的诗歌理想、诗歌创作、诗歌影响以及最终的行为艺术成为新生代最重要的诗人之一。我们几乎可以说，海子以一人之力，以其高古的情怀、喷薄的激情、超拔的想象、天才的创作在短短几年的时间内把浪漫主义诗歌在中国推向了成熟，或者说他使诗歌的浪漫主义时代在中国提前终结。

海子的诗歌写作方式主要是象征的、隐喻的，这与当时的“第三代”诗人的“拒绝隐喻”“口语写作”的主张相悖。当然海子已经突破了朦胧诗的框架，他的诗不再是一代人的诗歌表达，而是个体生命的诗歌表达，他的创作，从语言技巧的运用、题材的选择、激情方式都是特立独行的、海子式的。他的这种诗歌写作方式是由他的诗歌观念决定的。海子将诗歌看作自己的上帝，作为对人生意义和世界意义的探询。“诗歌不是视觉。甚至不是语言。她是精神的安静而神秘的中心。她不在修辞中做窝。她只是一个安静的本质，不需要那些俗人来扰乱她。她是单纯的，她有自己的领土和王座。她是安静的，有自己的呼吸。”（《我热爱的诗人——荷尔德林》）“我总是拖着晦涩的无法表达无法言说的元素飞行。”（《土地》）世界的奥秘和形而上的意义是超越了人的理解力和判断力的，是神秘的不可言说的。诗歌——一种“语言的炼金术”——作为对世界的奥秘和形而上意义的探询，就是对“不可言说”的言说，而隐喻、象征则是对不可言说的言说的有效手段——如果不是唯一的。象征是历史经验——个人的／集体的——的形象化浓缩，每个象征都以特殊的方式呼唤、触动着我们。对形象的体验使我们获得对不可言说的真实体验。因为正是在象征之中并且通过象征，在我们之间产生了对语言界限彼岸的理解。P. 蒂利希说，象征“透射出”被象征的真实的“存在力量”。[①] 不可言说的是人在内在的深层里语言界限彼岸所遭遇的那种真实。谁理解象征——谁难免与真实遭遇——当然是另一种层级上的真实，而不是可以天天碰到的可以科学分析的真实。让我们分析一节海子的《桃花时节》——“桃花开放／太阳的头盖骨一动一动，火焰和手从头中伸出／一群群野兽舔着火焰刃／走向没落的河谷尽头／割开血口子。”这壮烈、高蹈、冶铸精神的“桃花”与同时期第三代诗人热衷于写的“冷风景”多么不同啊！第一句把我们的眼睛聚焦于一朵桃花的开放：那迎风而动的花瓣竟是“太阳的头盖骨”，那花蕊竟是“火焰和手”！一个“伸”字，使一朵弱不禁风的桃花迸射出多么强劲的生命能量。接着镜头拉远，一排排向着远方延伸的桃树，在刹那的恍惚中仿佛一群群野兽向着远方行进，这准确地写出了桃树的树形，而且，一个“舔”字就刻画出了那柔嫩的舌状的叶子。多么精粹而神奇的想象！而且，“一群群野兽舔着火焰刃 ／ 走向没落的河谷尽头”，写出了诗人在艰辛中义无反顾的探索。这“没落河谷”中的“桃林”隐喻了先锋诗人的现实处境。这样“把普通的东西赋予更高的意义，使落俗套的东西披上神秘的外衣，使熟知的东西，恢复未知的尊严，使有限的东西重归无限”，也就是 19 世纪德国浪漫主义诗人诺瓦利斯所说的“浪漫化”。[②] 海子在《我热爱的诗人——荷尔德林》中把抒情诗人分两类，第一种诗人热爱的是“生命中的自我”，第二类诗人“热爱的是景色中的灵魂，风景中大生命的呼吸。……把

① H. 奥特：《不可言说的言说》，生活·读书·新知三联书店，1994 年，第 39 页。
② 刘小枫：《诗化哲学》，山东文艺出版社，1986 年，第 33 页。

景色当成‘大宇宙神秘’的一部分来热爱”，海子认为第二类诗人超过了第一类狭窄的抒情诗人。海子无疑就是第二类的诗人。自然景色在海子看来不仅是比拟象征人类世界的修辞仓库，二者在本质上并无差别；同样的生命力创造力在两者间激荡，这就是海子所说的“诗人与天国合一”。[①]

“做一个热爱‘人类秘密’的诗人。这秘密既包括人兽之间的秘密，也包括人神、天地之间的秘密。”（《我热爱的诗人——荷尔德林》）“秘密”本是不可言说的，而热爱人类秘密的诗人却要拿起诗歌透露秘密，于是这种“不可言说的言说”就类似于老子所说的“道可道，非常道”了。除了运用象征、隐喻手法进行“不可言说的言说”，海子还运用了超现实的手法。“秋天深了，神的家中鹰在集合／神的故乡鹰在言说／秋天深了，王在写诗／该得到的尚未得到／该丧失的早已丧失。”（《秋》）这首诗除了最后一句似乎是对“秋”的感悟，“鹰”的出现完全是直觉的象喻，它与“神”“王”的关系我们不得而知，然而，如此突如其来的诗句给我们以无言的震撼。海子的诗——对不可言说的言说——往往散发出一种神秘的气息。“正当水面上渡过一只火红的老虎／你的笑声使河流中漂浮／的老虎／断了两根骨头／正在这条河流开始在存有笑声的黑夜里结冰／断腿的老虎顺河而下，来到我的／窗前／／一块埋葬老虎的木板／被一种笑声笑断两截。”（《死亡之诗》）多么神秘而令人惊悚不安的“笑声”啊！这种神秘的气息正是海子在“不可言说”之物中感受到的。

维特根斯坦在《文化与价值》中说：“所有伟大的诗歌都必然渗透着一种宗教情感，一种迷人的神秘气氛与神秘情绪。这正是它的深度所在。只有浅薄的人才处处知道答案。”[②]“倾向于宏伟的母亲／抱着白虎走过海洋。”（《抱着白虎走过海洋》）抱着白虎走过海洋的“母亲”与其说是象征不如说是“幻象”。海子在《诗学：一份提纲》中论及“幻象”——“幻象的根基或底气是将人类生存与自然循环的元素轮回连接起来加以创造幻想。”“幻象——他，

---

① 奚密：《海子亚洲铜探析》，《不死的海子》，中国文联出版社，1999 年，第 81 页。
② 毛峰：《神秘主义诗学》，生活 · 读书 · 新知三联书店，1998 年，第 297 页。

并不提高生活中的真理或真实（甚至也不启示），而只是提高生存的深度与深刻，生存深渊的可能。”于是，神秘的幻象也成为不可言说的言说的方式，海子正是致力于在“幻象和流放中创造伟大的诗歌”。

“一群群哑巴／头戴牢房／身穿铁条和火／坐在黑夜山坡／一群群哑巴／高唱黑夜之歌。”（《黑夜之歌》）“平原上有三个瞎子／要出远门／红色的手鼓在半夜／突然敲响。”（《民间艺人》）“有时我孤独一人坐在麦地上为众兄弟背诵中国诗歌／没有了眼睛也没有了嘴唇。”（《五月的麦地》）“哑巴”和“盲人”是海子诗中常见意象。“哑巴”即使体验到世界的神秘也不可言说，或者体验到世界的神秘而不可言说使他们成为“哑巴”，这或许正是人类的尴尬吧。而“盲人”更容易见到上帝，因为他们不会被这个散发着虚假光晕的表象世界所迷惑，他们失去了眼睛和外部世界，但保持了内心灵魂的完整、美妙、纯洁和高贵，他们可是用更高的内在灵视摸索生命那勃勃跃动的神秘。这让我不禁想到两位伟大的诗人：“外壳盲目内心明亮”（海子语）的荷马和“作家中的作家”博尔赫斯。

“黑夜 年青而秘密／象苦难之火／象苦难的黑色之火／看不见自己的火焰／这是我的黑夜之歌／／黑夜抱着谁／坐在底部／烧得漆黑。”（《弥赛亚》）黑夜屡屡在海子的诗中出现，可以说海子有一种“黑夜情结”，他在黑夜中不仅毫无窒息之感，反而感到一种异样的幸福和慰藉。我想海子之所以迷恋黑夜是因为黑夜也是神秘的象征，黑夜不像白昼的世界是单调、贫乏而有限的，它不为人们的目光所熟悉，令人感到陌生、神秘、捉摸不定，它最大限度地释放了浪漫主义诗人的想象力和感受力。诺瓦利斯曾对夜的神秘性有这样的描述——“夜在我们身上打开了千百只眼睛，我们觉得比那些灿烂的群星更为神圣。它们比那无数星体中最苍白的一颗看得更远，它们不需要光就能看透一个热恋的心灵的底层，心灵上面充满了说不出的逸乐。”① 由此我想到了海子对死亡的倾心，不妨将死亡看作是一个永恒巨大的黑夜，它更加充满了神秘和不

① 谭五昌：《海子论》，《不死的海子》，中国文联出版社，1999年，第193页。

可言说。

海子对形而上学的追求无疑是造成海子诗歌中的神秘性的重要原因之一。“艺术上形而上学所以能造成神秘效应，主要是它的悖论性质所致。”[①]形而上学终极事物的深邃和超验性质，透过感性的艺术符号来象征地表达，其张力状态使艺术的世界形成一个艺术的“黑洞”。它既唤起人的强烈的好奇心，又使人感到意味无穷；它既为我们所感悟，又仿佛难以把握；深蕴其中的终极事物既离我们很近，又仿佛很远甚至虚无缥缈。

当然，正如海德格尔所说，诗歌是穿越大地到天空的仰望。海子对形而上精神（“天空”）的倾心追求并没有导致他对具体细节、日常生活场景（“大地”）的冷漠忽视——“看到家乡的卵石滚满了河滩／黄昏常存弧形的天空”（《五月的麦地》）；“草叉闪闪发亮，稻草堆在火上／稻谷堆在黑暗的谷仓”（《黑夜的献诗》）；“那里的谷物高高堆起，遮住了窗户／他们把一半用于一家六口的嘴，吃和胃／一半用于农业，他们自己的繁殖”（《春天，十个海子》）。这些细节、日常生活场景准确得让我们感动，也表露出了海子对大地深沉的热爱。

① 周宪：《超越文学》，上海三联书店，1997年，第337页。

空寂与欢爱

——李寒诗歌印象

乡党李寒有一博客名为“空寂与欢爱”，出版一诗集也取同名，而在我对他的诗歌的阅读印象中，“空寂”与“欢爱”也成为两个关键词。

一、空寂

我们生存的空间充满着喧哗与骚动。高高的塔吊转动的声音，水泥搅拌机旋转的声音，电焊的闪光和电钻令人不胜其烦的声音，加速着城市丛林的生长。街道上，高分贝低重音的音响应和着城市激越的心脏的翕张，连同如过江之鲫的各色汽车的喇叭和刹车声，淹没着行人匆匆的脚步。当然，更有人们的种种欲望，在洗浴中心的红灯里，在星级酒店的绿酒里，或在正义的围墙的暗影中，放肆地膨胀。置身在不断提速的时代火车上，伴随着些微的晕眩，人们也身心俱疲地忙（忙字，从心从亡——古人的智慧令人佩服）着，主动或被动地，无暇放慢脚步，打量一下西天的云霞，清理自己内心的野草。

所以，在这样的背景下，空寂，是一种心境，也是一种修养，更是一种能力。苏东坡有诗云，“空故纳万物，静故了群动”。虚静一直是中国（古典）文学所推崇的创作心态。经由空寂的心境，空寂的修养，空寂的能力，李寒发现了

“那些城市中的可怜人／多像走动的吸尘器”，并且有意识地“调慢了生活的时针／轻轻掸落自行车上的浮尘／前行的途中 将尽量低下头去”（《浮尘》）。凭借着空寂的能力，他甚至能使繁忙的生活暂停下来，“从繁琐中抽身而去，让灵魂飞起来：／慢慢打量周围的世界，／去发现那些／被匆忙的尘世疏忽的美丽”（《暂停》）。

刘勰在《文心雕龙·特色》里提到“入兴贵闲”，这也是关于审美创造心态的一个重要命题，意即排除冗繁事物的干扰，涤除玄览，保持心神的清虚澄澈，感兴就会不期而至，神思盎然。的确，除却了喧哗与骚动，空寂下来的心灵更加灵敏和易感，继而心生神圣和领悟，所以，在大海边，李寒能“让大海的蓝，吓得灵魂出窍”（《去年在威海》），突然全身松软无力；所以，在一片杨树林，“淡淡的阳光毫无遮拦地／照耀在林间的空地上，残余的积雪／吐出青蓝的湿气。／我又一次停下脚步，在它们中间穿行，抬头仰望了片刻，／发现天空，又高了一些”（《杨树林》）。甚至，虎尾兰、满天星、文竹、仙人掌这些日常生活中的不起眼儿的植物，都被他取为诗名，成为移情的对象。

不独对于身外之物的观照和领悟，空寂下来的心灵，更使得李寒对于自己的内心变化和生命的状态探幽烛微，心弦的颤动和神经的疼痛交织一瓣心香——“面对宁静之美，／我的赞叹暗藏于心，／我更多体味到灵魂的灼伤和神经的疼痛。”（《河北作协·初冬》）“我一个人在暗处坐着／突然有些乱，有些忧伤。”（《微凉》）“同时冒出的，／还有我眼中突然的泪水，／它们瞬间恢复了／我与这个世界断绝已久的联系。”（《阵雨》）甚至，能在空白之中进入到生命的禅意状态：“这是尘世的哪一天——／我茫然独坐，／像一滴浓墨，意外地落上宣纸。静静地，黑着。”（《空白》）空寂下来的心灵，才能时常“失神”，“时时感到来自灵魂深处的疼痛”，察觉“体内的黑暗”和“体内的闪电”，并生发为诗篇。（句中所引皆为李寒的诗题）

在空寂的状态下，诗人李寒甚至进入了迷醉的高峰体验——

……

世俗的灯盏，一朵朵熄灭，

躁动和喧哗，也向着梦境深处迁移

最美的事物，你们看不到，安睡的人呀

它们正一件件向我次第展开

我深谙，一人独坐的幸福

听青草间的虫鸣，像瞬息开谢的昙花

两条清溪从肋下流过：潺缓

一片湖泊在内心荡漾：安详

七颗星辰向天宇疾飞：空旷

……

——《独坐》

也正是空寂的状态，使他能（在诗歌中）无欲无求，保持苏东坡“一蓑风雨任平生”式的洒脱：“前面的路途还长，管它呢／要睡，就睡到被黄昏的阵雨叫醒——逍遥乎寝卧其下。”（《蝉鸣》）

里尔克说：“自从个人初次尝试在短暂事件的河流下面寻找自我，自从他第一次努力在白日的喧闹中倾听，一直深入到自我的最深层的寂寞当中，——现代抒情诗便存在了。”①李寒的诗歌就是这样的“现代抒情诗”。

二、欢爱

如前所述，对于诗人李寒来说，“空寂”，既是一种创作心态，同时也构成了诗人的创作题材。诗人另一大创作题材便是“欢爱”。

“永恒之女性，引领我们飞升。”大诗人歌德如是说。对于诗人这样的多

① 里尔克：《现代抒情诗》，《永不枯竭的话题》，东方出版社，2002 年，第 44 页。

情种子来说，“永恒的女性”永远是激发诗人创造力的源泉，是孕育诗人想象力的子宫。李寒的诗集《空寂·欢爱》，便是题献给三位女性的，即“母亲、妻子小芹和女儿晴晴”。作家池莉说，天赋其实是一种爱。其实，对于诗人李寒来说，反过来说也成立，爱也是一种天赋。这种天赋就表现在他那些动人心弦的爱情诗篇之中。

关于爱情诗，著名的美学家朱光潜先生曾比较过中西爱情诗在情趣上的差异性：西方经典的爱情诗歌以“慕”见长（西方的骑士传统是其决定因素之一，所以诗中常有“我的太阳”“我的玫瑰”之语），而我国的经典爱情诗歌则长于“怨”。此论体现了朱先生的洞察力和概括力，像“曾经沧海难为水，除却巫山不是云”，“此情可待成追忆，只是当时已惘然”，“人面不知何处去，桃花依旧笑春风”等爱情诗所歌咏的无不是幽怨的“苦爱”。当然，朱先生所论主要针对的是中国的古典诗词。但不可否认，在现代汉诗里，经典的爱情诗歌也多是吟咏此去经年的离别之苦、求之不得的相思之恨，如“在这般蜜也似的银夜”里刘半农吟诵的《教我如何不想她》，徐志摩饱蕴着“甜蜜的忧愁”的《沙扬娜拉》，戴望舒“消散了她的叹息般的眼光、丁香般的惆怅”的《雨巷》，冯至的“我的寂寞是一条蛇”（《蛇》），还有张枣的“只要想到一生中后悔的事，梅花就落满了南山”（《镜中》）。相较于这些幽怨感伤的爱情诗，李寒诗中的浓郁炽热的“欢爱”别具特色。比如这首《爱她的……》，就将幸福与战栗呈现在爱的铺排之中——

爱她的一切，爱她的全身
爱她的肉体
爱她肉体上突出的部分
爱她的发梢 小巧的鼻头儿
爱她湿润的而翘起的小嘴
爱她带电的舌尖

爱她的锁骨 小指的指肚儿

爱她光洁的脚髁

爱她弹性的乳头儿 会轻唱的阴蒂

爱她的灵魂

爱她灵魂裸露的细节

爱与她接触的刹那

那刺穿骨骼的战栗

让我们再欣赏一下李寒的这首《春困——给小芹和晴晴》——

小麦在高楼的阴影中绿着，哪个

倒霉蛋的风筝，又挂在了

电线上，随风摇荡

春日的午后，工地的嘈杂远了

我像上帝，踮起脚尖

逡巡在你们梦境的边缘

或者，似一只蝴蝶

栖止于一册打开的书页

白昼渐长，沙尘退去

一枝怒放的桃花，做了你们昨日的

花冠。如今你们睡着

空气中还荡漾着淡淡的芬芳

我就在你们身边，像一个孤独的神
呵护着你们的梦，倾听沙漏中的
时间，一点点落下，像沉入杯底
碧绿的茶尖，缓缓

你们春天般安静，偌大的房间
也如春天般空旷
阳光的影子渐渐西斜，阴影拉长
我仍不愿唤醒你们。

在如同碧绿的茶尖缓缓沉落杯底般静谧的氛围里，面对着春睡中的妻子和女儿，李寒蓦然地被幸福的闪电照亮，这是爱的幸福，诗人陶醉其中，不能自拔。这种陶醉感（我想还有一定的成就感），在恍如化身为“蝴蝶”甚至是“上帝”和“神”的自我感觉当中毕露无遗。

刚才说到，对于诗人李寒来说，爱是一种天赋。这还表现在他对于爱极为敏感——“恰似敏感的爱，隐藏在肉体深处的／心跳，每一下都引它颤动。”（《文竹》）正是由于“敏感的爱”，他往往能抓住那种最温柔最内在的瞬间感觉，因此，“情圣”李寒才写出了如此深挚感人、刻骨铭心、荡气回肠的诗句——

“我们拉着手，或者衣襟／生怕一不小心／将对方遗失//为了不使你的生活／再添一丝苦涩／我甘愿把泪水里的盐／全部重新咽进肚子。”（《白夜——给小芹》）

“没有什么可以永恒，多少年后／我也是随风飘忽的尘埃，／但我肯定是，春天飞入你眼中的那一粒／让你渐趋淡漠的记忆，／又一次充盈了泪水……”（《独坐——给小芹》）

“我清楚，／它的灯芯，一起在倔强地燃烧着，／爱人和女儿的灯笼，／

就依偎在它的身边，／它要把前面的路，／照得尽量远些，再远些——”（《人皮灯笼》）

“五十年之后的夕阳中，／硬化的心脏，有一小块儿／当你偶尔想起她，／还会轻轻地软一下，／疼一下。”（《邪恶爱情》）

李寒有许多首献给“小芹”的诗，我甚至想，这个芳名为“小芹”的女人，肯定成为了众多晴朗李寒的女粉丝们“羡慕妒忌恨”的对象。

我还想引述一段里尔克的话：把艺术“带到我们的居所里来，就像人们把神从高大的教堂里带到亲切的卧室里一样，这样，它便不再仅是神秘和令人畏惧的，而且还是亲切温和的。艺术必须分享我们小小的经历和愿望，不可以远离我们的快乐和节日。”[①]由于“敏感的爱”，使得日常生活中的——而不是凌空虚蹈的——“小小的经历和愿望”“快乐和节日”，在李寒笔下纷纷化为动人心旌的诗篇。这里我要指出的是，与众多爱情诗的唯美感伤的青春抒情相比，李寒笔下的“欢爱”虽也热烈，但明显多出了成熟和智性，让人读来感觉心里踏实。

① 里尔克：《永不枯竭的话题》，东方出版社，2002年，第18页。

诗之路也

一

路也，这位在孔孟故里出落成长，视辛稼轩和李易安为乡亲的才女，诗歌、散文、小说“三栖”，且皆有出色的表现。她在表述自己文体意识不强时曾有一精彩的比喻：同样一块面团，有的做成了馒头，有的做成了面条，有的做成了包子。故而我们可以说，路也是位语言的“巧妇”（而生活中的路也同样钟情于厨艺，并常以此自娱自乐）。受阅读的限制（而且我觉得路也在诗歌领域更“成气候”），我愿意在这里只谈诗之路也，通过这篇漫评式的随笔对路也的诗歌进行一番“散点透视”。

二

读者对路也诗歌的一个突出印象，恐怕就是她对比喻的妙用。作为修辞，比喻这种特殊的语言手段，较充分表现着诗人的主观意志性。在《中国新文学大系・诗集》导言中，朱自清说徐志摩最讲究用比喻，“他让你觉得世上一切都是活泼的鲜明的”。我觉得朱自清对徐志摩的评价也可以用在路也身上，尽管我知道路也对徐志摩并不“感冒”，认为他过誉的诗名是靠谈恋爱博来的。

路也诗中比喻的运用可谓“俯拾皆是，不取诸邻”，极具想象力和感悟力。请看：

六十年代像一池水那样蒸发了。（《六十年代》）

像一块蜡，这个下午／在太阳下熔化着。（《下午》）

心事有槐树上的白色花瓣那么高。（《纸上谈兵》）

这里是抽象的具象化，给人以“鲜明的”印象。还有具象的抽象化，给人以遐想的空间，比如《有恒渡口》中的诗句，“它毛绒绒的种子就像寓言一样，已悠悠飞过江面”。再看：

西去的客人／我想把你留下来／像贪污一笔巨款那样把你留下来。（《致西去的客人》）

必须像老葛朗台那样充满敬业精神／像泼留希金宁愿贮藏飞灰也不放过一粒米／像严监生那样惦念着一根稻草／像地主刘文彩小斗放粮大斗收租。（《旧帐，新帐》）

这里可以称为“事喻”的比喻，让人忍俊不禁，给人以“活泼的”感觉。还有的比喻因其准确生动及卓越的想象力，让人忍不住拊掌呼妙——

那些汉语拼音像彩色气球／拉线长长地拽在黄冬菊老师手中／我喜欢她有机玻璃似的声音，的确良似的举止。（《仲北小学》）

我二十四小时呆坐屋内／像一枚小小果核守在果肉里。（《结束语或者跋》）

那如同声母和韵母相拼写一样在田埂上走着的／是我和你。（《亲密》）

像电钻在水泥墙上打眼那样／顽强而深入地想你。（《牌坊街》）

怀揣着我的热情像怀揣着炸药包／千里迢迢地去寻你这根导火索。（《还会》）

从常识的角度看，“比喻”作为一种不“时兴”的修辞，应该是现代诗人主动避免的写作积习。但作为古老的诗歌“六义”之一，它仍是有“诗性”存焉。斯蒂文斯在《比喻的动机》一诗中写道：“企望变化的那种兴奋／就是比喻的动机，它躲避／那最初的正午的压力／躲避存在的A、B、C。”不仅如此，每发现事物间的一种相似性就等于发现一种新的思想，就意味着形成了一个新的认识境界。而这些正是比喻的“诗性”所在。路也对比喻的运用，显示了她对比喻的经验“造型”能力的自信，同时也流露出了艾略特在评论“玄学诗人”时所提到的机智（Wit）。通过对路也诗歌的阅读，我们可以说，路也对比喻的偏爱是她对卓越智力的挥洒，不是挥霍——因为，这些比喻凭借经验的扩张力和飞腾的想象力给读者以阅读的快感。甚至这也带给作者以写作的快感。有一点需要说明的是，大家对路也笔下的精彩比喻的交口称赞反而引起了路也自己的警惕，她担心比喻过于夺人耳目，会成为“罗丹的手”，影响了全诗的整体效能。

三

路也在诗歌写作中追求一种“昂贵的朴素”，因之，她的诗语境清澈而不浅薄。“这些诗写得很流畅，犹如诗人脱口而出。但细察之下仍会看出诗人造境和抒情的精彩技艺。”——这是诗评家陈超在评选第三届“华文青年诗人奖”获奖诗人时给路也的一段评语。的确，路也并不缺乏技艺的意识。这里仅以路也诗歌中的音乐性为例。在有着浓郁的抒情性的路也诗歌中，旋律、音节等形式层面往往能与抒情主体的心理氛围浑然一体，忻合无垠。比如：“火车把你运走，没有一丁点商量的余地／我没有足够的马力阻止车轮前进／眼睁睁地看着它越来越远，一路向南／身体里的光线越来越暗。”这是节选的《火车》一诗中的四句。前两句中的两个同韵字“地”和“力”，押的是短促的“i”韵，且都是急促的去声，突出了一种无法阻止的去意；而后两句中连用了“远”“南”“线”和“暗”四个同押缓慢的“an”韵的字，起到了一种累积的效果，使离别倍增伤感。再如：

今夜我想在这岛上住下
我的身体里缠绕着一卷上千里的旅途
我想在这里住下来
没有路灯的小镇适于安眠
并促使我点燃起身体里的那根灯芯
我想住下来，现在是秋天
风有了凉意，像一条长纱巾
汉语在黑暗的草木里窸窸窣窣
狗嘻嘻哈哈地拐过街角，狸猫在废弃的厂房里流亡
那有着淡淡反光的是生长紫露草的池塘
我要住下来，枕着江堤，斜倚衰败的果园
把脚伸进蒲葵丛林里，沉沉地睡去
我的梦会恍恍惚惚地
爬过矮矮的坡，涉过遥遥的水面
登上远洋轮船的弦梯

在这首名为《住下来》的诗中，“我想在这里住下来”——“我想住下来——“我要住下来”，语速逐渐加快和肯定语气的加重，坚定着“住下来”的决心。而且多个叠音词的运用，似乎有一种催眠曲的效果，更表明了“我”要安歇下来的想法。这或者就是梁宗岱所谓的“音义凑泊”的效果吧。有意思的是，当我确信这首诗是路也对叠音词有意识地运用，并将这种想法告诉她时，在眼镜片后面却是她漠然的平静：“没有啊。你不说，我都没有意识到。”这让我多少有些失落，就像儿时玩捉迷藏游戏，满以为终于找到了目标，却扑了空。然而转念，我又觉得释然：一首诗完成之后，就与诗人无关啦，或者说，每一首

诗都是读者所看到的"这一首"。继而，我想，诗歌的奇妙效果不是出于诗人有意识地运用技巧也是有可能的。在诗歌写作过程中，诗人对语言的敏感和诗意的直觉会使一些词语自动滑到诗人笔下，仿佛受到了神灵的驱遣一样。

四

在《诗歌腌渍的果脯》一文中，路也将诗歌视为"私人情感与地域生存相融合的记录"。路也诗歌中有很多凝聚着私人情感的十分具体、细微的事物，比如父亲骑的"金鹿牌自行车"、大学女生宿舍"挂风铃的窗口"、"英雄牌钢笔"、"骆驼牌墨水"，再比如与地域生存相关联的具体而实存的地名："终宫""洪楼""舜耕路""仲北小学"等。比如：

> 仲北小学／黑板上方贴着领袖遗像／永远活在人民心中／我没见过他，我还没来得及长大／裤子上的图案仿佛写字本上的绿方格／小辫儿用塑料头绳扎成蟋蟀草的形状。（《仲北小学》）

这首诗以工笔的手法激活了我们尘封已久的童年记忆（氤氲着时代气息的"永远活在人民心中"一句更是妙手偶得之笔）。在我看来，这里有一种"熟悉的陌生"效果。十分具体细微的事物对于有共同的生活经验的人来说，是如此熟悉，从而产生一种时光回溯、往事钩沉的效果。而以这些细微而具体的事物入诗，在诗歌手法上却又是俄国形式主义所谓的"陌生化"。这种手法，在情感日益粗糙的时代里，有效地保持了心灵的易感、灵敏。而且，也抵制了化约高效速成的时代加速度的下滑，挽留了人生的经验。恰如张清华在《灵魂的蛇行》一文中所说："路也对经验世界的痴迷，她这方面的天才和近乎神经质的敏感与表达力令人吃惊。"同时，这种细致入微的写法似乎也蕴含着诗歌美学的企图。清人周济说，"初学词求空，空则灵气往来。既成格调，求实，实则精力弥满。精力弥满则能赋情独深"。路也的诗歌就是这种"精力弥满而赋情独深”的作品。

不仅以具体而细微的事物入诗，而且路也还常常以具体而为人所熟视无睹的事物（时令、地点）为直接写作对象。让我们看一下这些诗的题目吧。时令：《暮春》《冬至》《元旦》；地点：《青岛》《曲阜》《仲北小学》《舜耕路》《在八里洼》；植物：《大白菜》《杨穗子》《法桐》《吊兰》；家居用品：《布娃娃》《床》《镜子》《木梳》……诚如诗人布莱克所歌唱的：“一粒砂中有一个世界，一朵花里有一个天堂。”这些诗表明了路也易感细察、精于发现的诗人所需素质。同时，这种触目成诗的功力，也再次显露了才女的本色。值得一提的是，她还写了《农家菜馆》：“菊叶蛋汤、清炒芦蒿、马齿苋烧肉／江虾炒韭菜、凉拌马兰头／读一张菜单像是在读田野的家谱……”写了《清炒芦蒿》：“……我喜欢这爆炒的原味／不放肉不放香干，不放佐料／只需那么一点点油，一点点盐。”——呵呵，这些菜有福了，这些读者有福了，这些读者吃这些菜时有福了。

五

“一个异乡人的江南”——这是路也为最新的自印诗集起的名字。在一篇访谈中，路也陈明了自己对于江南的好感：“就自然环境和人文气质，我在内心里更倾向江南，这是一个人骨子里的认同，也许是天性。……山东这地方，它太雄性了，跟我的性情和内心有着很大的冲突。”“江南”，对于一个北方人来说，也是一种“远方”，具有召唤的力量，凝聚着文化想象的能量。它满足了异乡人的想象，从而生发出一种快感。这或许就是连路也自己也感到讶异惊喜的“江南系列”诗歌的湿润、长袖飘飘的感觉的根源吧。

宇文所安曾提到有趣的诗歌“圈地运动”。他说，在中唐诗歌中形成了一种新观念，即诗人可以通过一个地方进行不同凡响的描述来“占据”一个地方。假如诗人通过文字体现了一个地方，别人就不会再去写它了；他们会意识到，对这个地方的再现已经成为某个诗人所特有的了（《中国“中世纪”的终结——

中唐文学文化论集》）。这种有意思的论断倒不乏例证，《唐才子传》曾记“诗仙”李白登临黄鹤楼，本欲赋诗，因见崔颢所作《黄鹤楼》，为之敛手，乃有“眼前有景道不得，崔颢题诗在上头”之句。如此说来，路也可就成了富甲一方的“地产商”啦。因为她笔下“江南系列”中的《江心洲》《有恒渡口》《红叶谷》《外白渡桥》，篇篇“不同凡响”。

六

在《诗歌腌渍的果脯》一文中，路也有一段关于自己诗歌写作和诗歌特色的精彩言论：“写诗就是到悬崖边上去采花，发扬‘左倾’冒险主义精神，排斥中庸、右倾机会主义和投降主义路线。在节奏的原则下，喜欢有极致的想象力和充满力比多的诗歌。”路也相信诗歌写作不可能只是心理和精神参与的一项活动，一个人的生理也是可以参与写作的。下面是路也“充满力比多”的“身体抒写”——

我想要一个娃娃／袋鼠是天生的良母，带着襁褓／花生干脆长成摇篮的形状／甚至一棵大白菜都能生得出小白菜／为什么我就不能有个娃娃／这个城市用丰沛的泉水养育了我／使我丰满圆润／我却空空地浪费着／颗粒无收／流不出一滴乳汁。（《理想》）

我相信它的木质是一棵槐树／早就一年年地消散了香气／如今的香味是由我的身体赋予的／我就是它的花，天天想着叶子。（《床》）

我把它横陈、折叠、翻转、弯曲缠绕／它属水质，可随物赋形／潮润的皮肤如滩涂，带着熟了的芒果的芳香／汗水在脊背的礁石上开花／隐秘的国门打开来又合上／合上了又打开／在你的面前／／根据相关条约／我的金矿煤矿油田，有色金属和天然气／统统交给你来开采／你还可以在这版图上修铁路建港口／盖上一座教堂。（《身体版图》）

这些诗句源出于身体的切实体验（而不是什么女权主义“思想”），情感炽烈而不矫情，而较之高声调的“自白派”多了几分雅致，达到了优雅与战栗的奇妙混合，由此也可见出路也对个人诗意空间的结构能力。她的这种 “充满力比多”的诗歌，极具“性感”——因为吟咏情愫的率性和纯真而明心见性。

七

路也诗歌中还有许多极具神采的句子，颇令人为之着迷。然而这些诗句绝不是靠技巧“琢磨”出来的。比如：

刀切在案板上，一下又一下／加重着窗外的暮色。（《晚宴》）

一滴露珠从高处跌落时／感到从未有过的宁静。（《蜗牛》）

恸哭整齐而有预谋地响起／使天空骤然降低半米。（《送葬》）

江南六月的风／忽然吹响了身上的螺壳／刹那间，我感到整条江的激动。（《渡船》）

这些诗句有一种不可言说的诗意，我将其称之为“诗性直觉”。有如王维的诗句“人闲桂花落，夜静春山空”，“悠然远山暮，独向白云飞”，这些诗句的“诗性”就在于它们触碰到了天人之间的神奇通感。这种诗性直觉是可遇而不可求的，或许可以说是天启的，这表现了路也的诗性“觉悟”和冷静的语言塑型与控制能力。

在沙地重建巴别塔
——冯娜诗歌印象

有学者在总结本世纪初的诗歌状况时写下了这样的文字，“欢闹和哭泣，喧嚣中快感的尖叫和悲凉中喑哑的啜泣交错着、交响着，这就是我们的时代，我们时代美学的两极。”（张清华《新世纪文学大系·2006 诗歌·序》）除这两块极地外，中间还空余着大片的土地，诗人冯娜的《寻鹤》《无数灯火选中的夜》两部诗集就是在这中间的土地上发芽的种子。她的诗作也正有别于“快感的尖叫”和“喑哑的啜泣”，其中不疾不徐的遐思、均匀绵长的生活气息、文质相契的美学追求、问苍生亦问鬼神的脉脉温情、晶莹明亮的文字品格，都显得那样珍贵，而贯穿其中的是诗人对于自己淡然从容的打量，是一颗具有宗教情怀的诗心。

一、“如果，可以不写给某一个人”

在《情书》中，诗人冯娜列举了红色花、树梢的鸟雀、明月、一个短促的笑，这些在她看来“真好”的事物，但她最终还是觉得“所有轻盈加起来都比不上一封情书的好”，这种好又是以“如果，可以不写给某一个人”为前提的。在这首短短的诗作中她进行了两次比较，并最终给出了明确的答案，结尾处就有了轻轻浅浅的惆怅。在《无数灯火选中的夜》和《寻鹤》这两个集子里，几乎全部的诗歌都以一种不同寻常的形式煞尾，诗人由于追求一种在结尾处点睛的效果，诗体中间的部分就自然形成了一种舒展自如、游刃有余的风格笔力，情感的空间得以不断拓深，即使是激烈的情感、浓稠的思绪，也因为节奏的有意识放慢而在匀称行进的诗行中得到了再次提取和发酵，串联意象的隐秘线索就愈发显得至醇至美。同时，自然的景象、生活的物象在诗人笔下纷纷化为诗的意象："正午的水泽／是一处黯淡的慈悲／一只鸟替我飞到了对岸／雾气紧随着甘蔗林里的砍伐声消散／春风吹过桃树下的墓碑。"于是诗歌既紧实如网，迫使读诗的人进入诗境，又虚实相间留有余地，与诗歌的行进节奏相匹配。

结尾之处的点化是以一种尘埃落定的姿态结篇的，给予了出现在其诗行中的每一个意象以归宿。尽管这些归宿大都带有些许超脱的神秘和潇洒的不确定，但寻觅的过程毕竟终止了，就像在巴音布鲁克，养鹤人只需一种找鹤的方法——"被他抚摸过的鹤／都必将在夜里归巢。"看得出来，寻鹤的方法似乎并不仅在于抚摸的动作本身，还必须是"她有狭窄的脸庞／瘦细的脚踝／与养鹤人相爱／厌弃／痴缠"，事实上这就是"她"主动、顺从、寻觅的结局。这些结尾就像诗人自己所陈述的那样，"我喜欢那些无来由的譬喻／像是我们离开时／忘掉了一点什么"。有学者曾指出，中国的语言长于抒情而非说理，所以古人每发议论必须作比喻、讲故事。冯娜的诗歌中多譬喻，《食荔枝》中谈及妃子一笑倾圮半壁江山时说"就像妇人数着钱对我说／姑娘／吃前剥了壳／蘸点淡盐水"，这也颇有些"无来由"的任性了。人们该如何形容事物、形容渺茫几不能辨，无法厘清的感觉？"就像"，这千古年间日日使用的比喻词映射出的是中国人羞怯腼腆的面容。假使这譬喻仍不能为人所领会呢？那就绝无再度注释的可能了，因为就诗而言，她的使命已经完成。"当他把一种事物现象看作是另一事物的迹象、征兆或象征时，他也就确认了世界万物间的普遍联系和相似性。"（耿占春《隐喻》）结尾处的点化更是使诗歌有了寓言的特质，短小精悍，余味悠长。当然，生活经验和生命体验是丰富多彩的，而诗歌作为对于生活和生命的探视和观照，其收束方式便也不拘一格。“我相信的命运，经常与我擦肩而过／我不相信的事物从未紧紧拥抱过我。”这首《雪的意志》的结尾让人容易想到海子的《秋天深了》的结尾：“该得到的尚未得到，该丧失的早已丧失。”与海子的直截了当和对于生活决然的判断不同，冯娜诗歌表现出女性对于生活和命运的温婉质询。

二、“我们就是知道”

说这话的人，好像很任性的样子，但这话是谁说的呢？是一个农夫对“如何辨认一只斑鸠躲在鸽群里呢”的回答——“不看羽毛也不用听它的叫声／他说／我们就是知道／这是长年累月的劳作所得。”这种世俗的真诚与可爱被冯娜不加修饰地写进了诗，并一道成为她“劳作”的态度。从神秘之地走出的女诗人，已经越来越明了最持久的劳作、最神秘的祭祀与最浪漫的寻鹤，原来没有什么差别。“我们就是知道”，这“就是”里的绝对自信不是靠个人短暂一生的经验就能堆积而成的，千百年来延续的神秘血脉从未停止流淌，滴落在土地里、神像上和诗人心头。神创造光时，是这样的——神说，要有光，于是就有了光。“我们就是知道”的“我们”仿佛就成了神的子民。

于是，在这种劳作态度的影响下，冯娜诗歌中的女性特质就愈发令人不可忽视。首先是上面已经提到的任性和虔诚。其次是感性的精神气质与浓郁的生活感。诗人对于现实事件没有刻意去超脱，遂出现了大量《食荔枝》《陪母亲去故宫》《在博物馆拍摄一幅壁画》《癸巳年正月凌晨遭逢地震》这样的诗。遇到暴雨、大雪、农夫、杜鹃等任何事物，只要它蕴藏着动人心弦的能量，就可以进入诗中，留于纸上。她致力于开掘的是平凡生活与日常事件中的诗意，诉诸笔端的本应是诗的文字就多少染上了散文的色彩。单独的意象与跳脱的诗句鲜少出现，那些按照她规划好的路线、层层递进而成的诗行几乎能够连缀成篇。女性特质的另一表现是对于归宿的寻找。前面已经提过，冯娜在诗歌结束时，几乎给予出现其中的每个意象以归宿，她自己又何尝不是在这种给予中努力寻找归宿感呢？“‘你说话的时候没有口音／不像南方人’”，但“如果我睡在夜里／感到一个人和他的梦同时造访／我的哽咽／一定带着云南口音”，这个归宿，首先是故乡。在她耳中，云南的声响是金沙江的声音，“无人听懂／但沿途都有人尾随着它”，而她本人背井离乡后仍然坚信“世界上所有水都相通”。故乡与生俱来的神秘也绝不以神秘的面目示她，当时间、空间上的距离都遥遥拉开后，心理上的距离反而归于无，“它看见一座白色迷宫／我像是找到了归宿”。第二个归宿则是爱情。与其说是“寻鹤”，不若说是“鹤寻”，诗人愿意被“他”抚摸，并在“夜里归巢”。最后的归宿则是母亲。面对母亲，写下的文字都如冰心般明丽、深情、眷恋。女性诗歌中处处表明着对于生活的坦然态度和真切而细致的感受，这些感受又用了承载力极好的语言恰如其分地表达了出来。

三、“在时间的地图上丈量”

《寻鹤》《无数灯火选中的夜》这两部诗集读罢，可以明显感觉到冯娜对生活的感知与诗情的把握多以“时”“空”为标尺进行二维定位。时间上，偏爱以年份、时令、节气等饱含感情、能指背后又有所指的时间为参照，如《庚寅年路遇大雪》《夤夜》《癸巳小满夜遇暴雨》等，或是以四季的景观不动声色地显露时间的痕迹，如《南风过境》《山坳里的藏报春》《采菌时节》等。空间上，一方面落在具体的地点上，如《听说你住在恰克图》《雷峰塔》《夜过增城》，也有以具体器物为承载的，如《插在花器里的影子》；另一方面则注重心理空间的开拓而产生了《我梦见你的梦》《宝石的心》等佳作。

不过大多数诗作都是把时间和空间统一，并使二者相互丈量，正如《远路》中对去往 S 城的距离始终没有明确告知，却分别以快车、慢车、骡子、步行、风为载体相互比照，“在时间的地图上丈量”，得出了空间上不确定的结果。同时，心理时间与心理空间亦互为尺度。冯娜对于那些里尔克意义上的“严重的时刻”以及使人生改换样貌的生命的节点异常地执著，正是这些时间上的瞬息与片刻，化作了空间上的芥子须弥。“一群人中她的身影最安静／除了出生那一回／我的车次从不早到／／我想起抵达珠穆朗玛峰的那个黄昏／在那承受亿万年隆越的洪荒。”（《接站的母亲》）“因为无法获得更遥远的音信／过了三十岁我就决定只惦记活着的人／父亲似乎也是一样。”（《家世》）诗人本身默认万物的尺度，犹始终葆有一种独一无二、脉脉温情的对生活的丈量方式，她只需顺着朝前的大路迈开步子，那行走过的地图自然就留在身后。

诗人的时空观还体现在前进的过程中对信念的寻求。理想与信念在诗作中鲜有露面，总是犹抱琵琶欲说还休。“我知道，无需加持／只要伸手捻住一点光焰／它们就会熄灭，并／全部回到我的体内。”（《莲花》）“我在这茫茫的水域中黯淡下来／同时获得一座庙宇。”(《酥油灯》）“只要杏树还在风中发芽／我／一个被岁月恩宠的诗人／就不会放弃抒情。”（《杏树》）“借问船家何处／路人何处／我又如何去往更深的因缘际会当中”，我们可以从这些片言只语中窥得一二。寻求的路途是遥远征程，理想的实现因而并不容易，但“正是这种遥远感常使我们凝眸云雾苍茫的时间深处，觉得人生既艰难却又十分壮丽”。也正是这种遥远感逼迫诗人出走，于是经验的空间里充斥着沉思，内心的空间满溢着幸福，以时间维度上的“未来”可能到来的幸福作为现下空间里行动的动力，人生的艰难与壮丽在诗内诗外同时被体味到。

《唱赞奥义书》中言及：草木之精英为人，人之精英为语言，语言之精英为颂祷之诗。那么，诗的精英呢？也许诗人也难以回答这个问题了，因为她总是一边强调诗是写在沙漠上的字的同时又固执地写下一句又一句。作诗本无需条条框框，而诗本身正如文学、艺术，应该是有着恒常的标准的，这标准既是先前就留存在世的，也是个体可以进行修正的。冯娜的诗也许还未达到不可凑泊的至境，但的确玲珑可爱，又庄重真诚。巴别塔没有建成，语言分了种族，种族之外，诗可以独立为特别的一种。作诗这行为，于冯娜亦可视作在沙地重建以通天堂的巴别塔了。

“一个读诗的人，误会着写作者的心意／他们在各自的黑暗中，摸索着世界的开关。”这是冯娜的《诗歌献给谁人》中的诗句，以此作为结束语。

以故乡之名

——侯马诗歌阅读手记

一、以故乡之名

对于我来说，“侯马”最早是个诗人，后来，才知道“侯马”也是山西的一个县，再后来，才确知侯马就是侯马。

在历史上，不乏以祖籍或郡望称呼名人先贤的，如韩昌黎、刘河间、张南皮等，这多是后人的敬称。可以说，这些地方由于这些名人先贤而“沾光”了，尤其是在发展“文化经济”的时代。诗人侯马却是主动以故乡为名的，现在侯马在诗歌和职业领域皆成绩斐然，也可称得上功成名就，作为地名的侯马也与有荣焉，我想他可能已经成为当地的一张名片。

据侯马说，他是先有这个笔名（最初只是个绰号），而后为诗人的。他对自己的笔名深感满意，“我觉得像‘侯马’这样一个名词，一种物的存在，而且是一种非常有现代感的古老物体的存在，非常贴切，跟我的诗歌的形象是高度一致的，或者也潜移默化地影响我诗歌的形象”。

的确，侯马的诗歌形象（尤其是早期的诗歌）与诗人故乡侯马息息相关。海德格尔说，诗人的天职就是还乡，还乡使故土成为亲近本源之处。侯马在诗歌之中，一次次地还乡，亲近本源。这主要体现在他的诗歌之中的童年经验和乡村叙事。

二、童年经验

童年经验是一个人在童年的生活经历中所获得的各种带有情绪色彩的心理体验，它在艺术家创作心理的体验生成中起着重要作用。一个人的一生，就像一只放出的风筝，它的飘荡看上去只是受风的影响，实际上还受到放飞者手中的那根线的牵制和操纵。一般人往往只翘首于空中漂浮的风筝，而只有那些内行的人才会饶有兴趣地把目光投向放飞者手中的动作。而对于诗人来说，童年经验就是风筝的线。

牛汉先生曾在《童年牧歌》中说：“我深深地感悟到，童年和童贞是生命天然的素质，它具有萌发生机的天性，永不衰老，堪称是人类大诗的境界。”刚去世的加西亚·马尔克斯谈创作《百年孤独》的初衷时也说：“要为我童年时代所经受的全部体验寻找一个完美无缺的文学归宿。”沈浩波称侯马为“天生的诗人”。诗人侯马在接受诗人郜筐所作的访谈中，也谈到了童年与诗意的相遇是“命中注定”。侯马说：“作品中，我下意识地用了很多家乡方言，这不是卖弄。童年发生的事情，即使已经经过了漫长的三四十年，仍无法忘记。而且在你后来的生活当中，随着对生活的理解，对人生的理解，你对童年的事情有了新的认识。你经历那么漫长的时光，你刚刚明白，那个时候所具有的价值，刚刚明白那会儿具有的诗性的意义。我觉得这个是特别刻骨铭心的。一个人，走得再远，飞得再高，故乡都是心里的根，无需回望，无需追寻，因为她在我们心中本就蓬蓬勃勃，经年不衰，因为她早已融入到我们的骨血之中。”

我想，为童年经验体验找到一个诗歌归宿，是一种对时间的挽留，这改变了现实时间的流速，甚至是流向。这正是诗歌的魅力、魔力所在。不仅如此，我觉得，诗人的精神劳作还是一种还债行为，偿还故乡对于自己的养育之恩（当然可能更多是精神层面的），以此使自己心安。侯马的诗歌深深搅动了我的童年经验，使我不能忘怀，如他的《南门外》《纸烟盒》《震慑活人的殡葬》，当然还有“故意走过庭园，渲染我七岁的孤独”的《那只公鸡》：“你神秘地消失的那天／三股叉般的脚印／印遍了残墙颓垣。”

三、乡村叙事

“诗言志”，闻一多先生曾在《歌与诗》中解释，“志”与“诗”原本是一个字，志的第一个意思便是“记忆”。侯马曾谈到童年时期乡村的记忆：“乡村生活对我非常宝贵，没有乡村生活，也就没有我后来很多的回忆。……乡村生活的孤独感教会了我最初的思考，而孤独是思考的前提条件。”（《诗人侯马与警察衡晓帆》）侯马诗歌中（尤其是早期诗歌）遍布着乡村记忆和乡村叙事。

侯马在诗中摘引过韩东的话：“我有过寂寞的乡村生活，这形成了我性格中的温柔部分。”的确，在侯马的乡村题材的诗中可见出他的温柔。比如《花柴》：“大雪封山了／小泥屋一点点被洇湿／／炊烟压得很低呀／我们烧花柴／／红色的棉袄／露出一角／／白雪覆盖着花柴／多么严实／／富有的花柴垛／花柴被一枝枝抽出／黑色的柴皮湿漉漉／柴蕊又干又硬／／滴着水的锅台／火焰啪啪作响／／映照着红色的棉袄／烤热乎红色的棉袄。”我想，只有心存温柔的人才能写出被啪啪作响的火焰烤热乎的“红色的棉袄”。

再比如这首《碾盘》：“碾过／那么多东西／／那么多遍／树荫／／阳光晒得它／坎坎坷坷／／上面有／几点鸟粪。”侯马的诗不是优美恬适的田园诗，因为他写到了“坎坎坷坷”，还有“几点鸟粪”。不仅写到了鸟粪，他还专门为马粪球写过两首诗。“马车得儿得儿地远去／遗留下的马粪球蒙上了白霜／生命一迈步就意味着两个方向／他花一生的时间离去　一秒钟便归来。”（《蒙霜的马粪球》）不仅写到“蒙霜的马粪球”，他还写到了大地“蒙霜的脚踝”：“大冬天／就踩着这些梯子／来到地面／化身为／冷嗖嗖的稻草人／守着空无一物的大地／身体下面／只有那么一根／蒙霜的脚踝。”（《大地的脚踝》）侯马笔下的鸟粪、马粪球、羊粪蛋隐含着乡村的淳朴和匮乏，而复现的“蒙霜”

则写出了乡村的贫寒、凄清和孤寂。——我想，这种孤寂感是经历过城市文明后的“还乡者”特有的精神感受，就像作为“还乡者”的鲁迅看到的“天际下横着几个萧索的荒村”。

侯马曾写过一首诗《你是哪村的？》：“你是哪村的？／似乎，我爷爷／最后连水桶都卖了／供我爸爸进城念书／是为了／让我爸能留在城里／然后生下我／长大后回村时／面对这个问题／不知如何作答。”侯马在《麻雀访谈录》中说，在这么多年的诗歌写作中，他越来越认识到，“你是哪村的”是一个非常根本的问题。他说，对我们这样一个有几千年农业传统的国家来说，没有一个人不是从哪个村里来的。我想，不止于此，“你是哪村的”之所以成为写作的根本问题，它触及到了对作家、诗人的角色的自我“认定”，或者说，写作立场问题。——用侯马在同样是以“你是哪村的”为题的一篇随笔里的话说，“诗歌从本质上讲正是人的本质身份的本质证明”。

侯马在《把小说写得有命运感》中写到，“作为一个艺术家／尤其是搞大众艺术的／成功的基础是把自己当小人物／／认定你蚂蚁或小草般的角色／所以要把小说写得有命运感”。由此，我想到莫言在《小说的气味》中说过的，作家不是“为老百姓写作”，而是“作为老百姓写作”。诗人不是大众艺术家，但同样要把诗歌写得有命运感。我想，正是这种“你是哪村的”的深刻体验，让诗人在京城，虽然事业有成，仍感受到“时时袭来的异乡感”(《亲爱的伊沙》)。

四、写作与职业

侯马曾提出过“业余诗人的专业写作”的命题。如此说来，侯马是个“业余”诗人，因为，他的职业是警察（现在已经位居京城某区公安局长）。这就涉及了写作与职业的问题。这一直是个有趣味的话题，比如人们探讨何以医生这个职业出了很多优秀的作家。在《转山》一诗中，侯马写道：“业余，他给探险家当向导／驮着他们的行囊／在地球的最高峰／爬上去爬下来／他自己的事业／是转山／在巨峰脚下匍匐／经年累月地寻找自己。”我想，身为警察的侯马业余去写诗，也是在“经年累月地寻找自己”，就像前面提到的，侯马说，“诗歌就是人的本质身份的本质证明”。侯马在《真实诗歌：中国的、现代的、批判的》一文中还说，“我对人能在多大程度上揭示自己持有虔诚的态度，对普遍存在的作者人与诗文不符感觉厌倦、困惑”，“我是人类的试验品，历史的遗物，这样一个当代的、中国的标本掌握在手，我有义务解剖殆尽”。

在一些人的心目中，警察这个职业所要求的严格纪律和“法网无情”似乎与追求“先锋即是自由”的诗人格格不入。诗人路也说：“侯马的职业似乎跟写诗是不相干的，但我感觉很羡慕，因为他的写作与职业之间有很大的弹性和张力。”因此，对于很多人，作为诗人的侯马身上有着一种特殊的“制服诱惑”。也许是就侯马的诗人身份与警察职业二者的关系使人们有着太多的好奇和追问，侯马“被迫”做过这样的思考和回答：“我自己能写出现在这样的一些诗歌，一定有我职业生涯很深的影响。从表面上看它是一种矛盾，但是如果往更深处看，它有一种磨合，也有一种互相的激发。”他说，从法里面，不仅能看到它冰冷、制度化、强制力和约束力的一面，而且更多看到平衡、协调、温情。实际上法反而是最有感情的，它是在一种能实现感情的角度去最大化求得社会的公约数。“法带给我这种平衡感，在世俗中捍卫价值，让理想的高蹈寻找落足地，我觉得在我的诗里面应该是有体现的。”他说，“就像我当年说‘反抒情’，实际上强调的是‘反对滥情’，用一种反抒情的方式实现抒情的目的一样，因为诗歌总是抒情的，但是你简单化的抒情，反而让人作呕，我觉得法也是这样，可能你更理性、更客观，就更能实现每个人自我的、自由的生长和发展”。

侯马也曾在访谈中说，他的诗人身份和警察（局长）身份“互不借光”。在我看来，他的意思是想说，不是因为他的官员身份而使其诗歌“增值”，反之，也不是因为他是成名诗人而使其工作岗位步步高升。他是优秀的诗人，同时，也是优秀的警察（局长）。作为警察的侯马升任至显赫的公安局长，有没有借他的诗人情怀的光，我不得而知——想必也是有的。而作为诗人的侯马显然还是借到他的职业和身份的光的，这当然只是就写作本身而言的。其实想来，一个人所从事的职业必然会对他的“业余写作”产生直接关系，比如职业体验会影响到写作题材，比如职业眼光会影响到写作手法。

的确，侯马的诗歌有着所从事职业很深的影响。比如著名的《九三年》组诗、《披着羊皮的狼》所涉及的题材，比如《伪证》《清明悼念一桩杀人案的受害者》《但是只有嫌犯目睹全程》这样的题目。他甚至把他侦办的案件都写进了诗里，如他的名诗《白灰》。另外，读他的“手记”系列，时常有令人击掌赞叹的提取细节的能力，臧棣曾评价侯马的诗有一种气度，以小博大，“往往可以从很小的东西上看见很深的深意，有一种深意，深刻的意味、深奥的意韵，不是很抽象，而往往是细节化的，日常生活的经验上的东西，容易引起共鸣，有深度的历史文化的意味”。而这种见微知著的“侦查能力”，与他的职业也不无关系。

从警生涯必然涉及对于暴力的思考，这在《小柿子》一诗中有所体现：“他在田里干农活／见到我／竟然羞涩地笑了／我觉得这冤仇化解太容易了／当年／我能这样欺压他／绝非一己之力／现在，有时也麻木不仁地／助纣为虐。”当然，这首诗已经不仅仅是对于暴力的反思，在我看来，还涉及了对于国民性的反思——这个“五四”时期已然开启的命题。而对于侯马的《教育》结尾的诗句——“吓唬人是没有用的”，伊沙评点说：“结尾那句出自一个警察局局长之口，简直是振聋发聩的伟大名句！”

五、诗性与诗形

自《他手记》以来，侯马的“手记”系列长诗（侯马曾称之为“巨型”）一发而不可收，迄今，完成发表了《他手记》《镜片手记》《进藏手记》《梦手记》《抗震手记》《访欧手记》《七月手记》等。2008 年，《他手记》获“十月奖”，还被中国诗歌排行榜评为年度最佳个人诗集。“手记”给他带来了荣光的同时，也带来了争议。也就是，诗可不可以是这个“样儿”？！——可能正是为了释惑，在江苏文艺出版社出版的《他手记》和增编版都在封面上标明了：诗集——这里涉及了诗性与诗形的问题。

在大多数人的心目中，诗歌的一个显在的标志便是分行。这有时甚至是唯一的标志。美国诗人W.C.威廉斯做过一个著名的实验，就是把一张便条（“我把你放在冰箱里的梅子吃了，也许你是留作早餐的，请原谅，它太爽，太甜了。”）一字不易，只是把它做了分行处理，就成了一首诗。分行之后，人们的期待视野就发生了变化，韵律、节奏和言外之意成为人们关注的焦点。由此也可证明，在诗歌中“有意味的形式”本身也是内容的一部分。

如今，分行已经是诗歌的主体和常态。但其实，诗歌的分行也属舶来品，是受到现代西方诗歌的影响。我国的古典诗歌原本也不是分行，而是靠人们在阅读中加句读的。侯马《他手记》获“十月奖”有这样的一条获奖理由：“《他手记》是对诗歌形式主义的反对，却从本质意义上捍卫了诗歌的尊严。它是思想之诗，命运之诗，信仰之诗，人之诗。”侯马也曾在多个场合多次被问及这种形式的另类，他给过多个回答，比如他说的“技术上的原因”，但其中具有诗学考量的是:“那个时候对一些口语诗简单到只剩分行，铺天盖地，也挺愤懑，所以我就下决心写一首不分行的东西，这样一来就诞生了《他手记》。”也就是说，正是基于对于一些诗歌过于“简单”（不是形式的简单，而是指的诗性或诗歌质地的稀松），侯马去主动地追求写作的难度。侯马那些不分行的文字，不是为了偷懒，而是难度更高，它必须葆有更强的诗性。这也是与侯马之前的理念“抒情导致一首诗的失败”一脉相承。其实，早在20世纪90年代诗人们就提出了“要把诗写得不像诗”——当然，这同样是对写作难度的主动寻求。这也是诗人侯马对于“先锋精神”的秉持——“我仍然相信文以载道，仍然认为文学的本质是对精神的开拓，仍然相信内容大于形式。在一定意义上讲，先锋精神是对文学本质捍卫的精神。”（《麻雀访谈录》）

这里要提及的是，侯马在《进藏手记》里的对于诗歌形式的实验，这主要体现在每首诗的标题上。《进藏手记》每首诗的标题大都是长长的句子，比诗行要长得多，比如：“16.到了深夜，大昭寺门前还有五体投地的。他弯下腰去，那石头仍是热的”；“27.慢慢懂事了，他开始读糊在家里墙上发黄的报纸，黑框圈着国家大事”；“30. 卓玛和央金是天仙般的孪生姐妹。没办法，是真正的汉人就不可能娶双妻”；等等。古诗中也能找到长句标题，比如杜甫的五言律诗《船下夔州郭宿，雨湿不得上岸，别王十二判官》。但是在《进藏手记》里，这些另类的独特的长句标题与其统领的诗行，不再是传统那种归纳、总结、提示、限定的关系，大多数的标题与诗的内容并不存在着直接的联系，有时还不是同一个时空。这样一来，大大拓宽整首诗的想象空间。在我阅读的感受中，这些长句标题（尤其是在简洁的诗行的映衬下）给人一种沉思感甚至恍惚感，——或许这正契合了神秘的藏地、连绵的雪山带给远道而来的人的精神感受。

值得一说的是，“手记”系列只能算巨型长诗，单首或单条看难免单薄，有的只是小幽默、小机趣，比如“天气一变暖，美女就上街”之类。侯马自己也说，像《他手记》，“我几乎完全无意对单首的打造，渴望的是一种艺术观浑然一体又鲜明独特的流淌。对世界、对人生、对生与死和爱恨情仇，那种种盘根错节乱如团麻的观念，我用耐心和执著将它一点点打磨光亮。这只有在坚定的创作观指导下才能实施。”（《真实诗歌：中国的、现代的、批判的》）伊沙说，巨型长诗或曰巨制是中国现代诗在21世纪最大的成熟标志。除侯马的《他手记》，产生较大影响的还有伊沙的《唐》、徐江的《杂事诗》、唐欣的《北京组诗》、沈浩波的《蝴蝶》等。

六、“在”之诗或“中国叙事”

在《他手记》的封面上印有这样几行字：“他是上世纪60年代出生人群中的精神潜伏者，以诗歌抒写对时代的观察和记忆，翻卷无数人惊心动魄的回忆。”而在新近出版的《他手记》增编版的封面上则印有如下几行字：“侯马——中国当代少有的二十年来从未停止记录思索的诗人，前所未有变革时代的艺术记录和良知承担者，真相的见证者和澄清者。”这些虽是出版者对诗集的推介之词，但对诗人的评价不失准确。前面提到“诗言志”，闻一多讲“诗”“志”同一，“志”还有一个内涵，便是“记录”。这是诗歌又一重要的功能。侯马通过他的诗、“手记”，记录了这个“前所未有的变革时代”，他的诗是“在”之诗，是“本朝本代的诗性切片”，或者用任洪渊先生的话说，用谐、谑、戏的方式进行着“中国叙事”。

侯马曾写过诗剧《六十年代》《七十年代》《八十年代》，“以诗歌抒写对时代的观察和记忆，翻卷无数人惊心动魄的回忆”，比如在《六十年代》中对“饥饿的历史真能饿死人”的揭示。再比如这首《结局或开始》以戏仿的方式揭示了“新时代”的人们的处境——“您好，我是房东。手机号／已换记得保存。现在在外／地，以后租金存我爱／人（农业银行）：6228 48／5036 08988 9561 刘美莲／办好回信息／回复A：滚，骗子／回复B：已存，请查收／回复C：刘美莲你家着火了／回复D：叔叔，您好，我失恋33天了／回复E：房东，我的钥匙丢了，／你知道梁小斌的困境吗／回复F：……”这首诗借用了北岛献给遇罗克的名诗的题目，在我看来是别有意味，（至少是客观上）造成了两首诗的互文性。这早已不是“英雄的时代”，在没有英雄的时代，我们还要不得不面对如何和骗子打交道的问题。

“麻雀，离人如此之近／居住在屋檐、锅厦／觅食于农田、果园／人类生活／有力地改变着麻雀的习性／连它们的鸣叫／都像辩论。但是／这是一支始终没有成为我们／家庭成员的物种大军。”这首诗名为“社会”。侯马用诗歌的方式对当代社会不同族群的关系进行了观照。

歌德说，你想逃避世界，没有比艺术更好的途径了；你想与世界结合，也没有比艺术更好的途径了。当然，诗歌就是这样的艺术。风花雪月当然可以成诗，但诗绝不仅仅是风花雪月。诗歌有着布罗茨基所说的“强大的胃”。侯马在《酷评》一诗中不无自负的说：“二十五年后／我写诗／修炼出像那位杀手／一样的功夫／就是／用日常的材料／攻致命的部位／其实最大的秘密／始终是你／怎样才能站到生活的面前。”的确，找到了诗歌秘籍的侯马已经练就了超凡本领，能以日常的材料为利器剖开生活的真面目。在侯马的诗歌里，我们看到很多与传统的“诗意”有悖的意象、人物、场景。如果说“蒙霜的马粪球”还有些许田园的诗意的话，侯马还写到了这些没有诗意的：在公共厕所里的“吊死鬼”、“把汉语推向高度”的被称作“鸡”的昼伏夜出的工作者、爷爷夜间在床上弄出的单调的节奏，甚至还写到表妹的红底白花的月经带。当然，写出这些没有“诗意”的东西的“诗义”（诗歌的意义，亦即存在的真义），是诗歌的难度所在，因此也正是诗人的才华、创造性和慧眼所在。当然，这一进程从让恶开花的波德莱尔已然开始。这些具有“诗义”的诗歌都是“在”之诗。

侯马有着“重塑一种古老的精神于当世”（《师姐之夜宴》中的诗句）的使命感，秉持着“文以载道”的传统，因此，他的同窗好友伊沙也赞其“文人本色”，称他“更像五四那一代的文人……一半是志摩，一半是废名，此等人物，两袖清风，傲然遗世，立于今日，于酒囊饭袋之中，显得清气逼人”——这话说得甚妙，借来结尾。

近在眼前的“远方”

——读北塔域外组诗

北塔和我的相识已经十来年了。那时我在首都师大读博，在中国诗歌研究中心主办的众多的诗歌会议上几乎每次都可以见到他。北塔相貌儒雅而举止沉稳，会上滔滔不绝的发言见出宽博的视野和思维的连绵。近几年，他每年都来秦皇岛参加“海子诗歌艺术节”，因此经常见面。尽管如此，我们还只能算是清淡如水的君子之交。

我对于北塔的了解还主要是通过文字。他在我心目中首先是位翻译家。他和西川先生合译的《米沃什词典》是早就读过的。去年在会议上见面，他又送了我一本他最新翻译黄亚洲的《我在孔子的故里歌唱》，因为我也做过诗歌翻译的工作，所以就较为细致地读了，译笔浏丽，兼顾了原文及翻译中的创造性，基本上实现了“信、达、雅”，见出翻译的功力。当然，北塔还是位学者——中国社科院的研究员。他的学术文章也读过一些，在我写博士论文的时候还完整地阅读了他的著作《戴望舒传》，其文风朴实，力求做到对研究对象的“同情的理解”，不花哨，不卖弄，不故作先锋状。尽管我也知道他荣获 2013 年第二届世界华文诗歌大奖赛金奖的消息，但说实话，直到这次他寄来新近创作的《域外新诗抄》，我才第一次认真地阅读他的诗歌。

这几组诗，是他最近几次出国参加国际文学活动带回来的收获。古人讲，读万卷书，行万里路。行万里路，如同读万卷书，都是增广见识，闻道致知的方式，因此人们也说，文章是案头山水，山水是胸中文章。出访域外，是一种特殊的“远游”，使得风景和文化都构成一种“陌生化”的“远方”成为近距离观照的对象。对于“远方”的遥想，是诗人，尤其是浪漫诗人的常见写作母题，而近在眼前的“远方”，自然会激荡起诗人的情愫。正如同北塔的夫子自道，在域外，“我们的所见所闻都是陌生甚至奇特，这必然会激发或刷新我们的感想”。“我们会暂时放弃生活的烦恼和工作的劳顿，心里轻松而敞开，这有利于接受更多的来自幽冥的信息，并且能够及时认知、处理这些信息，最后把它们转换成诗句。”

但是，北塔的域外组诗并不是那种“到此一游”式的招摇，也不是“立此存照”式的游记，他没有描摹域外名城名胜的“冷风景”，而更多是“以我观物，故物皆著我之色彩”。还是让我们直接感受一下北塔笔下的诗句带给我们的“打击”吧——

狂风扫过，每一片草叶都奋起反抗
那被死神摘除的梦
至今还悬在半空
见证着历史的浮云
记忆的锄头翻开泥土
还不至于伤及生命的根部

墓碑可以高耸入云
也可以矮到脚踝
那高耸的并不就可以俯视活人
那低矮的并不就会被踩在脚下

我们把石头嫁接在草芥上

生长的仅仅是刻在上面的名字

那些被剥夺了肉体的名字

能否直接进入被拷问的灵魂

和平的天空充斥着阳光的子弹

我撑起伞

不仅仅是为了抵挡

大地举着我

像举着一把枪

谁将扣动我的心

帮我射出满腔的子弹

——《走进仰光二战英军烈士陵园》

这首诗让我们容易想到与之相类的名诗，如台湾诗人罗门的《麦坚利堡》：“超过伟大的 ／是人类对伟大已感到茫然／／战争坐在此哭谁 ／它的笑声 曾使七万个灵魂陷落在比睡眠还深的地带 ／／太阳已冷 星月已冷 太平洋的浪被炮火煮开也都冷了／……神都将急急离去 星也落尽 ／你们是那里也不去了 ／太平洋阴森的海底是没有门的。”如老诗人赵恺写的《美军公墓》：“六万尊十字架，／组成一支无枪的军旅。／仿佛抽象派雕塑，抽掉国籍、军籍，／抽掉呐喊、哭泣，／抽掉应该和不应该抽掉的一切，／留下一架骨骼去负载记忆。”虽然同样是对战争的反思，同样是对阵亡士兵的哀悼，同样是面对数以万计的墓碑和十字架的震撼，但在写法上，北塔的《走进仰光二战英军烈士陵园》与这两首诗还是不同的。正如刘勰在《文心雕龙》里所说，“目既往还，心亦吐纳”。在北塔的诗篇里，我们可以体味到他的“心的吐纳力”，或者说灵敏而锐利的感受力——对于诗人来说，这是比观察力更加重要的素质。感受力是诗人的内在的"心理图式"的反应，是与诗人的艺术修养、审美趣味以及文化积淀等息息相关的。这首诗里的意象，比如"狂风扫过，每一片草叶都奋起反抗／那被死神摘除的梦／至今还悬在半空"，比如最后一节中的超现实的意象，新奇、大胆、玄幻、独特，带有很强的"电荷"，极具情感的穿透力。这容易让人想到一些著名的"深度意象"，比如罗伯特·勃莱的名诗《苏醒》中的句子："我的血管中有舰队出发，水道中响起细微的爆炸声。"比如特朗斯特罗姆成名作《果戈理》中的："夹克破旧，像一群饿狼／脸，像一块大理石碎片／坐在信堆里，坐在／嘲笑和过失喧嚣的林中／哦，心脏似一页纸吹过冷漠的过道／／此刻，落日像狐狸悄悄走过这片土地／瞬息点燃荒草／天空充满了蹄角。"还有北岛的诗句："点着无声的烟卷／是给这午夜致命的一枪／当天地翻转过来／我被倒挂在／一棵墩布似的老树上／眺望。"这种"深度意象"是灵魂深处的投影像，而非眼睛看到的"图像"。跟"由外及内"的睹物思情式构思相比，它是"从内向外"的，是潜意识（或者说直觉）经过加工处理后生发出来的物象，是肉眼所看不到的，或者不妨称作"灵视"。——北塔把自己的主要写作方式归纳为"从灵感到冥想"。我们阅读这样的诗歌，需要的不仅仅是眼睛和知识，更重要的是，开放我们的感官，在超现实的画面和情境中去感受，去领悟。

北塔诗歌中的图景不是即景式的描写，而是经由"触目"而达到"会心"的内心的图景。贡布里希说一个画家画出来的只是他"想看到的"，诗人也是如此，他所写下的也是他"想看到的"。比如这首《独立猫》——

整个独立广场
是你的 T 形舞台
在你走动之前
暴雨已经是一阵阵掌声

而你选择安坐

像一颗新星
安坐于旧式的天空

但是，那从大清真寺高音喇叭里
冲出来的祈祷
逼着你一步步后退
直到退入下水道

在印尼的独立广场，当然有很多异国情调的东西可以写，但诗人只写了一只猫，一只“独立猫”，一则它是出现于独立广场，再则是它是“独立”而非成群的。它与“暴雨的掌声”和“高音喇叭里的祈祷”构成了一种对峙的张力。这首诗的开头，诗人非常简捷（不仅是简洁）而巧妙地把读者带入一种情境。诗句之间是有机的关系，因为有猫（步），所以有T形台，所以有走动，所以有掌声。这里“暴雨是一阵阵掌声”的譬喻非常精彩传神！这只猫是经过诗人的内心图式过滤后而存留在诗歌的画面中的，它已经成为了“生命心象”，凝聚着诗人自身的生命体验。“独立猫”像一颗新星安坐于“旧式的天空”，但这种荣耀和尊严很快就被消解了，被“大清真寺高音喇叭里冲出来的祈祷”逼退到“下水道”，这莫不是诗人在大众文化的喧嚣和群氓的话语暴力中的困顿、困惑亦不无尴尬的写照么?

在这几组诗中，大多数的诗篇是以散文诗的形式呈现的，比如《比岛还要孤独》《柴火在消耗柴火》等诗。法国诗人波德莱尔以《巴黎的忧郁》的创作实绩使散文诗成为一种独立审美价值的文学形式。波德莱尔心仪于散文诗的神秘：“当我们人类野心滋长的时候，谁没有梦想到那散文诗的神秘，——声律和谐，而没有节奏，那立意的精辟、辞章的跌宕，足以应付那心灵的情绪、思想的起伏和知觉的变幻。”他还说过散文诗这种形式，“足以适应灵魂的抒情性的动荡、梦幻的波动和意识的惊跳”。而这种“灵魂的抒情性的动荡、梦幻的波动和意识的惊跳”正好对应了北塔所心仪的灵感与冥想式的写作方式。

让我们欣赏组诗中的一些诗句——“所有的神都习惯于在面具后面窥视，他们的微笑里镶嵌着我们的恐惧。多少次，为了赢得这微笑，我们被自己的心灵出卖，正如石头被苔藓掩埋。”（《玛雅文化遗址》）“这巨大的胃，已经没有了食物，但功能并没有退化殆尽。它正在消化自身，消耗自身，正如柴火在消耗火柴，正如梦在消耗梦乡。”（《神思昌昌城》）“一万朵乌云被押解到雅加达的上空，被集中在一起，被闪电千刀万剐。以酷治酷，这是天空的丛林法则。”（《雅加达：雨季尚未过去》）我们不难从这些精彩纷呈的诗句中感受“梦幻的波动和意识的惊跳”。《休斯敦的黄昏》中的这个句子令人击掌叫绝：“瘦长的灯杆多么像耶稣，被自己的信念摧残得只剩下一把骨头。灯罩是他的桂冠，此时发出了祥和的光，只是为了照亮我们这些依然在灰尘中爬行的车辆。”北塔说，现代诗的写作并不仅仅是率真而直接的抒情，还要有理性的加入，这样的写作不是瞬间爆发的情感的宣泄，而是要经过一定的思想准备或者需要一定的苦思冥想。“瘦长的灯杆多么像耶稣，被自己的信念摧残得只剩下一把骨头”，就是熔铸了诗人自己的生命体验和理性的省察的意象。正像美国的“桂冠诗人”弗罗斯特所说的，一首诗创造形象，它始于愉悦，终于智慧。解读和接受北塔的诗歌，不仅仅需要审美的修养，更需要“审智”的能力。

行者，在路上

——读慕白诗集《行者》

“行者”，“在路上”，是慕白的两部诗集的名字。我觉得，这两个词既是慕白对生命状态的自我认定，同时，这两个词也可以概括慕白诗歌的内容和特点。所以，在构思这篇文章时，这个标题率先跳进我的脑子。

慕白是首都师范大学第十一位驻校诗人。驻校诗人们在诗歌中心都受教于吴思敬先生，得到过先生如对弟子般的勉励和关爱，也便以“吴门弟子”相称。因此，我与慕白也就有了“同门”之谊，加之我们又是本家，所以对他及他的诗歌就关注起来。诗人商震曾风趣地描述慕白给他的第一印象：“初见慕白，无论如何也难以把他和诗歌联系在一起，他粗犷得有些愣头愣脑，言谈举止充盈着匪气。”通过阅读慕白的诗歌，的确感到了他粗犷的外貌和细腻的内心、生活的世俗和诗歌的棱角之间存在的张力。

也许，我可以告诉一个你不喜欢的细节
在我即将闭上双眼的时候
为你流下最后一滴泪水……
——《关关雎鸠》

……

在溪的两岸种上香草和雪花

春夏秋冬，每个日夜

都暗香浮动，落英缤纷的季节

坐在水草丰茂的家门口，谈谈情说说爱

看星星入梦，太阳醒来

告诉孩子们如何避开

月亮垂下的钓竿，以及

渔人网中的目光

也酿酒，做女儿红，开心了浮一大白

把日子喝成微醺，然后，学越语吴音

唱一曲，乌篷船里的鱼水之歌

——《青鞋布袜从此始》

从诗中可以看出，“长得不像诗人”的慕白细腻而善思，多情而任性，这并不奇怪。江南自古多才子，慕白生长于浙江温州，这原本就是钟灵毓秀之地。浙江的文化底蕴深厚，生长于斯，久受浸淫，自然对文字生出敬畏和虔诚——或许正因此，他才在诗里写道“我羞于称自己是诗人”。在《我是文成的土著》一文中，慕白交代：“源于父母的身教言传，我虽然读书不多，但我从小打心底里敬畏文字，尊重文化，敬重正直的人。心存敬畏，这好比一个农夫，从翻地，选种，施肥，一直到收成，对待每一棵庄稼，都会充满虔诚。从读《诗经》开始，我喜欢《关雎》，我读不懂《楚辞》，但我不为耻。我喜欢五柳先生，特别向往魏晋的文士。”就是在温州一带，当年任永嘉太守的“大谢”谢灵运（其曾自诩独占天下一石才之一斗）吟咏山水以消解政治上的不得意，开创中国文学史上的“山水诗”一派。慕白也写了如组诗“大江东去”等大量的“山水诗”，他甚至被诗人胡弦认为“更像是山水行吟诗人”（胡弦《山穷水尽与柳暗花明——慕白山水诗歌印象》）。或许，由此我们可以看到古辈前贤投到慕白身上的影子。我更认同于诗人李南的说法，“慕白的大部分诗与其说在向读者展示一个个地理上的山河、有据可查的地名，不如说在展示他生命中的漫游心迹——这缘于他骨子里的故土情结”。

的确，读慕白最新的诗集《行者》可以感受到他的“骨子里的故土情结”，感受到他的“情痴始近真”，这鲜明地表现在《包山底志：或时间机器》《我把故乡弄丢了》《一封家书》《为梦的额头书写明日的山脉》等组诗里。慕白自称“文成的土著”，“文成就是我全部的故乡，是一个理想的、田园的、诗意的栖息地”。值得一说的是，“包山底”，这个文成县的原本名不见经传的小村庄，“飞云江”，这条原本默默无闻的河流，由于“情痴”慕白的念念不忘和反复书写，渐渐广为人知。或许是因为我也有这种故园情结，抑或是因为我也有与其类似的“把故乡弄丢了”的人生体验，这些诗让我心有戚戚，让我感动，它们也就成为我重点阅读和观照的对象。

我始终是一个长不大的孩子
从十二点的指针里，我想回到荷花清香
回到葵花的脸庞，回到稻谷金黄
我骑着一缕月光星夜兼程
回到在飞云江水底飞翔的那一朵云里？
我该怎样在一个人的内心里，焚烧自己的手臂
照亮回家的路？ 回到母亲最初的一滴
乳汁里，埋下我全部的辛酸和经年的顽疾？

而窗外月光如洗， 照在寂静星空的边缘

包山底，我卷曲身体卧在一声叹息里
——《我该从哪儿回家》

在中国的版图上，飞云江
一条小小的毛细血管
和我的包山底一样卑微
很难被另一个人的嘴里说出
在文成，在温州，或者在浙江
这么孤独的水

带着纯净的品质　贴近大地
乡音是一种永远的河流
飞云江，只有你才知道
我走出家门是左脚开始，还是右脚
——《一生都走不出你的河流》

诗人的天职是返乡，诗人哲学家海德格尔如是说。从这些诗歌中，可以看出慕白是害着思乡病的，他用他的诗歌践行着“诗人的天职”。海德格尔在阐释荷尔德林的诗歌《返乡——致亲人》时解释了诗人的这种本能冲动——“家园”意指这样一个空间，它赋予人一个处所，人唯在其中才能有“在家”之感，因而才能在其命运的本己要素中存在。这一空间乃由完好无损的大地所赠予。“家园天使”和“年岁天使”被称作“守护神”，它们使万物和人类的“本性”完好地保存在明澈之中。海德格尔说，故乡天生有着对于本源的忠诚，返乡就是返回到本源近旁。也许正是对于“本源的忠诚”，也使得“源头”成为慕白的“山水诗”中一个关键词——

发现源头，尘埃落定，一个新的大陆
等同于一个白天送走另一个白天
——《龙游吟》

独步江畔，万物生长的春天
马金溪，不知今夜你将流向何处
我选择站在黑暗中背靠自己
闭上双眼，聆听着身边的水
在源头开始匍匐潜行
——《江畔独步》

慕白在诗里追寻的源头，从隐喻的意义上看，很可能是农耕文明，自然宁静的古朴生活，而下游则是工业文明。如前面所引述，海德格尔指出了“家园”这个空间是“由完好无损的大地所赠予”，而如今，由于工业文明和城市化进程，由于“技术的统治”，乡村那种古朴生活的闲适淡然、宁静和谐已然被打破，代之以欲望、喧哗与骚动。这在《最童话：包山底编年史》和《包山底志：或时间机器》中被慕白以诗歌的形式记录在案。因之，他的诗歌中，故乡只是以过去式的回忆和想象呈现，同时，不绝如缕的挽歌调性让人心生感动——

岸边，有人在柿子里点灯
有人在鸟鸣中加入一声叹息
白狗在舔锄头的利刃
但它一点也不感到疼痛
好像贫穷的乡村生活一点也不沉重
父亲使劲掐灭了旱烟
扔到小溪里，我回头看

发现自己已经长大，不知什么时候
小溪干了，大地的眼眶也干了
那个洗菜的盆不见了，父亲也不见了
就像一滴水变成了水汽
一切都蒸发在无边无际的时空中
——《包山底的小溪不见了》

如果让我说出对包山底　更深的爱
我会好好伺候她，像一个苍老的儿子
为更苍老的娘亲养老送终
我搀着她，做她手中的拐杖
成为她凋谢的身体里，那发芽的骨头
——《我出生在一个叫“包山底”的地方》

飞云江水往低处流，在我的脸上
时间和命运在流动
江上秋风正紧，秋风伐倒万物
老人一个又一个死去
——我用皱纹作为墓地，埋葬他们
用泪水刻写他们名字
剩下野兔、野猪代替他们
在精耕细作了一辈子的田地旁
看家守门……
——《一张有些飞云江的脸》

我用脏手擦了擦自己的脏嘴巴

把命运中唯一的口粮捧给你
总之，你比你的傻儿子古老、忧伤
但我必须死在你前头
我倒在你怀里时，傻乎乎，痴呆呆，
可能喊你母亲，也可能喊你父亲
——《我是爱你的一个傻子，包山底》

如前所说，“包山底”连同“飞云江”，由于慕白的念念不忘和反复书写，已经成为“文学地理”，或者如同海德格尔描述的“在的地形学”，在抚慰灵魂的乡愁的同时，它也获得了更长久的生命，因为完全可以想象得到，像慕白在《最童话：包山底编年史》所记录的那样，随着城市化进程和商业化开发，“包山底”这个地理名词很可能会很快消失，代之以高大上的名字。因此，“包山底”、“飞云江”连同“文成”，要感念这位为故乡的山川“尽孝”的“傻儿子”。

诗人的天职是返乡，但“返乡”并不是一个简单的举动，而是一种能力。在对荷尔德林《返乡——致亲人》一诗的阐释中，海德格尔继续解释道：“唯有这样的人才能返回，他先前而且也许已经长期地作为漫游者承受了漫游的重负，并且已经向着本源穿行，他因此就在那里经验到他要求索的东西的本质，然后才能经历渐丰，作为求索者返回。”慕白就是“向着本源穿行”的“漫游者”，并“经验到他要求索的东西的本质”。他说自己是“行者”，“在路上”。在诗集《行者》的序言“见字如面”中，慕白说，名之“行者”，“只是一种状态。或者说，我还在走。没有抵达”。“人生是一种行走。”“行者，没有希望也不会绝望。”其实，我们每个人谁不是鲁迅笔下的“过客”，谁不是在路上的行者？可以说，行者（过客），或者在路上，就是我们被抛在世的命定状态，是我们现代人先天性的“疾病”——“除了无意义，我所剩无几……学会孤独，继续行走”。只是我们在行走的过程中，悲哀地意识到“弄丢了自己的故乡”，甚至连同作为“返乡通行证”的方言——

我离家时曾背走了家乡的一口井
还带走了包山底纯朴的乡音
一不小心却又都弄丢了
现在，我成了一个无家可归的人
欠着故乡的债
在这个世界上游荡
像一个被彻底打败的逃兵
——《我把故乡弄丢了》

方言是一个人返乡的通行证。
其实，它们不是死在故乡就是在路上
——《包山底方言：他们》

行者，在路上，让慕白写下了大量的所谓山水诗。其实，慕白并无意寄情于山水而做一个现代的“逍遥派”或发怀古之幽情，他只是“以旅者视角，无论仰望、平视、俯视，目之所及，对正在逝去的人和事，信手粗略的记录，呈现，仅此而已”。慕白感受到了时光的虚无，“我不再记得，自己去年的生活，速度永恒／一切依旧，影子越来越让人紧张”（《时光虚无》），而对抗时光虚无的方式，恐怕唯有用语言记录下正在逝去的人和事。就像帕斯所说，语言不是符号，而是似水流年。从某种意义上说，也只有作为在路上的行者，只有背井离乡，才能使故乡现身并显露它的意义——

乡村日渐消瘦，夜色深邃，高楼林立，我居住的地方
被城市包围的城中村，天空已经让人分不清南北西东
蚊子在夜幕下早已飞得无影无踪，我举起杯
遥祝这只小小的虫子，身体里流着我的血液的蚊子

千万别忘记来时的方向和返乡的道路
——《城中村纪事：告别春天》

在这个“技术的白昼”，“故乡使灵魂憔悴”（海德格尔语），即使夜色深邃，诗人的心灵都不得安宁。受到灵魂的乡愁的召唤，诗人一直行走在路上，使他体验到“走过的路都是他乡”，从而也让慕白“经验到他要求索的东西的本质”，这使他的“返乡”成为可能。这就是他在行走过程中领悟到的故乡顽健的根性力量和谦抑的品质——

没有彼岸，水是孤独的
石头也是孤独的
这种个人的疼痛，阡陌纵横
只有词语知道，在包山底
或许唯一的飞云江
可以清洗
我的魂魄和粘满世间风尘的肺
——《为梦的额头书写明日的山脉》

心里难受的时候，农民的儿子
想对地里的庄稼说话
说说多年积压的郁闷、艰辛、痛苦
说说泪水，怎样浇灌命运
然而他只埋头给一棵白菜或者一丛麦苗
储蓄明年生存必须的水分——
——《农民的儿子想说话》

包山底不敢走得太远
不敢远离乡村　包山底的文字
只写些平易的庄稼
……
只有种植泥土上的汉字
才能枝叶茂盛，才能光芒万丈
——《包山底》

“只有种植泥土上的汉字，才能枝叶茂盛，才能光芒万丈”，这是慕白的领悟，也是他对于自己诗歌的自信和期望。在“行者”返乡的路上（生命不息，返乡便不会成为完成时），慕白也领悟到自己应有的位置和姿势。“坐，在尘世中反观诸己。坐在门口就是诗人的位置，诗人只要在这里很认真地剔除了尘世的味道，就可以选择‘坐’这样的姿态，正是‘坐’使得我有了自己的视域，我守住了乡村，而审视了城市。”（《我是文成的土著》）

在诗歌当中，慕白的音调不是高亢的、激越的，而是低回的、追忆的，尽管他有时也采用戏谑的腔调。“现代人的脚步无法从隔壁打听出大海的下落／那根虚无的长线，栖息着无数的星辰／／从头到尾富春山居给予我一个上午的收获／只是在唐寅雕像的背后，一次轻松的小解。”（《富春山与柯平书》）从中我们听到的是，一个并不具备话语权和影响力的小人物，在诉说自己微弱而固执的意念，一种对本源（“源头”）回溯的意愿。虽然知道这一切都没有意义，因为一切都在被撕扯着向前。“炊烟的消失，多少有点忧郁／取代的是一年比一年长高的烟囱／这一粒乡愁，那血液中的火／骨头里结晶的痛苦，我的宿命如一江春水／守门人沉睡，没有人会为我鼓掌／／回望落日，不要用四月的墨水来为明天哭泣／一支笔画不出一条纯粹的江，让江水流向大海／不要更改命运，合上晚霞和地平线／粘成一片的虫鸣，在向阳的河岸上。”（《青春作伴乌溪江》）“农耕的现实主义与工业的现代主义／左手与右手下棋，一个人的博弈，胜负难分／最好的结果，冰释前嫌，彼此握手言欢。”（《龙游吟》）这些诗句里明显可以看出，诗人在极力地自我劝慰、自我宽解，虽然他对于“骨头里结晶的痛苦”有着切肤的体验，对于自己的宿命了然于心。一般说来，农耕时代的诗人，会去营造“意境”；工业时代的诗人，则多靠象征、表现、超现实等手段着力诉说。而慕白要倾诉的是一个卑微的小人物，在农耕时代与工业时代之间纠葛不清、内部互相厮杀、胜负难分的体验。所以，他的情感是纠结的，诗歌技巧也是纠结的。这里有他的独到之处，当然也体现着他的诗歌技艺方面“在路上”的特征。

在《行者》的序言里，慕白用像是辩解的口气道出了自己对诗歌和生活的理解——“不需要掩饰脚印的浅显，自我见证。……做人，写诗都要学会独立。活着，一是不过于玄乎，二是不过于戏作。日子，放不下，打不碎。得慢慢学习忠实自己，继续行走。没有什么界限，写诗没有目的，生活更没有目的。请原谅我是一个庸常，低俗的人。”其实，诚如陈超先生所言，诗歌，在今天如果一定要有什么“功能”的话，它在不经意中成为了人类话语中最具有“自由主义”实践力量的一支。它的自由不是空洞无谓的集体主义神话，而是回到具体个人，坚持个人话语对生存体验并表达的永恒权利，“第一原理”。从个体生命出发，笔随心走，揭示生存，眷念生命，流连光景，闪耀性情，这些基本的内容在古往今来的诗中是凝恒不替的。因此在我看来，对于慕白，“庸常”也好，“低俗”也罢，只要是从个体生命出发，独立写诗，自我见证，对抗虚无的时光，脚印的或深或浅，都不必太以为意，因为那都表明“行者”依然在路上，依然在继续前行。

“一匹现实主义的马，与西风古道无关”
——王单单诗歌简论

一、真实的面孔

王单单是近年来创作风头甚劲的诗人。尽管之前写过一篇对于他的《滇黔边村》的细读文章（发表在2016年《诗探索》第1期），但与王单单缘悭一面，没有直接的接触和交往。只是在他的博客上见过他的用作头像的照片，很“南方”的年轻面孔，有些顽皮、（扮）酷、桀骜的感觉。因此，如果从知人论“诗”的角度，恐怕难以置喙。但古人也讲，见字如面，诗人笔下的文字未尝不是诗人的一副面孔。或许正如易朴生所言，写作就是坐下来审判自己，那么，诗人笔下持久流动的文字可以比面孔还要更真实更可信，它们更忠实地表露着自己内心深处的怕和爱。诗人的文字呈现是一幅“精神肖像”，与他的照片给我的感觉不同，他的文字是细致、柔顺、深情、哀断。（写完这篇文章，恰好看到王单单给朱零写的一篇评论文章，题目叫作“诗与诗人：谁是谁的影子”，此题与我说的意思不谋而合。）

二、自画像

在王单单的诗里可以看到他的“自画像”：“一颗虎牙，在队伍中出列／

守护呓语或者梦话／摁住生活的真相／……像一滴墨水／淌进白色的禁区，孤独／是他的影子，已经试过了／始终没办法抠除。”（《自画像》）这是诗人对于自己的审视，他看到了（其实是感受到）自己的影子一样无法抠除的孤独。但这孤独，并不使得诗人抑郁和气馁，而是有一种闯入“禁区”的勇气和自信。王单单体会着“叛逆”的快意——

很多时候，我把自己变成
一滴叛逆的水。与其它水格格不入
比如，它们在峡谷中随波逐流
我却在草尖上假寐；它们集体
跳下悬崖，成为瀑布，我却
一门心思，想做一颗水晶般的纽扣
解开就能看见春天的胸脯；它们喜欢
前浪推后浪，我偏偏就要润物细无声
他们伙在一起，大江东去
而我独自，苦练滴水穿石
捡最硬的欺负。我就是要叛逆
不给其它水同流的机会。即使
夹杂在它们中间，有一瞬的浑浊
我也会侧身出来，努力澄清自己
——《叛逆的水》

这里有一种“独自去成为”的勇气，一种“虽千万人吾往矣”的胆气。这是王单单自述心志，坦露了自己诗歌写作的抱负和追求。而《自画像》中的“摁住生活的真相”就是王单单所追求的写作的目的。在《登古烽火台》中，他对于自己的写作有一个定位：“我写诗／就是为了成为一个放哨的人。”“放哨人”

这个比喻在古烽火台上那么自然而不露机心，让人想到普利策关于新闻工作的著名的譬喻“桅杆上的瞭望员”。无论是“摁住生活的真相”的追求，还是“放哨人”的自喻，都可以看出王单单的诗歌不仅仅是情动于衷而形于言的才华展露，而是自觉而有方向感的写作。

三、关键词：黑夜

“这是一个黑夜的孩子，沉浸于冬天，倾心死亡，不能自拔。”读王单单的诗，脑子里突然涌出海子的诗句。我在他的访谈中读到，他曾经跨省去买一本海子的诗集。我并无意说王单单身上有海子的影子，但“黑夜”（黑暗）以及“不能自拔”的“死亡”确实在他的诗里频频出现，成为其诗歌中不可忽略的关键词。

“黑夜的孩子”拥有着敏锐而善感的触角，能够看到常人看不到（或者不愿意看到）的盲区。他愿意“一个人在山中走，一直走／就会走进黄昏，走进／黑夜笼罩下的寂静”（《一个人在山中走 》）；他看到“一滴水，就是一颗头颅／它们攒动着，在黑暗中摸索／通往人间的路”（《河流记》）；他在“凌晨两点零五分／无法睁只眼闭只眼睡去”（《晚安，镇雄》）；他夜宿以古镇，“见过午夜的以古镇／一条街穿过两边的建筑与寂静／像切开黑暗的一道缝隙／狭窄，但足够通行”（《夜宿以古镇》）；他甚至能够发现“骨头里藏着的大面积黑暗”（《名垂千古》）。

黑夜（黑暗）是对白天的省略，而诗人具有透视力的目光恰恰能够看到这个唯经济数据、效益指标至上的时代对于卑微的省略——

把云南、贵州、四川、山东等地变小
变成小云南、小贵州、小四川、小山东……
这个时代早已学会用省份为卑贱者命名
简单明了。省略姓氏，省略方言
省略骏马秋风塞北，省略杏花春雨江南

如果从每个省、自治区、中央直辖市和特别行政区
分别抽一个农民工放到同一个工厂里
那似乎，这个工厂就拥有一个
穷人组成的小国家
——《工厂里的国家》

在一个“娱乐至死”的时代，诗人却用自己的笔为那些被镜头和闪光灯所省略的卑微的人们画像。比如，“这个卖毛豆的乡下女人／在找零钱给我的时候／一层一层地剥开自己／就像是做一次剖腹产／抠出体内的命根子”（《卖毛豆的女人》）；“她只知道，石头和心一样／都可以弄碎；她只知道／熬过一天，孩子就能／长高一寸”（《采石场的女人》）；“他剪的不是头发，是自己所剩无几的光阴”（《路边的理发匠》）。这样的诗句非有大悲悯之心所不能道也。同时也可以看出，这样的诗歌并没有启蒙姿态，不是冷眼旁观，也不是掬一把同情泪式的“为底层写作”，更不是有人说的“消费苦难”，而是有着切肤之感的“作为底层而写作”。

“一匹现实主义的马，与古道西风／无关”，这是王单单《冬夜，一匹马死在城市的街口》一诗中的句子，似乎也可以借来说明他的写作追求和风格。他的诗企图“摁住生活的真相”，具有直抵现实的质地，因而也就弃绝了与古道西风有关的古典的诗意。那种恬静闲适、节奏迂缓的古典诗意是一种与农耕社会与古典生活相适应的文学想象，但对于揭示当下现实中人们的现代感受已然不够用了。比如月亮，是与黑夜相联系的一个意象，也是古典诗歌中的常见意象。“举头望明月，低头思故乡”，“露从今夜白，月是故乡明”，月亮是与具有慰藉性质的故乡联系在一起的；“举杯邀明月，对影成三人”，“月上柳梢头，人约黄昏后”，月亮具有友善而浪漫的性质。但在王单单的诗歌中，月亮一改古典诗歌中朦胧而美好、让人心态松弛的形象。如果说“醒来。误把月亮当成／天空的墓碑”（《夜宿以古镇》）还残留些许古典诗意外，那么，“只

有在深夜，仰望过星空的人才知道／月亮是个白血病患者”（《望月帖》），“月亮如此苍白，像一口痰／被夜空含在嘴里”（《在昭通》）等诗句中的月亮则变得令人不爽而紧张。如果小说是对生活的“反映”，诗歌则是对生活的“反应”。诗人笔下看似奇诡的意象并不是刻意推陈出新的奇思，也不是挥霍想象力的修辞，而是根源于诗人在现实生存中的真实感受和反应。

四、关键词：死亡

死亡是王单单诗歌中的另一个关键词。甚至可以说，王单单对于死亡有着一种神经质式的敏感。相对于黑夜（黑暗），死亡书写更加密集地出现在了王单单的诗歌中。

当年，女诗人陆忆敏有一首诗名为《死亡是一种球形糖果》，王单单却说，“死亡是一棵树，结满我的亲人”（《死亡之树》）。死亡不再是充满魅惑的仅作为谈资的话题，而是诗人的切身之痛。王单单曾在访谈中讲到自己的《山冈诗稿》与死亡的关系：“壬辰冬末，家父的突然薨殁将我打回原形——骨子里我是一个悲伤的人。”“曾经虚掷时光的狂狷之徒似乎一夜之间醍醐灌顶，懂得人有悲欢，生死无常。……这五年，有了更多针对生命深层意义的思考，我的诗歌重新返回生活现场，我把命运留给我的痛，分成若干次呻吟。”[①]（这里，我想到另一位首都师范人学的驻校诗人李小洛，她也曾讲到其诗歌写作的转向也是与父亲的突然亡故存在着直接的关系，她从此意识到了责任的承担。）

死生亦大矣。作为时间的过客，人的生命是一次性的，死亡不可逃避。所以王单单说，“大路若道／道成肉身，肉身是生的路／生是死的路。死是我的路／也是你的路”（《大路若道》）。而鲁迅先生在《野草》中对于死亡有另类的理解——“我对于这死亡有大欢喜，因为借此我知道它曾经存活。”在我的理解中，这也便是西哲所云“向死而生”的内涵，也是史铁生所说的“站到死里看生”的所指。唯有死亡，才让我们正视生的意义和价值。

---

① 王单单：《山冈诗稿》后记，中国青年出版社，2015 年，第 174 页。

诗人心性敏感而多思，死亡原本就是我们的切身之事、萦心之念，自然成为诗歌中的一大主题。像《古诗十九首》里："人生天地间，忽如远行客。斗酒相娱乐，聊厚不为薄。""人生忽如寄，寿无金石固。……不如饮美酒，被服纨与素。"这些诗句表达的是了悟了死亡的必然后及时行乐的思想。像"人生如梦"的怀古和"十年生死两茫茫"的悼亡都是对于死亡的体验和感悟。甚至我们可以说，古人常见文学主题如伤春如悲秋，亦都是死亡阴影的投射。而在禅宗当中，了悟"生死无常"更是其首务。但是王单单笔下的死亡书写不同于古人，没有鼓盆而歌的佯狂与放诞，也没有了悟生死无常的坦然平淡，而是情动于衷，把死亡写得触目惊心，"毛骨悚然"——

从我这里，往上浮动四代
按辈份排列分别是
正、大、光、明、廷
一次，在老祖宗的坟前
我的伯父喝醉了，对我说
正字辈、大字辈和光字辈
已全部死光，明字辈的
你的父亲王明祥、大伯王明德
斑竹林长房家叔伯王明武
以及幺叔王明富都走了
还剩下我几个老不死的
泥巴已堆齐颈子
我的伯父，伸出左手
点着一个死去的人
就倒下一个指头，似乎
要把自己手上的骨头

一根一根地掰断
数到我们廷字辈时
他刚倒下一个指头
我就感到毛骨悚然
——《数人》

“未知生，焉知死”，“敬鬼神而远之”，我们的文化中又存在着对于谈论死亡的禁忌（比如避讖）。这种禁忌里有对于死亡的恐惧、无奈和无望的逃避。所以，伯父也只是“喝醉”后才数“人”——已然成“鬼”的人。这是独标真愫深沉哀痛的诗歌，有一种掰断手指的疼痛。

《堆父亲》是王单单的名篇。诗人突发奇思，想要像堆雪人一样堆出在冬天亡故的父亲。“如果，我能堆出他的／卑贱、胆怯，以及命中的劫数／我的父亲，他就能复活／并会伸出残损的手／归还我淌过的泪水”，诗人在回忆里堆积父亲卑微的一生，父亲也在回忆中复活。“但是，我已经没有力气／再痛一回。我怕看见／大风吹散他时／天空中飘着红色的雪”，这里的转折，“没有力气再痛一回”，非常精准地写出了诗人的不可触碰不可治愈的“痛”和“怕”。“红色的雪”，利用能指的滑动（雪—血），创造出超现实的意境，对于这种内心滴血的疼痛既是一种天人同参的延展，同时也是暂时的化解。这种椎心泣血的诗行提供了单纯叙事所不能抵达的东西，此在的悲凉体验从伦理层面进入审美的境界。

在死亡面前，生命如此脆弱、轻薄、偶然，孤立孤苦，无依无援，正如特朗斯特罗姆在《卡丽隆》中写道：“我们的岸很低，死亡只要上涨两厘米，我就会被淹没。”王单单也写道：“人生真的就是一只木桶／只需伸长手臂，就能摸到它／死亡做成的底。”（《木桶》）在《清明书》中，王单单又一次写到面对死亡的无力——“越来越无力。天注定／我会成为这场战争的失败者／会沦为荒草的阶下囚／甚至某一天，我会默许它们／高过我的头颅。”在《死亡快餐》中，王单单则用幽默化解了死亡的过于浓重的阴影——“哎，这位先生，还有那位小姐／按顺序拿，别挑三拣四／死亡从来不分青红皂白／请大家互相监督一下／黄泉路刚才有点拥堵／是谁冒然插队／让他交出死亡，返人间去／重排一回。”这里的幽默是含着泪的笑，让死去的人“交出死亡，返人间去重排一回”见出诗人的深情——当然深层则是一种无奈。在《全家福》里，“人数和顺序，与之前一样／唯一不同的是，他把自己的脑袋／挪到了最后一排”，显示了时间的力量，人的柔弱。一代代人终于隐入时间的背景之中。“人事有代谢，往来成古今”的喟叹被具体化。在《回家》一诗中，四哥夭折的儿子坟前的竹子执著地向着家的方向生长，而《顺平叔叔之死》中，顺平叔叔栽下的硕大的梧桐树被用作了顺平叔叔的棺材，而诗人看见那棵被砍去的泡桐根部，又生长出几棵小小的泡桐。这是自然的力量，生生不息。这些自然之物或许与人的魂魄有关——文学传统上素有魂魄化为自然之物的例子，如梁祝化蝶。想象着魂魄附体到可以生生不息的自然之物中，可以稀释死亡对于生命的取消所带来的无望、恐惧和悲痛。《数字》《我的学生》也都写到了死亡的不期而至和人们对于死亡的习惯性接受。王单单在《死亡论》中写道，“死神经过的地方／魂魄会像一只受惊的兔子／突然跳起来／从时间里蹿出去”。诗人的任务就是捕捉受惊的兔子一样的不可见的“魂魄”，并把它带回到时间里。“熙来攘往的人群中，没有谁会察觉／城外荒郊，因刚埋下一人／而变得生机盎然。”（《丧钟将我吵醒》）诗人的觉察显示了诗人的悲悯眼光和对于死亡的直接观照。也许过多地写了死亡的阴影和黑夜的沉重，搅扰了人们的审美洁癖，有人批评王单单的诗歌中缺少“正能量”（呵，多么具有威势的一个热词）。其实正像“艾青的忧郁”是对于一个时代的忠实，是真实的生命感受，王单单的诗歌也是如此。他说：“我把每首诗歌都看成写给这个世界的遗书，所以我的写作是虔诚而又严肃的。”他也曾把诗歌比作灵魂的罹难。这些说法仍然与死亡密切相关。诗歌是生命过程中的瞬间展开，护持着最敏锐的生命感觉。王单单对于死亡的聚焦和书写来自诗人的真实生命感觉。真实是诗人所应该遵从的唯一道德和写作伦理——不洁是生活的伦理，但真实是写作的伦理。

五、在故乡找故乡

当人的情感在时间中消失的时候，就是对死亡的体验。死亡不仅仅是王单单的诗歌中的一个关键词，它早已成为现代诗的中心思想。在学者江弱水看来，这是因为拔根（uprootedness）与挂空 (dispossession) 成了现代人的存在状态，虚无与荒谬成了现代人的精神氛围，生命的意义何在成了根本问题，而对意义的追问就导致了向死亡的聚焦。[①] 而王单单笔下的死亡直接与故乡相关。王单单曾自述：“我的工作从乡村转移到城市，而家人却天各一方，这种在故乡漂泊的无根感，迫使我在诗歌中建立属于自己的精神家园。”[②] 由此看来，王单单的诗歌写作仍然印证了海德格尔的名言，诗人的天职就是返乡。

早在 20 世纪 80 年代，海子就在《五月的麦地》里写到了“大地上布满哀伤的村庄”。而随着工业化、市场化、城市化进程的深入和提速，中国传统农村的消失速度和传统的家族文化溃败速度也在加快。王单单的诗歌记录了这个过程。“上个世纪 90 年代初期／滇东北农村，一群饥饿的孩子／梦见自己变成铁／被远方带走／炼制成挂在幸福腰间的瓦刀”（《卖铁的男孩》），那时候去远方的城市当建筑工人是饥饿农家孩子的梦想。然而随着年龄的增长，诗人发现“远方”带来的并不是“幸福”——“我大哥，埋骨他乡，在天堂／投掷石子，此时，母亲是一面伤心的湖水……还有我，身无长计，在故乡／找故乡，二十九年雨打风吹去／大浪淘沙，一个家族浮沉千年／七零八落。”（《雨打风吹去》）梁鸿有一本著作叫《中国在梁庄》，记录下了农村的败落，展示了中国的另一面的真实。王单单则看到了中国也在工厂里，在《工厂里的国家》里他写到了这些打工者组成的贫穷版的中国。他写下了打工妹，“丁卡琪不一定叫丁卡琪／也许，她叫菊菊，翠翠或者花花”（《丁卡琪》），她吐出的烟

---

① 江弱水：《诗的八堂课》，商务印书馆，2017 年，第 192 页。
② 王单单：《山冈诗稿》后记，中国青年出版社，2015 年，第 174 页。

圈是永远抓不住的婚纱，这个精彩的比喻消解了打工妹关于爱情的浪漫想象。他还写下了打工者的不幸——

阿铁　男　二十一岁
一九九五年农历七月十四日
于四川西昌打工
溺水而死　十多年来
魂散远方　尸骨未还
离开故乡时
身着的确良短袖
旧牛仔裤　破解放鞋
身高 170 厘米　面黄肌瘦
尖下巴　爱笑　操镇雄方言
但凡死去的亲朋好友
请在阴曹地府帮忙寻找
若遇之　望转告
他的母亲
现在老了
——《寻魂》

诗末的两句，笔锋一转，直刺人的泪腺。他写到了留守老人的孤独："她根本不知道，出门这段时间／遗像里的人，内心着急，试了很多次／都没能走出相框，接听儿子／从远方打回家的电话。"（《母亲的孤独》）结尾的出奇之思把母亲的孤独放大，逼人心肺。他还写下了被孝顺的儿子接到城市的老人，她蹒跚在熙攘的人群和穿梭的车流里，"看看能否在城市的人流中／找到一两张老家的面孔／陪她拉拉家常，叙叙旧"（《一个老人》）。如果说"停船暂借问，或恐是同乡”是古典的乡愁，那么这首诗里，城市与老家构成了对立的两极，展示令人揪心的孤独。同样题材，同样让人读罢垂泪的还有《母亲的晚年》。这些诗记录了故乡的现实，也书写了现代人的乡愁。

乡愁，与它对应的英文单词homesickness、nostalgia——由希腊词根nostos（回家）和algia（病痛）组成，在构词方式上同出一辙，都是表示在异地他乡的人们对远方的家乡怀有爱与渴望，因而觉得忧虑、抑郁或痛苦。乡愁，在古典的语境中是一种审美的病，就有抚慰人心的软力量，如陶渊明的“归园田居”。但是对于现代人来说，故乡成了回不去的“远方”。当鲁迅面对故乡，发出这样的感慨：“阿！这不是我二十年来时时记得的故乡？我所记得的故乡全不如此。我的故乡好得多了。但要我记起他的美丽，说出他的佳处来，却又没有影像，没有言辞了。仿佛也就如此。”（《故乡》）2004年，澳大利亚哲学家格伦·阿尔布雷克特（Glenn Albrecht）创造了一个新词solastalgia，意即“身在家乡的乡愁”。由于故乡的环境被迫改变，或者文化传统发生中断，以至于人们虽然身处家乡，却觉得和家乡的联结断裂了。家乡逐渐变得陌生，人们产生了疏离感，并因为寻回家乡的无望而低回感伤。王单单所说的“在故乡找故乡”就是表达的这样的感触。同为云南诗人的于坚在《故乡》一诗中写道：“从未离开，我已不认识故乡。穿过这新生之城，就像流亡者归来。”而王单单在《晚安，镇雄》中，没有对于日新月异的城市化进行赞颂，只是用戏谑的笔调写道：“房产商是这个时代的伟大天才，把人民大众几千年做爱的高度推到了另一层次。”

故乡成为回不去的地方，而对于寓居其中的城市，诗人也无法敞开怀抱，而更多的是冷眼旁观。在《丁卡琪》里诗人写到了城市的“辉煌而破碎”。而在两首近作之中，对于暂时寓居的首善之区的北京，他并没有表现出对于“中心”的艳羡和归顺，他所关注和关心的仍然是繁华背后的流浪和孤独。“流浪汉，他像骨缝里／一团黑色的油污／漂浮在命运的碗口”（《雨中的北京》）；“整座北京城／陷入一片灯火之中／人们成群结队，出入于／地铁口、餐厅、商场、各种娱乐场所／或者在办公桌前突然惊醒后／继续加班。月亮把月光／丢下来，没人理睬／又自个儿收回去／藏进某幢高楼背后”（《北京月》）。

王单单的诗歌沉郁与灵动、舒朗与密致浑然相融，直截了当而又意味深永，显示出观照内心与紧贴生活的特质。他用诗歌为童年伙伴命名(《致童年伙伴》)，为故乡写传（《滇黔边村》），为亲人画像，为时代记录。这既是对于时间的挽留，也是对于死亡的抵抗。在《山冈诗稿》中诗人自述：“多年的心血，凝聚成这本诗集，里面的诗歌像一座座连绵起伏的山冈，踊跃在返乡的路上，供我登高怀旧，怅望故土。”[①] 的确，从王单单的诗中，我们能够读到他持诗当酒，煮字疗伤，用诗歌表达着自己同时也是一代人的怕和爱。他的诗歌用熟悉亲切的言说，“注入为天地立心、为万物喊魂的中国文人情怀，写中国人的生活现场”（刘年评王单单语），有一种米沃什所说的“诗的见证”的力量和价值。

① 王单单：《山冈诗稿》后记，中国青年出版，2015 年，第 174 页。

“它们选择站在一场大风中，必有深深的用意”
——张二棍诗歌论

工作于山西某地质队，“80后”的晋人张二棍常年在野外行走，跋山涉水，游走在荒凉与清贫的社会底层。他熔铸体验的诗歌也透溢出现代都市包括农村都已经失却的野味。荒凉意象和底层真实集结为生命深处的苍茫体验，始终是他笔下的一股“隐流”，饱蘸着沉重与深厚。“旷野”既是他在现实中的途经地，也是对荒凉世事的呈现意象，更是诗人关于生存的思考场域。他用诗歌的方式记录下生活，而粗糙的生活所磨砺出来的诗意，包藏着他的卑怯和骄傲，妥协与坚持。本文从四个方面展开他在“旷野”里遭遇或感知到的困境以及提供的突围方式，尝试着去揭示诗人诗歌中蕴含的生命哲学和他的诗歌写作伦理。

一、苦难与疼痛的生存困境

诗人置身于生命的旷野，首先揭示了其中的苦难与疼痛，具体表现为对苦难“原罪”性的描写以及潜在隐痛的抒发。翻阅张二棍的诗歌，可以看到一个很明显的特征，即对苦难的大篇幅书写，诗人在探讨这些苦难产生的原因时又往往归咎于无从知晓的“命”。他的笔下，多是朴实本分的底层人民在拼死挣扎，一力承担着重压，这些描写使他诗歌里的苦难带有“原罪”性——“原罪”

本指传说中人类始祖犯的过错，这里指命运无故施加的苦痛。以诗歌《此时》为例——

> 不知疲倦的入殓师，修改着／坠楼者僵硬的面容／年迈的钟表匠，双手颤抖。他修改着／瘫软的时间／一个患上孤独症的医生，在月光下／一遍遍，修改着人们的病历／七岁的哑巴，彻夜对着深邃的镜子／修改口型，直到绝望。此时，我在徒劳地修改／这首，一开始就漏洞百出的诗／可我们能怎样？哪怕我什么都不做／神，也会坐在黑暗中／无聊的，修改着手里的布偶。①

沉重的绝望迎面而来，人在黑暗里被无端且随意地操纵。他们的抗争并没有得胜，反而使他们如西西弗斯般徒劳地滚动着巨石，承受着“神”的玩弄，尤其是“无聊”二字，更显出“被抛”到世上的人生命的轻贱和无常。“神”虽然是虚的，但陈述的事却是真实的，而且“神”的虚更加突显人对命运的难以把握，唯有承受。

评论界很早就注意到二棍诗歌里“真实”和“痛感”的一面，曾敏锐地指出“他的诗歌文本具有质朴、忧郁、沉痛的审美品格，字里行间充满着生命的痛感与灵魂的哀伤”②。诚然，无论是单个事件描写（如《春天，姐姐失手打碎了心爱的小镜子》《醒》《束手无策》）还是片段式组接、拼贴（如《我应该怎样死》《咬牙》），都以真切的现场感、流畅完整又曲折多变的情节直指现实中“受苦者”群体的生存场景，突出表现了苦难的“原罪”性，还原着“痛感”。

在《尧峪，尧峪》一诗中，张二棍写道：“天空背弃印象／九月初一。愤然挥下大量的风雪／金黄的修辞就此被割断，被掩埋／窗外白皑皑的……现在，他们摁着一把把柴，往各自的灶膛里／现在，他们反串着一群疲倦的乌鸦。

① 张二棍：《旷野》，漓江出版社，2015 年。文中所引诗句除标识出的近作之外，皆引自该诗集。

② 谭五昌：《张二棍当选〈诗歌周刊〉2013“年度诗人”授奖词》，诗歌周刊，第 104 期。

唇角乌黑／那机械的动作，仿佛／衔接一枚枚粗粝的石子／试图添满命定的杯子。”诗歌的背景是九月里尧峪下着大雪，穷人们在漏进风雪的土坯房里烧柴。“白皑皑”割断了“金黄的修辞”——在人们的印象和书写中，九月原本应该是收获的季节，秋高气爽，遍野金黄，然而异常的天气使丰收的愿景幻灭，穷人们安静下来了，不聒噪，不诅咒，只是无声地添着柴火。可以想象，他们烧柴是为了取暖，因为锅里很可能没有粮食，只有水。诗人在这里巧妙地运用多重比喻，传递出丰富的话语信息，“穷人”如“乌鸦”，“柴火”如“石子”，“灶膛”则如“杯子”。让人痛心的不是他们的机械，而是比乌鸦还惨的命运，杯子是有底的，总有一天可以填满，而柴火进了灶膛，会燃烧会消逝，灶膛却不会满，这似乎是在暗示穷人们现在手头有的东西也会很快地被消耗掉，而他们的悲苦永无尽头。苦难与疼痛的生存困境由此可见。

更为典型地对这一困境加以表述的是诗歌《娘说的，命》，不仅有“命”施加的疼痛，还隐隐显现出人的精神层面的异彩，初露诗人突围之路的端倪，即人可以靠自身力量抗争以求突破。

> 娘说的命，是坡地上的谷子／一夜之间被野猪拱成／光溜溜的秸杆。娘说的命，是肝癌晚期的大爷／在夜里，翻来覆去的疼／最后，把颤抖的指头／塞进黑乎乎的插座里。娘说的命，是李福贵的大小子／在城里打工，给野车撞坏了腰／每天架起双拐，在村口公路上／看见拉煤的车，就喊：停下，停下。娘说命的时候，灶台里的烟／不停的扑出来／她昏花的老眼，流出了那么多的泪，停不下来／停／不／下／来。

该诗保持生存的原生色调，三段式的场景组接铺开命运的悲痛无奈。虽然走笔朴素，悲愤的哭泣却力透纸背，在“停”与“不停”中不断推进。口语词“停下，停下”是对命运的反抗（控诉）也是无用的哀嚎，笔锋一转，叙述戛然，回到“娘”的诉说。又另起意象，灶台里的烟扑个“不停”，连通叙述与现实，既是对前面的回应，又和后面构成反差。这里体现了人与物在某种程度上的对立，或者说人与外界（命运）的对立，构成独特的审美意蕴，即对人的主体精神的肯定。人被车撞伤，车扬长而去，车胜；人喊“停下”，烟“不停”，烟胜。娘的老泪“停不下来”，一方面突出人的无力与可怜，另一方面却闪耀着人的不肯屈服的光芒，“停／不／下／来”这里一字一行的形式对此种苦难和苦难中的坚忍精神作了强调。

尤值一提的是，诗人对结构与情感的安排极具象征意味。他精心构建圆形结构又用蓄势的情感撞击这种结构，结尾圆满收纳，情感却呈现出直式的、向下倾泻的态势。“停／不／下／来”与上一个“停不下来”构成反复，绷紧着情绪张力，三方的“不停”汇成一股强化着控诉的力量，娘的眼泪、实际讲述人“娘”、最终讲述人“我”，一字一顿造就的悲痛感深刻地敲击着读者的心灵。

二、突围：借助原始生命力量

必须要明确一点，诗人绝不是在“展览”疼痛，而是在介入现实中力图探求突围的可能。诗人张执浩对张二棍诗歌的特点有过精准的评断：“和许多底层写作者一样，这位终年行走在户外山野之地的地质钻探工，也把写作主题集中在了‘苦难叙事’上面，但我们从中读到的不仅仅是对苦难的展示和控诉，更多的是苦难背后人的承受力和忍耐力，以及那种近乎荒诞的原始的生命欲求。”[①]归纳起来就是原始的生命欲求可以有效激发人的原生力量，这股力量是至刚的生存意志与至柔的谦卑，他希望人们能依靠这股力量，自觉地应对现实困境。

因工作的缘故，张二棍常年奔走旷野，自然界的原生力量令他震撼，也许触目所及的多为孤独而苍凉的景象，他笔下的常见意象是红眼睛的野兔、孤独而睥睨众生的鹰、倾覆的鸟巢、荆棘、寺庙、山巅……也正因为孤独而苍凉，

① 张执浩：《把每一个死者都想象成你我被寄走的替身》，《神的家里全是人》，江苏文艺出版社，2017年，第306页。

其间的生命更显纯粹与刚强，生命没有被扭曲，以本真的姿态呈现。诗人在诗歌里对此有诸多描绘，主要借对物的摹写传达出对人的关怀与期待。在《让我长成一棵草吧》中，哪怕平庸、单薄、卑怯、孤独，“我”也坚守草的底线，保持生命一贯的青，直至死亡。在近作《入林记》里，拽了一下我的衣服的荆棘，它们长着“谜一样的脸”（我想，诗人如果没有低眉菩萨的心，是看不到荆棘的“谜一样的脸”的。附及，在《故乡》一诗中，诗人把离开故乡的人称作“反季节的荆棘”)，生长在树林里，“过完渴望被认识的一生”。《成为一片海》里“我只要棱角分明的礁石，一遍遍／抵住浪涛。就像一个倔强的人／抱着命定的苦难，像拳头锤击心脏／再养一只高傲的大鲸吧／游荡在自己的海域，吞吐着／卑微的鱼虾”。“我”用胸怀包裹苦难，纵使扎心的刺痛在神经中蔓延开来，也要不卑不亢地用力生活，尽显生命的不屈与尊严。《听，羊群咀嚼的声音》：“没有比这更缓慢的时光了／它们青黄不接的一生／在山羊的唇齿间／第一次，有了咔咔的声音／草啊，那些尚在生长的草／听，你们一寸寸爬高／又一寸寸断裂。”草沿着命定的轨迹，不停地生长与破碎，没有终极的死亡，只有前赴后继的代代如此。时光缓慢，蕴含着生命的悲哀，在这永不止息的终极绝望里，它们认真且勤恳地奔赴生命的旅程，承受着苦难，在泥淖里绽开绿芽，给生命带来润泽的亮色。

诗人笔下的这些草木山川，又何尝不是人的写照？这些人生活在广场的长椅上，生活在火葬场、化工厂的气味中，生活在记忆中模糊的图片里，生活在没有止境的无边黑夜。他们如同瘦弱却坚韧的弦，在命运的一指弹拨间，震跃着生命的大张力。“那些／单薄的草，瘦削的树／它们选择站在一场大风中／必有深深的用意。”是的，既然不可更改，何不将命定的苦难理解成主动的选择？

坚韧的生存意志是一方面，谦卑的人生姿态则为另一方面。“谦卑”不是顺从，不是卑下，而是“谦和”，人和外界除了对立关系，还有和谐统一。张二棍自身是个谦卑的人——“因为苍天在上，我愿埋首人间”。他的很多诗歌都能说明这一点。在《比如“安详”》一诗中，老两口说笑着给棺材刷漆，棺木同时光一起慢慢加深色彩，“去年／或者前年，他们就刷过／那时候，他们也很安详／但棺材的颜色，显然／没有现在这么深／——呃，安详的色彩／也是一层一层／加深的”。有时候不必彰示明显的硬气，安详也是一种力量，对死的认识的层层加深，就是对生的理解的层层深化，这种平静与从容在时间的坛子里发酵，酝酿出生命的实质与真味。《伤口》里，“现在，我的内心／摆好／棺椁。密密麻麻地，盛放着，我仰望过的／尸骸。我还将在自己的肋骨间／刻下铭文。让白天／等于原谅”。还有《我用一生，在梦里造船》：“为了把这个梦，做得臻美／我一次次，大汗淋漓地／挥动着斧、锯、刨、錾／——这些尖锐之物／现在，我醒来。满面泪水／我的梦里，永远欠着／一片，苍茫而柔软的大海。”人的一生如困兽如囚奴，永远期盼着解放，殊不知真正的解放是自我原谅，宽恕不可更改的生死规律，宽恕自己的无能为力，卸下心头的压力与沉痛，融化在心海的烟波浩渺，享受那一片柔软苍茫。“俯下身来吧，在这磅礴暮色里，成全自己的小与软弱。”这里的“柔”并非软弱，而是一种生存的智慧，是柔韧，是谦卑，是容纳与消解。既不展锋露芒又不自暴自弃，避开正面刚烈的战场，在心灵处实现救赎与自我解放。因此，在某种程度上，“柔”也便是刚。

“在群山之巅／我们是一块石头的儿子／抚摸着古朴的裂纹／是一朵野花的父亲／亲近瘦弱的笑容／要时而坚硬，时而柔软／要做一只蜜蜂的情人／有着一触即伤的甜蜜。”跌宕世事，浮沉人海，有人选择刚强地直面惨淡的人生，有人选择成全自己的小与软弱，有人选择刚柔并济任方圆，无论哪一种，都因着对生命的热爱，都显现着生命本能的原始喷张，引着灵魂超越沉重的躯体，曼妙地向上飞翔。

三、悖谬叙事中的孤独与荒诞

“悖谬”在二棍诗作中表现得淋漓尽致，不仅是显而易见的用词上的相反相悖，更是内部交错意义上的对抗和平衡。这里，悖谬指的是将相反层面、相反维度、相互抵触的东西进行结合的同时进行消解。“我没能望见那只大鸟／只是惊愕于／它灰色的翅膀／在天际，低低垂着／沉重，呆滞／脱下的，却是无数／白色的羽毛／轻柔，妙曼／哦，万物不无悖谬。”（《大雪书（二）》）鸟带给诗人惊愕，是因为它滞重的灰翅膀，飘落下轻曼的白羽毛。而诗人带给我们惊愕，是因为他用语言给我们展现了一个悖谬得近乎荒诞的而又无比深刻的生命真实。二棍曾说：“我们要避免向语言献媚，要努力为生活致敬。现实远比所有语言所能繁殖的东西更悖谬，更狗血，也更精彩，更具歧义。”[①]他的诗作证明了这一点，悖谬化的背后是极致的对比与落差，讲述着生命的孤独与存在的荒谬。先来感受一下悖谬在他诗歌中的运用：

越是靠近火焰的人／越冷。六月，冰冷的／人，睡进了火化炉／而所有的亲人／也必将经历一场——雪崩。（《那火焰，那冷》）

这是最低等的杀戮场，也曾是口吐莲花的不二法门。（《寺庙》）

要做一只蜜蜂的情人／有着一触即伤的甜蜜。（《在山巅》）

在我的乡下，神仙们坐在穷人的／堂屋里，接受了粗茶淡饭。

……

——呃，他们像是一群比我更小／更木讷的孩子，不懂得喊甜／也不懂喊冷。（《在乡下，神是朴素的》）

明显能感知到的是，悖谬的使用极大丰富了诗歌的表现力度，语言的机警俏皮，联想的贴切生动，语义的岔路迭出，表面看似矛盾，如针尖与麦芒，锐利得直逼人眼球，内在的属性却被巧妙地置换，然后发现置换过后的才是要表

① 二棍随笔，http://bbs.ngnews.cn/forum.php?mod=viewthread&tid=587226.

达的真正意蕴。简单以“要做一只蜜蜂的情人／有着一触即伤的甜蜜”为例，如果将整体的句意视为一个蕴含丰富的结构，那么“蜜蜂”是框架，“情人”“一触即伤”“甜蜜”则是其中流动的元素，“一触即伤”和“甜蜜”构成对立。可进行如下置换：一是联系生活带来的实际指代，“情人”“一触即伤”“甜蜜”很自然生发出“爱、善与美”“蜂针”“蜂蜜”的意义。二是“情人”对“蜜蜂”的置换，“蜜蜂”是蜂针与蜂蜜的统一体，“情人”的涉入，使得“情人”兼具“一触即伤”与“甜蜜”的双重属性。三是“甜蜜”对“一触即伤”的置换，“一触即伤的甜蜜”能看出诗人的感情倾向是偏于“甜”的，一方面写感受之敏锐，另一方面突出甜的程度之深，将生理的刺痛转变为心理的巨大享受。经过以上置换，再结合诗人的特点，能得出这样的推论：要始终秉持一颗“爱、善与美”的心灵，葆有敏锐的感受力，感受世界的任何温良善美之物带来的点点暖意。

读这样的句子让人不得不抚掌称奇。诗人对悖谬的使用并不是在夸大，而是在扩大诗歌的意蕴，内在的矛盾包孕着巨大的反差，置换得合乎情理，深化着潜在的情感态度。需加以注意的是，悖谬叙事只是一种表现形态或者说是一种手段，“孤独”和“荒诞”才是他要揭示的根本。

生命的本质是孤独的。《老大娘》中糊涂羞涩的老大娘穿着寿衣“仿佛出殡／也好像出嫁”，没有人哀悼或欢庆，她在内心上演着婚丧嫁娶，这是一个人的孤独。《三生有幸》里两个人聊天，由三生有幸聊到倒了八辈子的霉，本以为两个孤独者找到了依托，却因同困于世俗而不欢而散，这是人与人之间的孤独。《尧峪》中最疲惫的人种出最轻飘的庄稼，苦涩的人咽下甘甜的作物，这是人与物之间的孤独。“他祖传的手艺／无非是，把一尊佛／从石头中／救出来／给他磕头／也无非是，把一个人／囚进石头里／也给他磕头。”（《黄石匠》）把佛“救”出来，把人“囚”进去，这是悖谬，也是生与死的孤独。在《大雪书》中，诗人写道：“我一直仰着头／想要咏颂一句／‘美正在诞生’／却在低头的刹那／看见雪委身于地／不由得倾吐出／这样的谶语／‘死亡如此浩荡’。”孤独的极致就是死亡。这首诗也用悖谬的方式表达了二棍的写作伦理。

生命的存在是荒诞的。“他清理着一件褴褛时／庄重，严肃／很像治理这座城市／而他挤在高楼的缝隙间／你们灰暗，渺小／又很像这座城市的／一只虱子。”（《流浪汉》）“他们一个个，顶着／这显赫的称谓，过着／辱没的一生。”（《他叫曹操》）两首诗均环环相扣，用圣词形容卑微，用诙谐折射庄严，又在庄严里突出悲哀，他们的存在是格格不入又不可抹杀的，这即是荒诞。

孤独和荒诞在存在主义哲学中是生命存在的两大核心问题，既形而上又与生活联系紧密，这两种感觉揭示着我们的生命真实，是不可或缺的生命之重。恰如刘俐俐教授所说：“确证孤独感是个体有生命体验和生命意识的表征。但是如果不能超越这种意识，生命的完整性就得不到依托，孤独与忧郁就会以其巨大的魔力吞噬我们，人在它面前不再有抵抗的能力。”①同样，对于荒诞也有类似的阐述。刘小枫先生对荒诞人的信念作过这样的概括：“以荒诞感超越荒诞，固然生活世界仍是荒诞，但在荒诞的超越中，可以获得生命的欢乐和自由，并证实了人的唯一真实的力量，荒诞由此变成了人的存在的真实价值。”②孤独和荒谬本身就是生存的困境，更让人困扰的是，它们的存在反而印证人的存在的价值，显示着完整的生命，这不能不说是又一大悖谬。

四、沉入生活，坚持写作伦理

张二棍曾说：“写诗当开门见山，还要去看山的风骨，性情，山巅缭绕的云雾，大雾中走动的神与兽。”③如果说，对孤独与荒诞的书写是开门见山，那么大雾中走动的神与兽是什么呢？诗人既然已经为我们打开了山门，断然不会让我们无获而归，面对生命的孤独与荒诞，他是如何消解或者说是如何应对的呢？

《旷野》一诗中，他沿着命定的纹理用笔锋缓缓划开、层层剖析孤独，直到浓得化不开的孤独盈满内心。他写道——“五月的旷野。草木绿到／无所顾

① 刘俐俐：《外国经典短篇小说文本分析》，北京大学出版社，2004年，第1版，第216页。
② 刘小枫：《拯救与逍遥》，上海三联书店，2001年，第356页。
③ 二棍随笔，http：// bbs.ngnews.cn ／ forum.php?mod=viewthread&tid=587226.

忌。飞鸟们在虚无处／放纵着翅膀。而我／一个怀揣口琴的异乡人／背着身。立在野花迷乱的山坳／暗暗的捂住，那一排焦急的琴孔／ 哦，一群告密者的嘴巴／我害怕。一丝丝风／漏过环扣的指间／我害怕，风随意触动某个音符／都会惊起一只灰兔的耳朵／我甚至害怕，当它无助的回过头来／却发现，我也有一双／红红的，值得怜悯的眼睛／是啊。假如它脱口喊出我的小名／我愿意，是它在荒凉中出没的／相拥而泣的亲人。"草木、飞鸟、风如同主人，无所顾忌。我一个异乡人，在陌生的环境里深感突兀，其他生命越肆意，"我"就越局促窘迫和孤独，所以"害怕"。在荒凉之中，"我"和灰兔同样凄楚无助，而"我"可能更加孤独，至少它可能懂这里的语言，或许它常来这里，或许它的窝在不远处。"我"却举目无亲，完完全全的外来客，所以"我"会期待听到喊"我"的小名，和它相拥而泣。

从中可以解读出两层意味：一是以孤独对抗孤独，从而消解孤独。灰兔无疑不会喊出"我"的小名，"我"也不会是它相拥而泣的亲人，正是由于这两个不能，从而呈现孤独，当孤独到了极致，便不存在孤独，便消解一切。二是在主客对立模式瓦解的情形下，可通过平等的性灵的相互沟通瓦解孤独。互相凝视红红的、值得怜悯的眼睛是第一层沟通，找共通点；喊"小名"是语言层面的沟通，打破顾虑；"相拥而泣"则是精神层面的沟通，融化孤独。

第一点听起来行之有效，却因人的社会性而少有人能承受，孤独到极致来瓦解孤独很可能是以死亡为代价，所以我们着重探讨第二种解决路径，可引入"主体间性"（intersubjectivity）的概念作为注解。主体间性也可称交互主体性，体现了现代西方哲学对生存关系问题的理解的不断上升。它由胡塞尔最早提出，海德格尔以"交谈"的范畴来规定主体间性；拉康则从自我概念的形成过程出发，认为主体性是一种在对话中并通过对话而构成的主体间性；哈贝马斯在他的交往理论中也将主体间性纳入。以上所述简要概括就是，人类的生存不是处于主体构造、征服客体的主客体二分状态，而是主体间的共在，也就是自我主体与对象主体间的交往、对话状态。张二棍很多诗作里呈现了这一点，不知道是有意地运用还是无意地生成，总之，他关于存在问题的思考和主体间性理论相近。下面随便举两例来说明：

唉，失败的我们共用着／这一个悲怆的姿势。就像被慢慢／撂倒在田埂上的两个影子／靠在一起，共用着／一团黑。就像／被码放成一捆的柴禾。

如果黄昏消耗得再慢一点，我还将看见我与这落日，这幼鸟，共用这一面湖水／一颗不再深绿，不再蔚蓝，不再澎湃，渐渐乌黑的心脏。

与上述理论相近的是他在诗中屡屡用“一同”与“共用”来构建主体间的关系，以生存的孤独作为沟通的基点，就是说设置了一个沟通的场域。他的景物的设定都不是单纯的景物，而是具有灵性、能和人沟通的美好生灵。但这种关系只是他的假象，他想象笔下那些孤独的人们和孤独的物们在沟通，在彼此慰藉。但实际上是否能沟通和达成沟通还未必，只能说诗人给我们提供了路径，他也对此有文学上的尝试，但这更多是诗人的一种期待，期待主体间的合一，一起手拉手对抗孤独，“就像，我常常把／一地槐花，错看成／手拉着手的您和我”。再回到《旷野》一诗，人生来孤独，旷野无处不在，它可以是陌生的精神领域，更深层次的“旷野”则是生命意义匮乏的“空白荒地”。而消解旷野里的孤独，则需要心灵的同一，或者直面孤独。

至于荒谬，加缪在《西西弗斯的神话》中写道：“荒谬即不存在于人之中，也不存在于世界之中，而是存在于二者共同的表现之中。荒谬是现在能联结二者的唯一。”以《他叫曹操》为例，“他们一个个，顶着／这显赫的称谓，过着／辱没的一生”。正是因为将“曹操”这一称谓符号化和世俗眼光联系，才使得其他叫“曹操”的普通人显得辱没，名叫“曹操”的人和“曹操”的称谓结合在一起构成荒谬，二者的对立是显赫与辱没的对立。面对荒诞，加缪提供了解决方式——接受荒诞，即接受人生无既定意义的同时，该怎么生活就怎么生活。刘小枫先生在《拯救与逍遥》中对此的理解是“加缪的荒诞哲学提供了一个答案：在荒谬的世界中，人最终能够坚持一种信念——担当荒诞”。即为主体发挥内在性，使心灵适应所有现实本身的倾向。可以理解为是主体的内缩，是其对环境、现实、创造的内在适应。城市里的流浪汉和所有的“曹操”们，当他们接受人生的无既定意义，按照自己所能够的方式生活，便能突破荒谬，生存得自由快乐。还有《花狱》，“让我惊悚的是，一朵花既然／做不了自己的主人，那么／它肆无忌惮的芳香／是不是来源于，一个高贵的殉难者／自身的，急迫的，悲剧性使命”，在悖谬叙事中，孤独与荒谬显示出了极大的张力。在语义层面构架出交叉的意蕴，形式上的机巧吸引着读者的注意，使之加入对诗歌的内在肌理的探究中来，正是这些要素使得诗歌生成震撼人心的艺术效应，加深了对困境的感知。

至于化解这一困境，总的来说，就是回归到日常，思想经过漂浮重新沉淀于实在的生活中。在阅读感受中，张二棍在大量诗作中均涉及禅机、禅意和禅趣。我想，二棍就是在用禅思来消解人生困境，希望在平常的生活中溶解孤独与荒诞。而禅并非是对于现实的逃避，恰恰来自于生活体验中的渐悟或顿悟，它强调“平常心即是道”，“担水挑柴无非佛事”。佛法贯穿于日常生活之中，是从世俗的平凡小事中体现出来的，而非那些逃避现实、躲进深山苦修之类的宗教狂热行为。因而禅师们关心穿衣吃饭、挑水搬柴等寻常生活小事，对那些远离生活的谈玄说妙往往当头棒喝。故此，张二棍诗歌中的意象虽源于旷野，却没有崇高的有威压感的高山流水，也没有隐逸的野鹤闲云，而都是质朴至极、低到生活里去的事物，甚至在如前所引的诗中，诗人发现“在乡下，神都是如此朴素”。对此，我们从他以“二棍”作为笔名（他的本名叫张常春，更文雅也“诗意”）就可窥见一斑。他拒绝了传统的诗意，也拒绝了高雅的招募，而是沉到生活的深处，探摸到现实的骨头，这体现了这位晋人的固执和执拗，也体现了这位诗人的写作伦理。所有形而上的思考终究要回到日常生活，不管二棍是否有以禅意抵御困境的想法，禅在他诗中是确实有体现的，而这也可以激起我们对突破人生困境的进一步思考。

“须是北风，才配得／一个大字。也须是在北方／万物沉寂的荒原上／你才能体味，吹的含义／这容不得矫情。它是暴虐的刀子／但你不必心生悲悯。那些／ 单薄的草，瘦削的树／它们选择站在一场大风中／必有深深的用意。”（《大风吹》）粗粝的生活容不下矫情，面对生命的苦难和生存的困境，张二棍也如一切有着博大胸怀的诗人一样，用诗句构建理想栖居地。他的笔下，屋子小而具体，一如他有关生命的书写，深入又明晰——“要有间小屋／站在冬天的辽阔里／顶着厚厚的茅草／天青，地白，／要扫尽门前雪，洒下半碗米／要把烟囱修的高一点／要一群好客的麻雀／领回一个腊月赶路的穷人／要他暖一暖，再上路。”（《要有间小屋》）在人生的旷野地，我们都是两手空空的穷人，二棍的诗歌就是那碗烫好的烧酒，在天青地白的荒凉与空旷中，给予我们诗性的温暖与灵魂的沉思，让我们在他用心搭成的小屋里暖一暖，再继续赶路。

第二辑
诗作细读

“毕肖普”的启示

伊丽莎白·毕肖普（Elizabeth Bishop,1911—1979），是美国继玛丽安·摩尔之后的最重要的现代女诗人之一，其诗风素雅而精致，以对事物观察入微著称。毕肖普是在W. C .威廉斯的旗号下成长起来的，但她的风格更具有个人化，与任何诗歌流派毫无瓜葛。在她的《诗歌全集：1927—1979》（The Complete Poems）中，毕肖普既尝试了散文诗、自由诗、贺拉斯体诗，又娴熟地运用了严格的传统诗歌形式：四行诗、十四行诗、六行诗、三行诗。应当说，她在艺术形式上无突出的创造，她的诗歌形式偏向传统偏向保守。但她的诗却以其异秉，在美国诗坛多样化的格局中找到了自己的位置。《毕肖普》是诗评家陈超的一首诗，是他在丰富阅读的基础上产生的对诗人的一种“渴慕”。同时，这也是一个“以诗论诗”的诗歌文本，陈超先生曾坦言自己深深迷恋于这种古已有之的诗歌评论形式，因为它“简洁、锐利、一触即发”。这首“以诗论诗”的诗是有着诗评家对诗歌的理解和现实针对性的，因而对这首诗的解读对当下的诗歌写作不无启示。

诗歌，一门古老的手工艺，它需要有坚硬的质地——触动、打动、撼动我们心灵的真实而复杂的生命体验、人生经验：疼痛的领悟、幸福的忧伤、挣扎的希望以及“形而上学的欲望”等；它还要有精湛的技艺，这是它独特的艺术魅力所在——对诗歌本体的皈依：对语言自身规律的尊重、对语言活力的追求、对音律节奏的控制、为了适应复杂的新的生命体验对结构形式有分寸的创新等。从历时的角度看，诗歌像巨大的金色的蜂巢，它是由一代代蜜蜂一样的辛勤而有才华的诗人构筑的，又吸引着一代代诗人投身于它，继续构筑着。从共时的角度看，诗歌创作更像是在玻璃上雕花，一门细致而美妙的手工艺，优秀的大诗人都应该是技艺精湛的匠人。而“匠人”也成为诗人不可多得的殊荣。艾略特将他的《荒原》献给庞德，称其为“伟大的匠人”。在《毕肖普》一诗的开始，诗人形象地描述了诗歌的创作过程——用柔韧的刻刀在质地坚硬然而易碎的玻璃上“剥啄，吹息，呈现”。我们可以想见这种工作的艰辛，它需要凝神、耐心、心无旁骛。在这种戛戛独造中，诗歌以其对世界的命名的力量照亮了暗哑未明的世界，让“世界在黑夜里也荫荫生辉”。透过这种诗人磨制的“古老的鱼胶镜片”，世界变得清晰明亮起来了，“紫水晶的黑暗几乎不像是黑暗”，而是晶莹剔透、光泽熠熠。这里“玻璃”“镜片”“水晶”构成了“意象和弦”。同时，诗歌并不是凝固的玻璃化的，而是“吸足了溪涧”——清澈而又流动不居的，这就是“玻璃上的纹章”——“硬朗”而又充满活力的文章。“海像金刚石般硬朗”，这是引用的毕肖普的诗句，切而不俗不落窠臼，仅此一笔就显露出诗家高手的气象。她的诗歌最大的特色是她精于陌生化手法，在日常平凡的事物或现象中挖掘出异常或不平凡来，使读者警醒，获得意外的感受。这种陌生化手法使大海从赞美的俗套中重新获救。

“存在隐身于光中，它渺小，巨大而清晰！”这句诗中充满了纠葛互否的张力。优秀的诗人往往以其诗歌强化文本现实与泛文本意义上的现实的相互指涉性，然而诗歌“现实”决非既在、了然、自明的，相反它倾向于自我隐匿。这种悖论的运用深刻地揭示了生存和世界的两难处境，捍卫了世界以“问题”的形式存在，避免了其被廉价的历史决定论、独断论的简化、抹平。“玻璃果树上，词与词像果子彼此惊愕地照看。”多么精彩绝妙的意象！这里道出了女诗人诗歌“修炼”的程度。诗人写作的第一个阶段是把语言当作工具，用它来描述世界；第二个阶段是尊重语言的独立性，把它当成一个自足的系统，诗人的写作主要是处理词与词之间的关系。“想象的花园要蟾蜍满地”，这的确是“另一种美的效忠”，在“第三代／新生代”的诗歌写作中存在着一种对“纯诗”的误读，一些人将从语言角度提出的诗学命题简单地理解成了一种“素材洁癖”或迷恋于远离历史的“能指的滑动”。在20世纪90年代的诗歌写作中，一些诗人对“纯诗”的创作倾向作了必要的反省，提出“决不站在天使一边”，天使虽美，可他永远是个孩子，他无法表达成人世界复杂的经验。诗歌为了适应日益复杂的社会生活，需要一个辛普森所说的能消化煤、石油、月亮、鞋子的“强大的胃”，它甚至还需要消化房地产公司、“红旗下的蛋”（王家新语）。诗人孙文波曾经说，一代诗人有一代诗人的使命，我们的使命就是从拒绝“诗意”的词语中挖掘出诗意。在90年代诗歌“向历史幸运地跌落”中，也对当代诗人的写作能力提出了考验。

毕肖普的诗歌创作可以说是“个人写作”，她从不追求“时代精神”，追随诗歌流派，追慕大众趣尚，所以在当时诗歌流派的理论风起云涌的美国诗坛上，她更像是一只不起眼的在她的诗中经常出现的“鹭鸟”。然而她就像是“世界的孤本”，经过时间的淘洗她的价值愈发彰显出来。在与所谓的诗坛的制度、秩序的“离心”中，她以她的诗歌创作捍卫着审美的“傲慢”。当下一些对诗歌了解甚少的人批判所谓的“知识分子诗歌”（“知识分子”在当代无疑成了一个人们避之唯恐不及的称谓）“脱离群众”、缺少“人民性”，这样的利用道德优势、意识形态话语对诗歌的批判甚嚣尘上。在诗坛上享有盛誉的孙绍振先生曾对“脱离人民”的理论基础进行了反思，他精辟地指出“人民以集体的名义，取消了人民中每一个成员的自我感觉的能力和自我保护的权力；人民的名义越是崇高，人民中的每一个分子越是处于任意被宰割的卑微的地位”。“人民”成为了一个无确定所指的空洞，空无一人的广大的人群。当诗人自觉地摆脱了“代言人”的身份，摆脱了“独自去成为”的恐惧，以个人的方式去承担人类的命运和文学本身的要求，诗歌和诗人才得到救赎。米兰·昆德拉在《人们一思考，上帝就发笑》中说，“如果小说家想成为公众人物，受害的终归是他的作品，这些小说，人们充其量只能当是他的行动宣言和政见的附庸”。我想诗人亦然，边缘的地位对于诗歌来说“此何遽不为福乎”。“岁月在锋利的碎屑中变得更小更肯定”，个人历史的书写相对于官方修饰修正的“正史”的“宏大叙事”来说虽“小”，但其中沉积着时代的信息、生存的影像，它更真实、“更肯定”，这里我们也可以说，“少即是多”。

在20世纪80年代的诗歌写作中，一些女诗人高举“女权主义”的旗帜，掀起了反叛的“狂飙运动”。这表明了女性意识在中国这片被封建意识统治太久的土地上的觉醒，这在社会学、人类学意义上不无意义。然而，这在诗歌写作中还只是处在“初级阶段”，将诗歌仅仅作为了工具，一种自我宣泄的工具。这种“言语欣快症”——歇斯底里的宣泄、自恋与自虐的混合，自觉不自觉地带有某种表演的性质，其实这种“女性诗”并没有摆脱像是“连环画”那样被展览、品玩的命运。毕肖普与她的同胞西尔维亚·普拉斯不同，她的诗歌不利用性别优势不捕捉欲望，不靠歇斯底里的“自白”引起人们的注意，因而更像是“静默于大气中的竹筌”。毕肖普最后一本书的标题为《地理第三册》，仿佛她要强调她的诗歌与教科书散文的契合，后者通过对细节的持续关注、通过稳定的分类和语调平淡的列举而与世界建立了一种可靠而谦逊的关系。这使得她的诗歌别具一种“古老高贵的尊严”。毕肖普“世界的孤本”的价值渐渐被人们认识到，她的诗歌也越来越受到重视。当人们像仰视坚实透明美丽的“玻璃星团”那样给予毕肖普的诗歌以越来越多的赞美时，人们往往看不到诗人“玻璃星团上移开的钢錾”——化若无痕的对诗歌语言、形式的磨砺、淬炼之功。俄国女诗人茨维塔耶娃说，“作为匠人我懂得手艺”。我们当代的诗人能否理直气壮地如是说?

诗歌写作如何在当下的历史语境中保持有效性或者如王小妮说的“重新做一个诗人”成了诗人的噬心主题。“九十年代诗歌”这一命名是作为一种新的诗歌的内在品质、一个新的艺术空间而具有意义的，它是在“刀锋上完成的句法转换”（周伦佑）。在这种写作转换中，一些有影响的诗歌评论家写出了一批不同凡响的诗作。这些文本与他们各自的理论表述复调构成了年代交替中诗歌写作转换的动力性因素。对第三代／新生代诗歌理论创作做出了卓越贡献的周伦佑说：“其中陈超《诗歌写作》组诗系列使我感到他在现代诗写作的多声部中，正在作为一种新的诗歌话语出现，我们在面对一种严肃的思考时，同时感到了一种灵魂的亲近。90 年代的诗歌因此显得从容大度。”[①]

《毕肖普》一诗，从容内敛，结构整齐匀称，神完气足。在节奏方面，不仅靠外在的押韵构成了表层节奏，而且，“玻璃”意象及同质意象“镜片”“水晶”的反复出现构成了诗的内在节奏。这种“传统”的形式与这首诗作为对毕肖普这样一位对传统形式运用地炉火纯青的诗人的“渴慕”相契合，同时也可以视为是对当下诗歌写作中忽视诗歌形式建设的“口语诗”“生活流”的温婉的提醒。在当今诗坛以散漫的语调、琐屑的絮语占据诗歌写作的主流之时，这种传统的、典雅的诗歌写作形式反而具有了某种“先锋”的意味。

以上的文字是我在解读《毕肖普》一诗时的所想，这或许就是“毕肖普”给我们的启示吧——一位诗人的启示，一首诗的启示。

【附】陈超：《毕肖普（1911—1979）》

年岁已晚，让我谛听那柔韧的刻刀
在一阵窸窣中剥啄，吹息，呈现。
这世界在黑夜中也荫荫生辉，
玻璃上的纹章吸足了溪涧。

“海像金刚石般硬朗”，咸水和乌云
在雕刻的苦工中触及了涡流反对的光焰。

① 周伦佑：《反价值时代》，四川人民出版社，1999 年，第 330 页。

透过这“被擦伤的古老的鱼胶镜片”，
紫水晶的黑暗几乎不像是黑暗。

存在隐身于光中，他渺小，巨大而清晰！
玻璃果树上，词与词像果子彼此惊愕地照看。
岁月在锋利的碎屑中变得更小更肯定，
中指年轮的硬茧沉积了树叶扶疏的昨天。

中了魔法的“人蛾”有野性而潮湿的甜味，
触须在纠葛中蜿蜒又奇异地探勘；
你的朋友摩尔说，“想象的花园要蟾蜍满地”，
这是另一种美的效忠，使纯诗的俊男人昏眩。

空阔的沙滩上有一只不起眼的“鹭鸟”，
像这世界的孤本，或静默于大气中的竹筌。
呵，不；它的灰白是初春屋背傲慢的积雪，
在离心中更明确了春天……

当我的姐妹们把“女性诗”写成了连环画，
你的中性有一种古老高贵的尊严；
寻觅宣泄的人无从跟你亲昵，但诗人
谁看到了你玻璃星团上移开的钢錾？

“坚持赠送礼品的人”

在人类的文化传统之中，诗与诗人曾经作为一种神圣的价值体系的象征，接受人们崇高的敬意。就是那个去之不远的20世纪80年代的诗或诗人也取得了“辉煌业绩”——前期在占据意识形态中心的人文思潮中的先锋地位，后期那个揭竿而起的喜剧时代的激情冲动，这令一些人至今念念不忘、频频回顾。然而，在世界向着“现代化”“标准化”加速狂奔的今天，在波兹曼所指称的“娱乐至死”的当下，“诗人”同“知识分子”一样成了为人所不屑的称谓。诗人何为，或者，诗何为？这是告别“辉煌”而在新的语境下坚持写作的诗人在内心深处不得不直面的自我追问。当代诗人韦锦这首写于20世纪90年代初期的《点灯》可以说就是这种噬心追问的产品。

“刮大风的夜里，他把灯点着了。／小小的火焰被吹得呼呼直响。”由这两句诗构成了诗的第一节，它制造了一个悬念，“小小”的火焰与“呼呼”的大风之间构成的紧张关系，让人读后放心不下。在通读全诗之后，我们不难理解，这个劈空而来的悬念其实隐喻了在新的历史语境下，诗歌写作（“点灯”）这门古老的手艺的困境。接踵而至的是诗人的自我追问：“他为什么要点灯？为什么／要和人心一样的黑暗作对，和风，和流沙／一样滑动的城市／较量？”

这也是诗人内心的搏斗、挣扎。时下，以追逐实效利益为旨归的市场经济的大潮裹挟着图像文化流行文化快餐文化的“大风”迎面扑来。在这个“信息时代”，人们“像一片成熟的玉米地在风中摇晃”，把自己的头脑交付给“晚报”——甚至广告。而“新人类”们则热衷于漂在网上，猎奇，聊天，网恋。在这个“速配时代”，人们“不在乎大事小事，不仰望星星和山顶，爱情简化为繁殖，生活下降为生存”（韦锦《运牲口的卡车》）。在这个霓虹灯与闪光灯交相闪耀的时代，诗歌写作显得那么不合时宜。如果说20世纪80年代的诗歌写作因为其主题受惠于历史话语，如人道主义、理想主义、英雄主义、反文化、纯诗主义等，从而获得了一种阅读的普遍性（或曰“轰动效应”），那么，90年代以后，随着价值多元化和市民文化的迅速崛起，诗和诗人的地位明显边缘化了——甚至在一些人眼中，诗人已经沦为了“多余人”。这时，对于诗人来说，“存在的勇气”落实为“写作的勇气”。这大风中的灯真是“叫人揪心”，正如陈超先生所说，如何将诗歌写作进行下去成了诗人“噬心的时代主题”。那么，诗人为什么要用诗同“黑暗”作对，“和风，和流沙一样滑动的城市”较量，就像堂·吉诃德挺起长矛冲向巨大的风车？诗人似乎没有直接给出答案：“他不想去石头里点灯。他就在你的门前。／圆圆的灯光照着门环／像挂在眼角的泪滴。”

对这几句诗的解读，不得不涉及另一位诗人陈东东的一首同题诗。陈东东《点灯》的第一句就是“把灯点到石头里去”，因此韦锦的这首诗与之形成了一种有意的互文，两首诗的比较阅读无疑会带来意义的增值。陈东东的《点灯》是这样的：

把灯点到石头里去，让他们看看
海的姿势，让他们看看
古代的鱼
也应该让他们看看光亮，一盏高举在山上的灯
灯也应该点到江水里去，让他们看看

活着的鱼，让他们看看

无声的海

也应该让他们看看落日

一只火鸟从树林里腾起

点灯。当我用手去阻挡北风

当我站到了峡谷之间

我想他们会向我围拢

会看我灯一样的

语言

这首带有“唯美”意味的《点灯》，通过“让他们看看”的重复、“一盏高举在山上的灯”的意象和最后一节，我们不难看出诗人鼓足勇气的自信、不肯屈尊的高傲以及启蒙心态(在英语中，“点灯”和“启蒙”的词根相同)。而韦锦诗中的“他”（诗人的自我对象化）“不想去”继续努力地维护这种姿态，“他就在你的门前，圆圆的灯光照着门环”，这里表明了诗人深入当代，保持现实关怀的写作立场。他只想用那小小的灯光照耀你的家门——确切地说是你的心灵，他只希望以他的诗为礼品，在这个冰冷的机器时代能带给你会心的温暖、灵魂的慰藉。“泪滴”作为“灯”这一核心语象的衍生意象，它的出现透露了诗人内心深处隐藏的痛楚。下文的“播种者手中只有一粒豆子” 中的“豆子”隐喻我们一生中选择的事业，对于诗人来说，即诗歌写作。“一粒豆子”相对于“在脚下起伏的大片土地”是那样的微小，然而只要我们精心培育，谁能否定这片土地的潜在的生机呢？或许正是这种希望（期望）使得诗人握紧了手中的那“一粒豆子”，把灯点着了。艾略特说，诗人“并不比在实验室中的科学家更多地去考虑社会影响，然而，倘若没有用之于社会的实际环境，不论诗人或是科学家都不可能抱有支撑着他们的坚定信念”。至此，泪滴、豆子和灯光三者互相渗透、叠加、浑然一体，共生于核心语象。希望和痛楚彼此扭结，构成了这首诗内在的张力。

面对这纷乱的世界和缺乏善意、拒绝理解的“空心人”时代，面对“发昏的城市，把鸽子烤焦，抹上油；把诗歌赶到墙角，打入灰尘；一有钱就变坏的男人和一变坏就有钱的女人”，诗人可以“逃得很远，逃到远远的山上等待日出”，像古代对世俗绝望而退隐山林的逸客雅士；或者“陪新寡的妇人尽情哭泣”，通过不无真诚的表演博得些许的同情；或者“与西装革履的人群一道，在淤泥中昏睡或摸鱼”（韦锦《过团泊洼》），放弃头脑随波逐流。但是诗人放弃了这些“聪明”的选择，固执地“在你的门前”“留下来”，用微弱的灯火照耀着你的家门，坚持给人们心灵以温暖和慰藉——这在“十二月的大风”里弥足珍贵。我想，“十二月的大风”既是对诗歌从业者职业道德的一种考验，同时也是对诗歌活力的一种考验。诗人作为人类生存处境和精神处境的关切者，在这个“二流岁月”里，仍须坚持这项变血为墨的工作。针对于现实处境而言，它在意识形态、大众文化、商业文化的集体狂欢的当下，是对个人精神存在和想象力的坚持。尽管在这个“空心人”时代，处处家门紧闭！诗人手中的灯还是“咬紧牙关”亮下去。“把灯点着了”和“在你的门前”的重复出现不仅构成了这首诗的内在节奏，而且从中也表现出了诗人的毅力、信心和 P. 蒂利希所说的“不顾”（in spite of）的精神——诗人就是这样一种“苦苦坚持赠送礼品”的人（罗伯特·勃莱语）。

【附】韦锦：《点灯》

刮大风的夜里，他把灯点着了。
小小的火焰被吹得呼呼直响。
他为什么要点灯？为什么
要和人心一样的黑暗作对，和风，和流沙
一样滑动的城市

较量？他不想去石头里点灯。他就在你的门前。
圆圆的灯光照着门环，像挂在眼角的泪滴。
他在风中端详
叫人揪心的灯。他想起一个播种者
手中只有一粒豆子。而大片的土地在
脚下起伏。
对于这个发昏的城市，对于那些
把鸽子烤焦，抹上油；把诗歌赶到墙角，打入灰尘；
一有钱就变坏的男人和一变坏就有钱的女人
他可以
逃得很远，逃到远远的山上等待日出。
或陪新寡的妇人尽情哭泣
可他留下来，在你的门前，顶着十二月的大风
把灯点着了。点着了，就不再担心被吹灭。
就咬紧牙关亮下去。

世事沧桑话“火车”

美国第一位桂冠诗人R.P.沃伦有一首名诗《世事沧桑话鸣鸟》，诗中写道：“多少年过去……我最怀念的，不是那些终将消逝的东西，而是鸟鸣时那种宁静。”沃伦怀念多年前的“鸟鸣”，而我们读到的邵燕祥这首近作《火车叫》，怀念的则是儿时的“火车叫”。

人是容易“怀旧”的，过去的事物在回忆的湖面的影子总让人充满回味和想象。“怀旧”大多需要一个触媒，普鲁斯特“追忆逝水年华”的触媒是一种气味，即玛德琳糕点的气味，“当往昔没留下任何东西，人已消亡，物亦破败……其气味与滋味却久久不散，一如灵魂，以滴滴纤细而几乎无法察觉的存在，强韧地负载记忆的巨厦”。而在这首诗里，邵燕祥怀念过往岁月的触媒则是一种声音——火车的叫声。诗人怀念的是过去的蒸汽机头发出的“火车叫”，而对现在“轻快的提高了八度音的”汽笛，诗人并不以为然，就像我们共有的一个体验：回忆中儿时非常美味的食物，如今再去吃却往往物是“味”非。这样的体验，鲁迅在《朝花夕拾》中也曾记叙过：“我有一时，曾经屡次忆起儿时在故乡所吃的蔬果：菱角、罗汉豆、茭茭白、香瓜。凡这些，都是极其鲜美可口的；都曾是使我思乡的蛊惑。后来，我在久别之后尝到了，也不过如此，惟独有记忆上，还有旧来的意味留存。它们也许要哄骗我一生，使我时时反顾。”当然，

"忆旧"只是这首诗的显在意思。

在《世事沧桑话鸣鸟》中，沃伦把抽象的大自然具体为"鸟鸣"，智慧而准确地传达了对宁静的大自然以及与其对等同构的心灵深处的静谧澄明之境的留恋和渴慕。邵燕祥这首《火车叫》，虽不长，却包含了诗人复杂的感情和体验：有对当年壮怀激烈的豪情的缅怀和向往，有业已结痂的疼痛，有作为一个守望者的落寞和微微的自嘲，也有历经峥嵘岁月后的清醒，同时还有对思想独立性的省悟和坚持。

这首诗的核心意象是"火车"。诗中写道："把我从梦中唤醒的／儿时的火车头／曾经满腔悲愤地叫着／多么粗犷／多么深沉／震撼着大地／和／大地上每一道窗棂。"由此可以看出，"车"具有"梦中唤醒"的启蒙功能，是具有情感"满腔悲愤"的，而不是冰冷的，不近人情的。诗人发出"多么粗犷，多么深沉"的由衷赞叹，可见"儿时的火车"是诗人所敬仰的。而第一节的结尾，从"大地"的远景镜头直接推到"每一道窗棂"的大特写，既写出了"火车叫"深远的影响力，同时，这样的视觉落差又似乎预示了不祥、不安的突然降临。

由第一节末的"窗棂"衔接到第二节的"梦"，由窗外到窗内，过渡自然，然而这里的"梦"却是"撕成碎片"的。"梦"，在我们通常的语义中往往是具有理想色彩、给人以安慰的，故有"梦想"之谓。梦的破碎，"随着一列列火车远去／伴着每一声火车叫"，由此可见，"火车"又具有破坏功能。值得注意的是，这里用的动词是"撕"而不是"打"。"打破"具有一次性，而"撕碎"则具有多次性、反复性，恰与诗中的"一列列""每一声"相契合。至此，联系诗人的生平、经历，我们不难推断"火车"的隐喻，即中国20世纪历史上一次次的"革命"（或"运动"）。在《找灵魂》一书的"引言：历史现场与个人记忆"中，诗人说："毛泽东时代的中国，主导内容和主流精神就是革命。从我来说，以1957年为界，前半是主动参与，后半是被动参与；也就是从革命到被革命吧。"这段自我叙述可以作为这两节诗很好的注脚。诗人将火车与毛泽东、与革命联系起来，构成一种隐喻关系，这也是诗人经历和体验的凝结，与当时的历史语境相关。我们知道，在“革命年代”，火车的机车前面经常挂有领袖像，而一些“革命组织”也不乏以“火车头”命名的。而且，火车的一些特征也与革命的某些特性相契合，比如，火车的强力与“打碎旧世界”的暴力特征，火车的速度和“一万年太久，只争朝夕”的革命浪漫主义激情。值得注意的是，第二节诗仅三行，是五节诗中最短的，然而却对应了诗人的梦被“撕碎”的漫长过程（诗人从“被革命”到“复出”历经二十余年）！因此，这种举重若轻的“克制陈述”与这三行诗所蕴含的沉重而复杂的内容构成了一种审美的张力。

如今，历尽劫波，岁月消磨，诗人已成为一个“破落的小站”，却依然“鹄守水泥剥落的站台”。这里既写出了诗人作为一种守望者的落寞，同时写出了诗人对信仰（“童年的梦”）的某种坚持。“我只是听着火车叫／却不登上无论哪一节客车。”这里，运载着许多人的“客车”可以视为某种大规模的集体“运动”的隐喻，一旦登上这列喧闹的“客车”，就会被滚滚的车轮裹挟而去，就有丧失自主性的危险，只能听凭“客车”把你运到指定的目的地。因此，这体现出诗人历经沧桑后的一种省悟和清醒。“不登上”是诗人自主的行为，体现了诗人的主体精神，完全不同于“登不上”的被弃感。同时，我们也可以将之视作是一向敬仰鲁迅的诗人对鲁迅的怀疑精神的承继和发扬。另外，“火车”无疑是与“远方”相联系的。我们似乎可以说，邵燕祥是有着“远方情结”的诗人，他曾在20世纪50年代写过《到远方去》，在“复出”之初写过《在远方》，而在诗人的近作中也有首涉及“远方”的《从哪一条路去罗马》（“永远有多远／罗马有多远”）和《从远方归来》。前两首诗充满了激情和对理想的确信，而近来的两首诗则可以看出诗人对“远方”的疑虑。“‘宁可让罪犯逃脱惩罚／也不可屈枉一人’／这古罗马的法典／是否当真／还是跟所有羊皮书上的历史／一样恍惚如烟云／罗马的假日结束了／下一站去哪里？”（《从哪一条路去罗马》）罗马作为古老文明的发源地，自然是一种“理想的远方”，然而诗人到了那里，发现却是历史的谎言。“下一站去哪里？”在这个看似轻描淡写的句子里却包含着诗人深刻的怀疑：到底哪里才有“理想的远方”呢？而在《从远方归来》中，诗人甚至说“没有去过的地方也就不用去了”，此语恰与《火车叫》一诗中的“我视来日如往日／那里有我熟悉的一切”形成一种互文关系，诗人的沧桑阅历使他获得足够的经验和教训来洞悉世事变迁，因此他有了一种《圣经》所云的“太阳底下没有新鲜事”的领悟——这并不是说诗人已经麻木了，而是诗人放弃了“明天更美好”的简单的线性历史观。由此，我们也可联系到鲁迅对“黄金世界”的弃绝。

就题材而论，邵燕祥这首近作还是对历史的反思，然而，我们明显会感觉到，它已完全不同于“复出”后的那些“广场诗歌”，那些诗歌具有尖锐的论辩色彩和愤激而炽热的情绪基调。这就是王光明论及邵燕祥时所说的“视角的调整变化”：“大致说来，在20世纪80年代以前，大多数诗中的说话者，往往是直接面向时代的，而90年代以来，则更注意感受人在时代的命运，以个人记忆、感受与想象同时代对话。”（《中国诗歌年选2002—2003》序言）这首诗最值得称道之处在于它很好地保持了诗思与诗艺的平衡。它不涉理路，将抽象而复杂的情绪和体验凝聚于一个具体可感的意象“火车”，而诗行中反复出现的“火车叫”，又形成了这首诗的内在节奏。值得一提的还有结尾一句话的切分，修饰“叫声”的有五个“的”字，且各单独成行，这就形成了奇特的阅读效果：我们仿佛看到诗人陷入了回忆、留恋的情境之中，同时，又使全诗在仿佛是车轮渐行渐远的节奏声中结束。

（按：成文后曾呈示邵燕祥先生。邵先生说，“我没有想得那么多”，且谈及此诗的写作背景。看来，此文只是一种“过度诠释”了，或许正如海德格尔所说，任何对诗歌的诠释恐怕都将是“一场钟上的降雪”，会使诗歌之钟变音走调。继而，我想，对诗歌的解读终归是读者与诗人的一种“视界融合”，甚至，读者读到的，只是他“想读到”的“这一首”。）

【附】邵燕祥：《火车叫》

我多想听听火车叫
我又听见火车叫了
一阵轻快的
提高八度音的汽笛声
从云天之外远来
又义薄云天而去
这不是我熟悉的汽笛
这不是我所留恋的火车叫
把我从梦中唤醒的
儿时的火车头
曾经满腔悲愤地叫着
多么粗犷 多么深沉
震撼着大地 和
大地上每一道窗棂

我童年的梦撕成碎片
随着一列列火车远去
伴着每一声火车叫

如今只剩下 一个破落的小站
枯坐在长长的铁路线上
那就是我
鹄守水泥剥落的站台
听火车叫

想念过去的汽笛
眼前的铁道

一头通向过去
一头通向未来
我只是听着火车叫
却不登上无论哪一节客车

我视来日如往日
那里有我熟悉的一切
独独失去了
惊醒过我又安抚过我的
蒸汽车头发出的
遥远的
沉洪的
火车的叫声

“中间代”诗人作品选读

时至今日，“中间代”已然成功获得了在当代诗歌史上的“身份证”，它的意义在于使得一大批被文学史忽视或来不及注视的诗人集体发出诗歌的声音。然而，这种“大合唱”并非有着同一的调性，而是多音齐鸣的。正如“中间代”概念的首倡者安琪所言，“中间代”只是一个代际概念，而非一个流派，它指的是众多生于20世纪60年代而没有被归入“第三代”的优秀诗人。被这个命名所聚拢起来的诗人们，并没有统一的艺术风格，而是有着各自的语言特色、精神趋向、艺术趣味，甚至迥异的诗学主张和追求。或者说，虽然存在着“中间代诗人”，却没有可以统一指认的“中间代诗歌”。这个被冠之以“中间代诗人”的群体是由众多的“这一个”诗人组成的。而要了解“这一个”诗人，唯一的途径，就是进入他们的诗歌文本。在这个不断“提速”的时代里，诗歌写作的确需要一种“慢”的精神，来观照生存中不为时代的车灯所照亮的角落，探摸语言和生命磨砺所产生的体温，而作为诗歌的读者，也同样需要一种“慢”，让我们安静下来，耐心地读一首首诗，领受诗歌的赐福——这是对诗人的尊重，更是对诗歌的尊重。

作为内容的形式或把生活推入诗歌

这位安静的诗人（这是我在很少的接触中，两次诗歌座谈会上，对她的外在印象，或许根本就是错觉），在她的诗歌中体现出了强力的特征。她的《轮回碑》，令我惊叹。我甚至难以想象，这篇体现着强大的现实载力和消化力、文体杂糅的巨制，竟出于一位年轻的小女子之手。（呵，这或许有点男权话语的味道。）这首长诗的难度很大，之所以这么说，因为我知道，艺术上的“拼贴”与通俗意义上的“堆砌”有着怎样的距离。

轰轰烈烈的“中间代”运动之后，在诗坛上，安琪越来越多被首先冠以“诗歌活动家”的头衔，其次才是诗人。安琪意识到这个头衔可能蕴含的某种嘲讽意味，但她欣然接受，甚至以此自豪。尽管，我理解、认同并敬佩于她的“为诗人服务”的想法，但是我始终将她首先视为优秀的诗人，因为，在她从事诗歌运动的同时，似乎并没有使诗歌受到减损，无论从数量上，还是质量上。我们总是能读到她的新作，而且可贵的是，她的新作中总是试图变化，而不是对她此前的名作的拷贝。

《时光何其漫长》是特别的一首诗（这并不是说，它在安琪的诗作中属于多么上成的作品），因为，在我有限的阅读中，并没有见过安琪有外形如此规整（或曰“豆腐干”体）的诗歌。当然，对诗歌来说，形式毫无诗学意义，如果不能更有力、有效地表达诗人的情感或理念。正像一句很俗的诗所说，“快乐总是很短”，而当一个人感到时光漫长的时候，显然她的生活处于一种难捱的困厄状态。最近，安琪在做客天涯答网友问中也说，对于个体生命，她反而有一种无限之感，之困，之惑。在这首诗中，诗人宣泄了这种因难以忍耐的生活状态而产生的强烈的带有毁坏欲的情感。但是，若仅止于如此，不过又新添了一首庸常的“自白派”诗歌而已，尽管其中也有机巧的比喻。诗人的创造性表现在，她为如此不规整的情绪别开生面地创制了一种如此规整的外形，这就形成了一种强大的张力，犹如将炸药塞入了逼仄的空间，如此一来，大大增强了这首诗的情感爆破力。而且，为了塞入这样规整的外壳所做的诗行的随意切分，恰与诗中迷乱、歇斯底里的情绪相契合。这就是诗歌原理所讲的，“有意味的形式”或“形式即内容”。

我要说的是，对于诗人来说，这首诗似乎还具有某种象征意味，那就是，她要将杂乱的生活推入诗歌的轨道。安琪曾将生活和诗歌的关系视为她的“阿克琉斯之踵”，她总是无法处理好诗歌理想与生活现实的关系，从而成了她的致命伤。在我看来，这首诗就是诗歌与生活的碰撞在她生命中留下的痕迹。可巧，我偶然在安琪的博客上看到了与此诗写于同一天的《5月8日》，印证了我的想法：“当我在诗歌中享受到生之快乐，诗歌，这垂而／不死的帝国主义／我前世的爱人，你霸占了我，欺负了我／使我在今生不得安宁／……哦，快终止这诗歌的秘密／快意，快让生活穿上生活的外衣进入／生活。”

好的诗歌真的与好的生活二者不可兼得吗？这难道就是优秀诗人的宿命（或宿疾）？愿安琪拥有好的诗歌，和好的生活。

时光何其漫长

◎安琪

时光何其漫长，生命何其健康
生命健康得足以承受各种煎熬
这是命，还是即将降临的死之
前兆？一个人肾衰竭了，一个
人喉癌了，而我强硬如顽石如
百摧不挠的阿基米德定理，浮
在世俗生活的表层无法自拔无
法在雷霆夹带枪棒的恐惧中快
乐闭眼。床在这边，你在那边

所以睡眠显得艰难，夜晚何其
漫长所以恶梦就来得频繁，一
个一个恶梦带给平庸白昼一点
生气，使我和他相互拉锯而心
脏碎裂，这健康的生命何其无
辜何其辛酸何其肾衰竭心脏病
何其精神分裂何其能够承受！
——2006／5／8

诗之路也或私人情感与地域生存的记录

路也，这位将李清照和辛弃疾视为精神上的亲戚的鲁国才女，2004年以长江中下游平原为背景，写出了一大批诗，集结成她的自印诗集《一个异乡人的江南》。在这些诗里，她为自己营造出来一个精神上的子虚之镇、乌有之乡，展现了她一直无比热爱着的世俗的、具体的、日常的生活，她试图“用充满现代主义理念的写作技法写出这种生活的古典与优雅，写出现代女性的精神光芒，写出刚柔相济的品性”（路也《来到北京》）。《有恒渡口》就是其中的一首。这首诗语境清澈，无需置喙来注解，我们唯一可以做的就是，让因匆忙而躁动的心安静下来，与诗人共同体味尘世的幸福和那份“古典和优雅”。我要说的是，从这首诗中，我们可以看出路也标志性的写作手法、诗歌风格和诗学追求。

读者对她诗歌的一个突出印象，恐怕就是她对比喻的妙用。比喻，这个似乎不够现代的修辞手法，作为一种特殊的语言手段，较充分地表现着诗人的主观意志性。在《中国新文学大系·诗集》导言中，朱自清说徐志摩最讲究用比喻，“他让你觉得世上一切都是活泼的鲜明的”。我觉得这个评价也适用于路也，尽管我知道她对徐志摩并不“感冒”，认为其过誉的诗名不过是靠“谈恋爱”博来的。路也的诗中比喻的运用可谓“俯拾皆是，不取诸邻”，极具想象力，令人不禁拊掌赞叹，请看几例：“我二十四小时呆坐屋内／像一枚小小果核守在果肉里”（《结束语或者跋》）；“那如同声母和韵母相拼写一样在田埂上走着的／是我和你”（《亲密》）；“我想把你留下来／像贪污一笔巨款那样把你留下来”（《致西去的客人》）。《有恒渡口》这首诗里就有好几个活泼而鲜明的明喻和暗喻，其作用不止于体现了女诗人细腻、敏感的特质，辉闪出作者的性灵，而且使路也叙述所用的口语倍增韵味，宛若一泓涧水中的几尾可爱的游鱼。

诚如陈超所说，路也的诗“写得很流畅，犹如诗人脱口而出。但细察之下仍会看出诗人造境和抒情的精彩技艺。”在她有着浓郁的抒情性的诗歌中，旋律、音节等形式层面往往能与抒情主体的心理氛围浑然一体，妙合无垠。请看《火车》中的诗句：“火车把你运走，没有一丁点商量的余地／我没有足够的马力阻止车轮前进／眼睁睁地看着它越来越远，一路向南／身体里的光线越来越暗。”前两句中的两个同韵字“地”和“力”，押的是短促的“i”韵，且都是急促的去声，突出了一种无法阻止的去意；而后两句中连用了“远”“南”“线”“暗”四个同押低缓的“an”韵的字，起到了一种累积的效果，使离别倍增伤感。这首诗里，主要是“a、an、ao、ang”这几个同头韵的交错循环，形成了一曲甜蜜而略带忧伤的旋律。而诗末一句中的两个叠音词，连同这个比喻本身，构成了余音袅袅的效果。

这首诗也体现了路也的诗学追求，即诗歌应是“私人情感与地域生存相融合的记录”。在路也的诗中，我们常常可以看到一些真实的地名，那是留下她生活踪迹的地方。宇文所安曾提到有趣的诗歌“圈地运动”，在中唐诗歌中形成了一种新观念，即诗人可以通过一个地方进行不同凡响的描述来“占据”一个地方。（《中国“中世纪”的终结——中唐文学文化论集》）《唐才子传》所记“诗仙”李白登临黄鹤楼，所留“眼前有景道不得，崔颢题诗在上头”可为之例证。如按此说，路也占领的地方可不少啦。这首《有恒渡口》使得这个实存的地理空间进入了可被广为流传的文学空间，这个普通的江南小渡口有福了。

有恒渡口

◎路也

只有无语的江水了解我们的秘密
上面漂着辽阔的感伤
并肩站在一棵枫杨树下，等半小时一趟的航班
这个春日的午后是《诗经》的断句，宋词的残章

看那艘就要靠岸的船，上面载了好几辆三轮车
车上一捆捆莴笋堆得那么高，绿得那么骄傲
一些背着画夹的学生靠在甲板的栏杆上
学业和青春一起没完没了

那船朝我们开过来，一个王国开了过来
它热情拥抱岸，并在一阵喧嚣里吐故纳新
烂菜叶子味脂粉味汗水味顿时在空气中弥漫
充满对世俗生活的热爱

我们终于上船，像两个惊叹号立在船尾
看我的样子，像不像旁边的当地人?
你像打开一本搁置已久的书那样打开了我
一个北方人在南方找到了故乡
心在水天之间轻轻摇荡

船还没有开

只是吭哧吭哧地发着牢骚

在马达的嗡嗡震颤里我很想把头埋在你的胸前

很想听听你身体里那些江河湖海的合唱

船还没有开呢，我却看见

岸边一棵蒲公英在风中晃动了两下

它毛绒绒的种子就像寓言一样，已悠悠飞过江面

异乡人在北京或技术发达时代的抒情

老巢的《没有遥控器帮我们关掉这一场雨》是一首精心之构。

诗的第一节设置了两个地点：北京和江南。作为祖国“心脏”的北京，是诗人的居住地，而作为“外省”的江南，是诗人的故乡。北京，在中国当代文学史上一直是重要的文化符码。在20世纪五、六十年代，作为政治中心的北京（以及与之可以互换的“天安门”）是寄寓着民族复兴希望的新中国的借喻，是凝聚着全国人民爱戴礼之情的伟大领袖的象征。我们耳熟能详的是这样真诚的歌唱：“在我们美妙的语言里，／再没有什么比你的名字更加动听；／在我们祖国的地图上，／还有哪里能像你吸引着我们的心灵？／在我们这里，把那些／去过北京的人都叫做幸福的人。”（李季《致北京》）如今已成为“国际化”大都市的北京，有着“首善之区”显而易见的资源优势，吸引着众多的人——诗人、艺术家、大老板、小商贩、农民工——辞别家乡，踌躇满志地奔赴这个“中心”。这股持续的“淘金潮”也造就了众多的“北漂”，诗人就是其中一员。在诗人的《学习刘春好榜样》中，有这样的诗句：“他在北京买了房子／接他父母来过年。我大他五岁／我的父母还没来过北京。”在这看似平淡的句子里，蕴含着一个在京城的异乡人的难言的辛酸。

让我们重新回到这首诗。“北京又在下雨。黑了天／一付江南的嘴脸。没

了白墙青瓦”，这是写身在北京的诗人在雨天想到故乡江南。应该是多雨的天气，与江南相似吧，于是诗人说“一副江南的嘴脸”，这里，“嘴脸”一词是在原始意义上的运用，并无贬义。然而，这终归不是诗人的故乡，因为“没了白墙青瓦”——白墙青瓦是江南民居典型的特征。

或许，雨天这样的天气最易惹起故园之思吧（我们不难想到“君问归期未有期，巴山夜雨涨秋池”这样的诗句），于是我们接下去看到这样的句子：“雨，携带病情，活过来的细菌／从门窗，一些缝，甚至空调风里／打湿床，灯，和盗版盘。”这里的“病情、活过来的细菌”非别，正是独居北京的诗人经常涌上心头的“思乡病”。“苦命的江南”一直是诗人的不可断绝的“病根儿”，“天黑前，我哪也不去／就坐在这里。喝茶，抽烟／想昨夜，想梦里的脸／想到底是我苦命的江南”（《想到底是我苦命的江南》）。细心的读者不会让诗中的“盗版盘”轻易地跳过，这个词用得非常巧妙，在诗中别有意味，毕竟，这些居留京城的“北漂”不是“原装正版”啊。

家乡，即便是“苦命的”，也是充满慰藉的——当然，这或许只是一种想象。与这种想象相对的是诗人“混在北京”的现实生活，忙乱、琐碎、疲于生计：“灯下，琐碎的死，类似粮食里／飞出的几秒钟。比灰尘还轻。”诗的最后一句，也是诗的标题——“没有遥控器帮我们关掉这一场雨”，独立成节，无疑是全诗的“诗眼”。在我看来，这个句子堪称“神来之笔”。“遥控器”这种高科技产品，可以理解为诗人在北京这个现代化大都市所过的“高品位”生活（与“苦命的江南”的农村生活相对）的一个借喻，而这种现代化的生活，并不能阻止诗人如雨般绵密的思乡之情。而且，巧妙的是，“遥控器”是指向远处的，但是没有一种“遥控器”可以关掉诗人对远处的故乡的相思。这饱含着诗人怎样的喟叹啊！

此诗写得节制、干净、蕴藉，尤其是撷取日常生活中的物象，“点石成金”的功夫令人赞服。这是首抒情之作，抒发思乡之情，但通篇并未涉及“思念”之语，这便是司空图所谓的“不著一字，尽得风流”。

没有遥控器帮我们关掉这一场雨

◎老巢

北京又在下雨。黑了天
一付江南的嘴脸。没了白墙青瓦

雨，携带病情，活过来的细菌
从门窗，一些缝，甚至空调风里
打湿床，灯，和盗版盘

我们现在说床单上的斑点不是汗
泪和爱液。是雨在发芽

灯下，琐碎的死，类似粮食里
飞出的几秒钟。比灰尘还轻
电视上，我们看不到太阳的下落

没有遥控器帮我们关掉这一场雨

诗歌TV或叙事中的抒情

陈先发在《我们都是有源头的人》一文中说，在当下，民族诗歌传统的伟大品格有两点值得我们去坚守，一是“强大的与自然对话的能力”；二是“扎根生存状态、呈现悲悯本性的道德力量”。而我们读到的这首《最后一课》，这两点都有体现。前者体现在诗的前三行，一幅盛大的春天的景象：“那时的春天稠密，难以搅动，野油菜花／翻山越岭。蜜蜂嗡嗡的甜，挂在明亮的视觉里／一十三省孤独的小水电站，都在发电。”所谓“与自然对话的能力”在这里体现为诗人通过干脆、劲健的语言，有如永春拳法的“寸劲”，瞬间将人打动。后者体现在诗中的人物身上，最后的诗句“你身子很轻，泥泞不会溅上裤脚”，是对诗中的乡村教师高洁的品质的赞颂，而这种赞颂本身就带有一种“道德力量”。

这首诗有很强的画面感，在读它时，我们脑海里甚至会形成一部有剧情、有悬念、有节奏感的影片，故而我把它称作“诗歌 TV”。诗的前三行的景象描写，相当于一部抒情性影片中人物出场前的空镜头，明亮的色调也为整首诗（整部影片）奠定了情感基调。这个片段也是有节奏感的，它是靠声音的动静形成的：漫山遍野的野油菜花是安静的，蜜蜂的嗡嗡声，如同“蝉噪林逾静，鸟鸣山更幽”，更突显了山野的静谧，而发电的水电站则是喧响的。接下去的“剧情”自不必复述，形象性极强的诗句可以让我们看到这些镜头：教室里空着的一把椅子（这形成一个悬念），村部黑色的摇把电话机，乡村教师的肖像，“嘴唇发紫、簌簌直抖”的病态，夹着纸伞在田畴间行走。无需说明，通过这些画面，我们也可了解故事发生的年代和地域，前者由“黑色的摇把电话”以及“蓝卡基布中山装”可见，后者则由“油菜花”和“纸伞”呈现出来。而诗末赞颂乡村教师高洁品质的诗句，则犹如我们在影片结尾常常看到的柔光镜头，起到情感“升华”的作用。

诗中几个精彩的句子构成了诗歌的“兴趣点”，同时也可能造成理解上的阻塞，让我们试着做一些分析。“蜜蜂嗡嗡的甜，挂在明亮的视觉里”，这里听觉、味觉和视觉溶在一起，就像波德莱尔在被称为“象征派的宪章”的十四行诗《应和》中的诗句：“芳香、色彩、声音在互相应和。”此即所谓“通感”（synaesthesia），或称“感觉挪移”。这种修辞手法还可见于他的另一首名篇《丹青见》中：“鸟鸣，一声接一声地溶化着。”这里，诗人当然不是要小聪明式的炫技。这些诗句以极精简的语言瞬间抵达了感觉上的真实，体现出诗人感觉的细腻和语言表现上的功力。油菜花是黄色的，而黄色又是色谱中最亮的颜色，所以诗人说，油菜花中采蜜的蜜蜂“挂在明亮的视觉里”。而“一十三省”一词的突然出现，则多少让人费解。“一十三省”，本是指古时中国的行政区域划分（在明代，除京师、南京以外，全国分设十三个布政使司，俗称省），因此，它可指代全国。在此意思上，我们或可将其理解为对时代背景的交代，“都在发电”或许是象征着当时全国人民“鼓足干劲，力争上游”的热情吧。而根据下一句所承接的“而她依然没来”，我们似乎也可以将这一诗句做另一种理解，即“小水电站”隐喻的是一个个热情、活力四射的学生。“你现在的样子比五十年代要瘦削得多”也是这首诗的一个“兴趣点”。我们知道，逝者在人们心中永远保持着生前的形象，因之，这个诗句就别有意味。这首诗是对“那时的春天”的怀念，而怀念过去往往是因为现在的不如意，因此，这句诗或蕴含着人心不古之叹吧，即慨叹这种高洁的品质在当今这个物欲横流的时代中的稀少。

这首《最后一课》，陈先发非常重视，并将其视为自己个人创作史上的代表作。的确，这首诗堪值称道，简洁的叙事和画面的转换颇得电影蒙太奇技法之妙，并体现出为诗人所推崇的中国民族传统诗歌的品质：呈现、节制、悲悯、和谐。

最后一课

◎陈先发

那时的春天稠密，难以搅动，野油菜花
翻山越岭。蜜蜂嗡嗡的甜，挂在明亮的视觉里
一十三省孤独的小水电站，都在发电。而她
依然没来。你抱着村部黑色的摇把电话
嘴唇发紫，簌簌直抖。你现在的样子
比五十年代要瘦削得多了。仍旧是蓝卡基布中山装

梳分头，浓眉上落着粉笔灰
要在日落前为病中的女孩补上最后一课。
你夹着纸伞，穿过春末寂静的田埂，作为
一个逝去多年的人，你身子很轻，泥泞不会溅上裤脚。

“风吹着有沧桑感的事物，总是那么恭敬”
——徐俊国《大仓桥》的文本细读

有一些鱼路过我，我却叫不上它们的名字。
陌生是好的。互不相识，也互不亏欠。

一颗安静的心，对得起红尘滚滚的生活。
干净的夜风，对得起一条河蜿蜒向前的浑浊。

从桥上看，北斗七星有些陈旧，它正好可以低调。
不璀璨，也不孤单。

月光也有稀薄的时刻，但大仓桥依然明亮，因为它古老。
你看，风吹着有沧桑感的事物，总是那么恭敬。

这首诗名为《大仓桥》，是徐俊国最新诗集《自然碑》的开卷之作。

大仓桥，是明代建造的拱形大石桥，如今是上海的名胜古迹。这首《大仓桥》并不是通常的那种记游之作，诗人没有抒怀古之幽情，也无意为大仓桥写志立传。“有一些鱼路过我”，从“规范”的语法看，可以视为是一种倒装句式，这样起笔是紧扣题目的——由鱼而河，由河而桥。传世的古诗当中不乏这样的句式，比如，杜甫以“香稻啄余鹦鹉粒，碧梧栖老凤凰枝”写秋，王勃以“画栋朝飞南浦云，珠帘暮卷西山雨”写滕王阁。当然，我们也可以从比喻的意义来理解这起笔之句——大仓桥作为著名的景点，必然游人如织，如同过江之鲫。“路过我”，说明诗人不是步履匆匆地走马观花，而是脚步悠然的，甚或是静立桥头的。“我却叫不上它们的名字”，一个“却”字似乎表现出诗人不无遗憾。古人讲，莫愁天下无知己，天下谁人不识君，相识总是好的。然而，转行的却是极精炼的一句，也是全诗中最短促的一句：“陌生是好的。”（这里我们容易勾连出“相濡以沫，不如相忘于江湖”的典故）从句子的节奏去感受，越是短促的句子就越有力量。接下去，同样是简短的句子“互不相识，也互不亏欠”，这是支撑前面论断有力的理由。

“我达达的马蹄声是个美丽的错误，我不是归人，只是过客。”郑愁予笔下的这种陌生是一种古典的美丽。而对于行色匆匆的现代人来说，有一种感受应和着西方存在主义的观念，人与人之间的关系往往并不是可以沟通的“桥”，而是一堵隔膜的“墙”。所以顾城在那首著名的《远和近》中说，“你看我时很远，看云时很近”。与人相比，自然之物反而是让人放松和亲近的。徐俊国在《黑夜也有一颗皎洁的心》一诗中也这样写道：“我对人群充满戒备和焦虑。／对头顶的天空崇敬有加。／我喜欢星星，信任遥远、微弱但确切的光。”他在《人间》中甚至说：“一个人可以用来孤独，两个人可以用来加深孤独，三个人就是三倍的孤独，更多的人只能同时陷入滚滚红尘。”这里的孤独显然不是月下独酌对影成三人的孤独，李白的孤独还是古典的。

“一颗安静的心，对得起红尘滚滚的生活。／干净的夜风，对得起一条河蜿蜒向前的浑浊。”第二节的两句在句式上是基本对称的，同时由于第二句的前半句的缩短和后半句的加长，在节拍上又呈现出变化。这里重复出现的一个词是“对得起”，“对得起”其实就是“不亏欠”，所以这里还是上一节思绪的承续。既然“更多的人只能同时陷入滚滚红尘”，这是诗人对于重“效益”的现代生活的认识，那么，什么样的生活是值得过的呢？——那便是要有“一颗安静的心”。这种领悟相当于佛教三学“戒定慧”中的“定”，只有放弃执念，收敛心性，方能达到澄明的智慧之境。对于诗人来说，就应该有一颗安静的心，同时努力让充满喧哗与骚动的世界安静下来。从整首诗来看，就是诗人在安静的状态下（尽管外在的环境可能是喧哗的），思绪静静地抽丝结茧（徐俊国本人给我的印象也是这样的，虽然一身五四青年式的装束，但并不激昂，而是安静的，不多言语，精简的话往往是点睛之语）。从画面上来看也基本上是静态的，“蜿蜒向前的浑浊”可视为化动为静。

从视角的变化来看，第一节是向下的，第二节是平视的，第三节则是向上的——“从桥上看，北斗七星有些陈旧，它正好可以低调。／不璀璨，也不孤单。”随着诗人视界的开阔，诗人的情绪却并没有变得昂扬，诗人仍是在静静地思索，继而了悟到“陈旧”的“正好”。这便也引出了诗的最后一节，大仓桥因为古老而明亮。这首诗的前三节都是写周遭的环境，最后一节才对大仓桥进行直接书写，这也呼应了诗的标题。“你看，风吹着有沧桑感的事物，总是那么恭敬。”诗人用这一句收束了全诗。这里的“沧桑”与上面的“陈旧”“古老”构成了三重奏，继而引出了为徐俊国所心仪的“恭敬”一词。他说：“我喜欢‘恭敬’这个词。对一朵无名小花的俯视和巍巍青山的仰视，对世道人心、精神秩序和宇宙大道的冷眼旁观，对美丽而神秘的汉语言和诗歌这门古老的艺术，保持公正和恭敬之心。对热爱之物，不空洞地说出热爱，对愤怒之事，不简单地表达愤怒。”（《自然碑》后记）

值得一说的，《大仓桥》最后一行出现的“你”，并不是一个被启蒙的对象，显然，诗人也无意充当一个启蒙者。全诗中出现的两个人称“我”和“你”并不是一个垂直的关系。这里，我们既可以将其视为诗人对理想读者的邀约，与之分享自己的领悟和感受；也可以说，“你”就是另外一个“我”，诗人只是在与自己的内心对话、交流，抑或是申辩——在红尘滚滚的生活中，在物欲膨胀、乱花渐欲迷人眼的时代，做一老式人物，保存一颗安静的心的必要与合理。

这首《大仓桥》让我想到美国第一任桂冠诗人罗伯特·潘·沃伦的名诗《世事沧桑话鸣鸟》——“那只是一只鸟在晚上鸣叫，认不出是什么鸟，／当我从泉边取水回来，走过满是石头的牧场，／我站得那么静，头上的天空和水桶里的天空一样静。／／多少年过去，多少地方多少脸都淡漠了，有的人已谢世，／而我站在远方，夜那么静，我终于肯定／我最怀念的，不是那些终将消逝的东西，而是鸟鸣时那种宁静。”世事沧桑，诗人之所以最怀念那种宁静，因为那是诗人倾听自己内心的时刻，是诗人距离自己的内心最近的时刻，也是内心最安静的时刻——“我站得那么静，头上的天空和水桶里的天空一样静。”我们可以说，这两首诗有着互文性，不仅两首诗的第一行的措词（“叫不出它们的名字”与“认不出什么鸟”）有着相近性，所表达的主题也有着相近性。——这里无意说徐俊国受到沃伦的影响，或是说这首《大仓桥》是致敬之作，但很显然，两位诗人的领悟得到了呼应和共鸣。唯其“宁静”，唯其有一颗“安静的心”，才能够感受到那份“恭敬”。

“没落河谷”中的“桃花”

——海子《桃花时节》细读

“桃之夭夭，其叶沃若。”桃花，从中国诗歌的源头绽放，遍布了遥迢的时空。或赞春天色彩之绚丽，或喻佳人容貌之美艳，或惜人生苦短韶华难留。古往今来，作为诗歌意象的“桃花”大都是美丽而纤弱，甚至带有怅惘情绪。但海子的“桃花”却异乎寻常：壮烈、高蹈、冶铸。

在表达海子的追求主题与思想中，“光明”是个关键词，这个词成为具有最高价值与最高意义的核心象征意象，它喻指着人类生存和谐、宁静、圣洁、完善、幸福的最高生命境界。太阳、（烈）火、黎明、曙光、朝霞、晚霞乃至天堂等均可视为光明的派生性意象。其中，太阳无疑是最重要的意象，因为它是光的来源。长诗《太阳·弥赛亚》（1988）最能体现海子的这种精神追求：“天空在海水上／奉献出自己真理的面容／这是曙光和黎明／这是新的一日／阳光从天而降穿透了海水。太阳！”或许，我们可以说，海子是另一个夸父，在追求光明的途中终于把自己燃烧掉了，却留下一片桃树林。于是，我们就能够明白，海子诗中，为什么有那么多热烈开放的“桃花”（海子诗作中，以“桃”入诗名的，除本诗《桃花时节》之外，还有《桃花》《桃花开放》《你和桃花》《桃树林》等），要知道，它们不仅仅只是指代爱情。

在《桃花时节》一诗中，海子这位天才的诗人使那“没落河谷尽头”骤然相遇的桃林呈现出了多么令人怦然心动的景象啊——“桃花开放／太阳的头盖骨一动一动，火焰和手从头中伸出。”开篇即突起崚嶒之势，把我们的眼睛聚焦于一朵开放的桃花，这是一幅“触目惊心”的超现实主义画面：那迎风而动的花瓣竟是“太阳的头盖骨”，那花蕊竟是“火焰和手”！而一个“伸”字，使一朵弱不禁风的桃花迸射出强劲的生命能量。接着镜头拉远，一排排向远处延伸的桃树，在刹那的恍惚中仿佛一群群野兽向远方行进。这准确地写出了桃树的树形，而且，一个“舔”字就生动地刻画出了那柔嫩如舌的桃叶。多么神启而精粹的想象力！谓之千古独步似不为过。“群兽吐火”，这就是“独眼巨人”怀抱中的那片桃林。“独眼巨人”，是站在河谷中仰望头顶太阳的山峦给人的直觉，同时，“独眼巨人”的出现也增添了诗境的神话色彩。值得注意的是“乳房吐火”，“乳房”可以理解为桃花花苞形象的譬喻，但是它的意指更多地带有神秘主义的色彩，唯美主义的风韵。“乳房”含有纯洁、骄傲、神秘之意（这和里尔克常用的“乳房”一词是相通的），海子还有一首诗就名为《乳房》：“在城外荒山野岭之上／四季之风常吹的地方／柔和甘美的蜜形成。”可见，它与后来的“下半身”诗派所突出的情色特征是大异其趣的。

作为一首优秀的诗歌，不仅要给读者带来阅读的快感，我想，更重要的是看它作为一个独立自足的文本世界对另一个世界的暗示程度，或者说，对感性个体所处世界的敞开程度。诗歌作为“生存的证据”，贯注着诗人深刻的生命体验。海子说，诗歌写作不是修辞练习，而是一场烈火（《献给荷尔德林》）。于是，澄怀净虑，沉入诗歌，我们会看到壮丽的春兽吐火图背后的另一场烈火——精神的、情感的烈焰。

“一群群野兽舔着火焰刀／走向没落的河谷尽头／割开血口子。”野兽——不是动物园中供人赏玩的困兽——是为人所陌生所惊奇所恐惧的。由此我想到了那些筚路蓝缕、戛戛独造的先锋诗人（艺术家），他们忠实于个人生命体验，拒绝“集体顺役”的“驯化”，拒绝合唱。（海子在《汉俳·诗歌皇帝》中写道：

“当众人齐集河畔高声歌唱生活／我将独自返回空无一人的山峦。”）加之，诗人近乎病态的特有的敏感和艺术实验的探索性，使人们不能理解，视其为“另类”。他们是“苦苦坚持赠送礼品”的人（勃莱语），“舔着火焰”写出了他们的艰辛和义无反顾。在这个物欲横流、惟实证是举的商品社会里，人文学科特别是诗歌日益边缘化，不再为人重视，似乎是“没落”了。可是这些“乌托邦的留守者”继续向着“没落的河谷尽头”跋涉，在那里“割开血口子”，展示生命壮美的奇迹。“他们会把水变成火的美丽身躯／水在此刻是悬挂在空气的火焰／但在更深的地方仍然是水／翅膀血红，富于侵略。”这里可以视作诗人对诗歌艺术性质的理解：异质混溶、富于感染力。

“他看见的全是大地在滔滔不绝的纵火／他在一只燃烧的胃的底部／与桃花骤然相遇／互为食物和王妻／在断头台上疯狂的吐火。”第三人称是诗人自身，那只“燃烧的胃”是精神之胃，情感之胃。诗人内心深处奔突无告的思想情感与“桃花”这一意象猝然相遇而忻合无间，这种遇合就是直觉，就是艺术。“断头台”喻指我们太短的嘶嘶燃烧的生命。“在断头台疯狂地吐火”，写出了艺术创造的“不顾”精神（in spite of，蒂利希语），联系到海子彗星般加速燃烧的一生以及最终的行为艺术，不能不令人黯然心悸。

“从笨重天空跌落的／撞在陆地上撞掉了头撞烂了四肢。”这可以理解为艺术理想的破灭或艺术实验的失败，然而生命的意义、生命的精彩就在这壮烈的、殉道式的“撞”中呈现出来了。“在春天在亿万人民中间在春兽吐火的地方／她们产生了幻觉／群兽吐火长出了花朵／群兽一排排肉包着骨长成树林／吐火就是花朵多么美丽的景色。”诗歌的一个主要动机就是抵御时代的物质诱惑，抗拒社会世俗的“一体化”，保持人类感受力的纯洁。由是诗歌才能带给我们“美丽的景色”。

“你在一种较为短暂的情形下完成太阳和地狱／内在的火，寒冷无声的燃烧／生出了河流两岸大地之上的姐妹／朝霞和晚霞。”第二人称是对桃花的称谓，同时“桃花”也构成了我们如惊鸿一瞥的一生的隐喻。我们生活在人世间，承受着“天堂和地狱两面拉开的力量”，幸福的甜蜜和悲伤的痛苦、宁静的渴望和欲望的引诱在我们内心深处燃烧起战火。“寒冷无声地燃烧”，这一悖论式修辞写出了诗人贫困孤独的人生体验。但诗人的“寒冷无声地燃烧”的一生不会像“喧哗与骚动”的一生那样归于寂灭，而是会生出辉煌的“朝霞和晚霞”。“朝霞和晚霞”可以理解为自由独立的精神财富的继承者。在这段诗句里，我们可以看出，桃花与“火”、“朝霞和晚霞”构成了可以互相置换的关系，因此，桃花意象最终也指向了本文开始时所提及的显示海子精神追求与思想的关键词“光明”，或者，我们也可以直接把桃花视作“光明”的派生意象（海子在《桃花》一诗中就把桃花喻作“太阳私生的女儿”）。

“无声的在山峦间飘荡／我俩在高原在命运三姐妹无声的织机织出的牧场上相遇。”诗人那精神漂泊、上下求索的一生与诗歌相遇，并以此“得度一生茫茫的黑夜”，这或许是所谓的“命运”吧。

这首诗通过视点的不断变化结构全诗——近距离、远距离、仰视、俯瞰，意象简单集中，喷薄的激情和超拔的想象力让这片桃花如此生气灌注、如此动人。“没落的河谷”中的“桃花”，在诗中是诗人感情智性与客观物体在瞬间的凝合，它暗示出了诗人内心对诗歌艺术、诗人命运的理解，这就是“生命心象”。通过诗末的时间标示，——诗人曾多次修订，甚至在去世前十来天，他还修改过此诗——可以看出诗人对这首诗的珍爱和重视。对这首诗的鉴赏，可以使我们更好地理解德国诗哲施勒格尔的这段话：“诗人的职责就是使日常生活中的平凡事物发出光辉，赋予它们以一个较高的价值、一个较深的涵义。……假如幻想受到不必要的或不适当的制约，它将以语言和描写方面较大自由来取得补偿。”（《诗化哲学》）此诗中，海子驱动通灵的语言描绘了“多么美丽的景色”，让桃树、桃花这样“日常生活中的平凡事物”大放异彩，因此，他尽到了“诗人的职责”！

【附】海子：《桃花时节》

桃花开放
太阳的头盖骨一动一动，火焰和手从头中伸出
一群群野兽舔着火焰刃
走向没落的河谷尽头
割开血口子。他们会把水变成火的美丽身躯

水在此刻是悬挂在空气的火焰
但在更深的地方仍然是水
翅膀血红，富于侵略
那就是独眼巨人的桃花时节
独眼巨人怀抱一片桃林

他看见的　全是大地在滔滔不绝的纵火
他在一只燃烧的胃的底部
与桃花骤然相遇
互为食物和王妻
在断头台上疯狂的吐火

乳房吐火
挂在陆地上
从笨重的天空跌落的
撞在陆地上　撞掉了头撞烂了四肢
在春天　在亿万人民中间　在春兽吐火的地方
她们产生了幻觉

群兽吐火长出了花朵

群兽一排排　肉包着骨　长成树林

吐火就是花朵　多么美丽的景色

你在一种较为短暂的情形下完成太阳和地狱

内在的火，寒冷无声的燃烧

生出了河流两岸大地之上的姐妹

朝霞和晚霞

无声的在山峦间飘荡

我俩在高原　在命运三姐妹无声的织机织出的

牧场上相遇

——1987 初稿；1988 年初改；1988 年底再改；1989 年 3 月 14 日再改

爱的祈祷

——张枣《望远镜》解读

我们的望远镜像五月的一支歌谣
鲜花般的讴歌你走来时的静寂
它看见世界把自己缩小又缩小，并将
距离化成一片晚风，夜莺的一点泪滴

它看见生命多么浩大，呵，不，它是闻到了
这一切：迷途的玫瑰正找回来
像你一样奔赴幽会；岁月正脱离
一部痛苦的书，并把自己交给浏亮的雨后的

长笛；呵，快一点，再快一点，跃阡度陌
不在被别的什么耽延；让它更紧张地
闻着，呓语着你浴后的耳环发鬓
请让水抵达天堂，飞鸣的箭不在自己

哦，无穷的山水，你腕上羞怯的脉搏
神的望远镜像五月的一支歌谣
看见我们更清晰，更集中，永远是孩子
神的望远镜还听见我们海誓山盟

张枣的这首《望远镜》，我曾在课堂上用了一节课的时间向学生们讲读。课下，一位漂亮的女生对我说：“老师，这首诗很美。”我眼睛瞬间一亮，然后镇静自若地说：“哦，是吧。”——能让学生在课上感觉到美，对于教书匠来说自然是一种幸福；同时，能感觉诗歌之美的女生也自然有着脱俗之美。

张枣（1962—2010），是配得上“英年早逝”这四个字的。20世纪80年代前期，张枣在弱冠之年就写出了他的成名作《镜中》——

只要想起一生中后悔的事
梅花便落了下来
比如看她游泳到河的另一岸
比如登上一株松木梯子
危险的事固然美丽
不如看她骑马归来
面颊温暖
羞惭。低下头，回答着皇帝
一面镜子永远等候她
让她坐到镜中常坐的地方
望着窗外，只要想起一生中后悔的事
梅花便落满了南山

“只要想起一生中后悔的事／梅花便落满了南山”，这样的诗句让人过目不忘。哦，我们谁没有过后悔的事呢？当我们对“后悔”这个抽象词的劲道不满意的时候，当然我们可以说“后悔得肠子都青了”，这确实具体了形象了，但“梅花便落满了南山”显然更典雅更精致，更有一种经年的归于平静的感伤，因之，也更是诗的。我们既可以说，这就是西方艾略特所说的“客观对应物”的技法，也可以说这里有着中国“天人感应”的文化精髓。张枣的密友诗人柏桦说，“《镜中》只是一首很单纯的诗，它只是一声感喟，喃喃地，很轻”，“诗中后悔的轻叹与皇帝的持重所化合着并呈现出的一个诗人命运的（轻与重的）微积分”。[①] 我更认同张枣的另一友人宋琳的说法：“将《镜中》当作宫体诗的现代版肯定是一种误读，而读作一则爱的寓言——严酷的社会规训下不可能之爱的现代寓言或许更接近作者意图。”[②]

如果说《镜中》之“镜”，给人一种恍惚之感，有着某种那喀索斯式的自恋，那么《望远镜》之镜，则给人一种偷窥的隐秘的快感，有着柏拉图式的他恋。如果说《镜中》是一则“爱的寓言”，那么《望远镜》可以说是一篇爱的宣言。

是的，我们可以比较轻松地断定这是一首爱情诗。诗歌中的“夜莺”“玫瑰”这些西方爱情诗歌中的经典意象以及“海誓山盟”这个具有中国特色的爱情用语足以帮助我们把这首诗的主题固定下来。

我们且看诗的第一节：“我们的望远镜像五月的一支歌谣／鲜花般的讴歌你走来时的静寂／它看见世界把自己缩小又缩小，并将／距离化成一片晚风，夜莺的一点泪滴。”

望远镜作为物理仪器，它的特性虽然不能改变客观的距离，却可以调节主观视距，来“缩短”距离，放大凝视的对象。洛夫《边界望乡》中的名句“望远镜中扩大数十倍的乡愁 ／乱如风中的散发／当距离调整到令人心跳的程度／一座远山迎面飞来／把我撞成了／严重的内伤”，就是利用望远镜的这一特性来形象地表达“近乡情更怯”的感情的。这里，望远镜是“我们的”，这说明望远镜

① 柏桦：《张枣》，宋琳、柏桦：《亲爱的张枣》，江苏文艺出版社，2010 年，第 42 页。
② 宋琳：《精灵的名字——论张枣》，宋琳、柏桦：《亲爱的张枣》，江苏文艺出版社，2010 年，第 138 页。

是我们之间的关系的一种隐喻，我们的关系虽然目前还很远，但我这一方可以自主调节，“将距离化成一片晚风”——这是我们的关系的微妙之处，也是“望远镜”的神奇之处。“它看见世界把自己缩小又缩小”，无非是说“你”在我的视界中越来越大。这一节的情境是可以用镜头来表现的（把诗句转换成画面也是我们体验现代诗的很好的途径）：喧嚣的人群（远景），美女的出现（全景），美女长发飘飘步态款款（全景—中景），慢镜头，喧嚣声止，寂静，心跳声的出现。其实，这一节说的“意思”就是流行歌曲唱的“我说我的眼里只有你”。

这里，要说的是，“我们的望远镜像五月的一支歌谣／鲜花般的讴歌你走来时的静寂”。“望远镜像五月的歌谣”，这算什么比喻？什么是“鲜花般的讴歌”，如何讴歌“静寂”呢？这是典型的陌生化，“诗家语”。但对于“标准读者”或“理想读者”来说，这看似是“暴力的句法”，实则是渊源有自的。英国诗人罗伯特·彭斯（Robert Burns，1759—1796）有一首著名的爱情诗《我的爱人是一朵红红的玫瑰》（ A Red, Red Rose ）——在上大学（湖南师大）时，张枣读的就是英文系，所以他对这首英文名诗自然耳熟能详。诗的第一节是——

O my luve’s like a red, red rose	啊，我的爱人像一朵红红的玫瑰，
That’s newly sprung in June	六月里迎风初开
O my luve’s like the melodie	啊，我的爱人像一曲甜蜜的歌
That’s sweetly play’d in tune	唱得合拍又柔和

我们不难看出，开篇这陌生化的诗句就是对彭斯这首名诗的第一节的化用，而彭斯对于“我的爱人”的爱慕颂美之情也自然化于我对“你”的讴歌之中。

第一节的“歌谣”“鲜花般的讴歌”标示了情感基调是激动、欣悦的，但节末“眼泪”的出现，融入了“但见泪痕湿，不知心恨谁”的哀怨和痛楚，使得情感的向度发生了转折，使其更复杂。我们说优秀诗歌中的意象是具有整体性、系统性、有机性的，这里“夜莺的眼泪”也不是凭空落下来的，它其实是此诗的核心意象“望远镜”的一个衍生意象。因为，眼泪与望远镜的镜片具有相同的性质：透明、晶莹、圆凸、内凝。

第一节末尾的眼泪把我们带到第二节：“它看见生命多么浩大，呵，不，它是闻到了／这一切：迷途的玫瑰正找回来／像你一样奔赴幽会；岁月正脱离／一部痛苦的书，并把自己交给浏亮的雨后的／／长笛。”我们就明白了泪从何来——玫瑰（彭斯笔下的“我的爱人”的换喻）是“迷途的”，也就是说，“你”并没有向我走来，或者对我视而不见，甚至我可能看到“自己的鲜花依偎在别人的情怀”（食指《相信未来》中的诗句）。所以，诗人在激动地说出“它看见生命多么浩大”（一个处身幸福的人才会觉得生命浩大，一个悲观的人绝不会感觉到生命浩大）之后，又马上做了修正，“呵，不，它是闻到了这一切”。“闻到”而不是“看见”，也表明了诗人的欣喜、幸福带有主观的一厢情愿的意味。当“玫瑰”迷途知返，当你终于奔赴与我的幽会，我的岁月也就脱离了痛苦，雨过天晴了，浏亮的长笛奏出的是欢快的乐曲。这里，“浏亮”一词，在我看来，也是诗人刻意选择的，它应该出自陆机《文赋》中的“赋体物而浏亮”，这两个字的音、形很好地对应了长笛及长笛奏出的音乐。而第三节开头的“长笛”，也是“望远镜”这一核心意象的衍生意象。

“呵，快一点，再快一点，跃阡度陌／不在被别的什么耽延；让它更紧张地／闻着，呓语着你浴后的耳环发鬟／请让水抵达天堂，飞鸣的箭不再自已。”第三节诗人更加紧张地吁请着，也可以说是祈祷着。“跃阡度陌”（同样是非常古典的词），显示你与我的距离。“呓语”表明着我因为爱痴狂而陷于意乱情迷之中。“浴后的耳环发鬟”，则不乏潜意识里的情色想象。“飞鸣的箭”我们可以解作小爱神丘比特之箭。但是，“让水抵达天堂”却有些费解。我们说“黄河之水天上来”，而这里诗人却祈祷着让水反向运动，“抵达天堂”。这里，我们可以理解成，爱情根本是不讲道理的，甚至我们可以说这就是意乱情迷的人说的“胡话”。我们再细想，这种孤注一掷的勇气里面似乎又隐藏着对于困难的担忧。“天堂”一词则表达了诗人的极度幸福感，同时，也为最后一节“神”的出现做了铺垫。

“哦，无穷的山水，你腕上羞怯的脉搏／神的望远镜像五月的一支歌谣／看见我们更清晰，更集中，永远是孩子／神的望远镜还听见我们海誓山盟。”第四节开头的“无穷的山水”，像一个空镜头缓解了上一节的紧张和激动的情绪。这样一个远景马上接的是一个大特写“你腕上羞怯的脉搏”，这个两极景别的切换利用了相似转场而别具意味。——我们甚至可以用“奇妙”来形容。我们也可以这样理解，正是因为我感到了你的脉搏，意即我们成功“牵手”，所以，我感到了“生命如此浩大”，看到了“无穷的山水”。这里，在我看来，“羞怯”一语也是别有深意的，它表达了东方女性的传统之美（前面介绍的张枣的成名作《镜中》也有“面颊温暖，羞惭”之语）。同时，我们不妨说，这也是在“用典”。它会让我们想到英国的玄学派诗人安德鲁·马维尔（Andrew Marvell）的名诗《致羞怯的情人》。在最后一节，望远镜已经从我们手中转换到神的手中，诗人是在说，我们在一起不仅是我个人的想法哟，也是神的旨意。“永远是孩子”是说我们应该抛弃隔膜，纯真赤诚地面对。就意思来说，这还是如前面提到的那首流行歌曲中唱的：“但愿我们感动天，我们能感动地，让我们生死在一起。”——“诗歌开始于散文停止之处”，这是张枣非常认同的一句话。所以，张枣没有用散文的语言而是用了诗歌的语言表达了这个“意思”。换言之，对于现代诗歌来说，重要的不是“说什么”，而是“怎么说”。

通过对《望远镜》一诗的解读，我们能够更好地理解柏桦对于张枣的评价：“张枣正是‘化欧化古’的个中高手，同时亦是写意象的圣手，其手腕恐怕只有小说中的张爱玲或可略略上场来比比。”[①]北岛对于张枣的也有如下评论：“他以对西方文学与文化的深入把握，反观并参悟博大精深的东方审美体系。他试图在这两者之间找到新的张力和熔点。”[②]朱光潜先生曾著文比较过中西爱情诗的差异，他说中国爱情诗长于“怨”，而西方爱情诗长于“慕”。而我们解读的这首《望远镜》，毫无疑问，是一首“慕”的杰作。

① 柏桦《张枣》，宋琳、柏桦：《亲爱的张枣》，江苏文艺出版社，第49页。

② 北岛《悲情往事》，宋琳、柏桦：《亲爱的张枣》，江苏文艺出版社，第85页。

回不去的地方叫故乡
——读王单单《滇黔边村》

这首《滇黔边村》，我曾给一位爱好诗歌的中文系的学生看过，他说这很难叫作诗，无非是把散文分了行。我能理解，他之所以很难接受这首诗，是因为他头脑当中已然形成的诗歌范型，即或者是有着韵脚的优美的抒情诗或者是表情含蓄而朦胧的意象诗。而这首诗显然与之相去甚远。

其实，对于现代诗来说，它有一个最显在的形式上的特征，便是分行。而这也构成了一种文体的强制性。换言之，只要是分行了就是诗歌，或者更准确来说，作者主观上就是在创作诗歌，而不是其他文体。美国的诗人威廉斯曾写过一首著名的实验诗《便条》："我吃了／放在／冰箱里的／梅子／它们／或许是你／留作／早餐吃的／请原谅／它们太可口了／那么甜／那么凉。"如果不分行的话，这就是日常生活中一张贴在冰箱上的便条，我们只需知道梅子是被一个友人吃掉了就行了，信息的接受过程就完全结束了。如果分行了，那么它就成了一首诗，我们的阅读期待和接受心理都随之发生变化。我们能从中读出原本的便条所不具备的东西，比如节奏，比如韵脚（读英文原诗，我们能明显看出这首诗是押头韵的），比如对一些事物或单词的强调。当然就诗歌的意义而言，我们也不会再停留在便条原有的表意信息，我们会思考字面意义之下的隐喻意义——或许，它表达的是身体的本能欲望与道德、礼教、习俗之间的矛盾冲撞。（顺便提一下，第三代代表诗人、同样是云南诗人的于坚也写过不少的“便条诗”。）当然，绝不是说所有的文字只要是分了行就成了诗。对于王单单来说，他已然成长为“80后”诗人中的翘楚，屡屡获奖，可以确定的是，他对于诗歌已经有了明确的认识和自己的理解。因此，这首诗就不会是王单单由于能力问题而“没写像”。或者我们可以说是“写得不像诗”是诗人的主动选择。老诗人彭燕郊早就提出，“要有胆量写不像诗的诗”。而小说家汪曾祺先生也说过，（短篇）小说宁可写得什么都不像，只要不像小说。这些看似拧巴的说法，其实道出的是作家对文学自由精神的体认，对于固有刻板风格的突破，对陌生化效果的探索。可以印证的是，王单单在《诗话》里明确表达过对于诗歌求新的看法：“诗无定势，水无常形，写诗的人应该知道，只有滚动的石头才不会长青苔。”

这首诗有着明显的叙事性，类似于为村庄写志，时间跨度大，所涉及的事件也不少。因此这首诗的“载重量”是极大的。它不仅上溯古代，讲到了村名的由来，还讲到了村庄的特殊位置以及风俗和轶事、趣事（这座“边村”容易让人联想到沈从文的“边城”）。地理位置的边缘也有着它的优势，这在具有中国特色的计划生育运动中发挥了“用武之地”——这部分内容在这首具有沧桑感的诗歌当中呈现出某种喜剧性的色彩。它一直写到了20世纪90年代，写到了工业化对于僻远的边村的冲击的现实场景，那种类似于陶渊明笔下桃花源的白发垂髫怡然自乐的古典农村已然败落成为了空村。这首诗又不仅仅是写村志，还写到了自己的家族谱系，写到了祖父，写到了父亲。这又让人想到海子的名诗《亚洲铜》：“祖父死在这里，父亲死在这里，我也将死在这里／你是唯一的一块埋人的地方。”按照马斯洛的需求理论，归属感是我们人类的本能需求。同时，人又是历史性的动物，伏尔泰说过，“人是什么，不是靠对人本身的思考来发现，而只能通过历史来发现”。所以，对于人来说，对于历史的追本溯源也就成为一种本能冲动。人有回忆过去的自觉意识，而对于人文知识分子来说，追忆就成为了基本的精神活动，“寻根”和“返回”也就成为常见的写作方式和写作母题——尤其是在这样一个浮躁空心的时代，人们处于一种漂泊无根的状态，对于家族谱系（深层是精神谱系）的追认和归属才让人内心安稳。王单单在《诗话》中如下的话，我认为就是在这个意义上说的——“时光催促我走向虚无，只有诗歌命令我返回。独自去乡间，会把童年走过的路重复走很多遍。喜欢路旁的打碗碗花、蒿草、接骨木，还喜欢竹林中的蝴蝶、斑鸠、金龟子。‘多识于鸟兽草木之名’，与人类相比，它们更懂得诗意地栖居，它们更接近诗歌的本质。”就写作的本质而言，文学总是一种处在现在（写作时间）而与过去（故事时间）发生联系的精神活动，是现在对过去想象性地“重演”，是使已经流逝的过去变成现在的过程。诗人对往事的追忆的过程中，两只脚一只站在往事如烟的过去，另一只立足现在。他返回过去的同时，又把现在的某种认识或文化带回到了过去——诗歌当中对于过往的桃花源式边村生活的叙事，难道不是一种源于生态危机、人心不古的当下现实的对位性想象吗？文学写作就是这两种时间交互渗透并在距离中来透视的精神游历过程，这也呈现出文学的历史感。

这首诗又不是纯粹的叙事诗，它有明显的叙事性，但发展到最后还是以抒情遣怀收束全诗的。或者我们也不妨说，诗人用意并不单单在于给边村写志，叙事是为了最后的抒情而铺陈的，二者是相互支撑的。最后的抒情也是一种克制陈述——“阔别十六年，梦回官抵坎／曾经滇黔交界上的小道／我从云南找到贵州／又从贵州找到云南／都找不到我少时留下的尿斑。”结尾和诗中间的“余幼时顽劣，于滇黔中间小道上／一尿经云贵，往来四五趟”构成了呼应，同时也构成了“阔别”故乡多年之后的现在与幼时记忆的对比。幼时的记忆已然消散不可复寻，而故乡也成为回不去的地方，只能是一种想象性的精神源头。地理位置上的故乡已经不是记忆中的故乡，因为那种源头性的文化氛围和精神气息已然不复存在。这首诗与王单单一些诗有着互文性，比如《数人》《雨打风吹去》等。《数人》写到了故乡家族的人事消磨给诗人带来内心的惊悚；《雨打风吹去》则写到了诗人“在故乡找故乡，二十九年雨打风吹去”的无奈与苍凉。诗歌的阅读需要文本的细读，我们需要注意到“梦回”一词。故乡，只能从梦中返回。从精神分析的角度来理解，故乡出现在梦中，是出于对于现实缺憾的补偿。故乡，不是作为地理位置的故乡而是作为能带来精神安慰的故乡，虽然已然“雨打风吹去”，但仍让诗人难以忘怀、魂梦牵系。而结尾的“梦”与前面的叙事构成了虚实相生的关系，从而形成了可堪回味的想象性空间。这里我们还需要注意到意象。“尿斑”是不雅不洁的意象，与我们在诗歌中惯见的优美的意象大异其趣。这也让我们容易想到“莽汉诗人”李亚伟的代表作《中文系》的结尾：“中文系在梦中流过，缓缓地 ／像亚伟撒在干土上的小便，它的波涛 ／随毕业时的被盖卷一叠叠地远去啦。”正是这种具有日常生活细节的、身体性的写作带来了 20 世纪 80 年代中后期的诗歌审美趣向的新变。我们也可以这样理解，只有动物才靠着身体或体液的味道找寻回家的道路，而诗人借这个不雅不洁的意象所表达的就是那种原始性的、质朴无华的情感。

从声音层面，这首诗也明显不同于我们文学史上如《漳河水》《王贵与李香香》那样的传统叙事诗。传统的叙事诗基本都是借鉴古典诗词和民歌的调性，有着韵脚，每行有着大致相等的节拍。这首《滇黔边村》却不是那样的顺畅、朗朗上口。它虽然大量地连用了古典诗文中的三字句、四字句和五字句，但它又是“防滑”的，比如：“香火有五，我父排三／邻舍出资，我父出力／背土筑墙，割草盖房／两省互邻，鸡犬相闻／有玉米、麦子、土豆、高粱烟叶等／跨界种植，一日劳作汗滴两省／余幼时顽劣，于滇黔中间小道上／一尿经云贵，往来四五趟／有时砍倒云南的树，又在／贵州的房顶上生根发芽。”总是在这种古典句式刚形成顺滑之势时插入白话句式，使其形成一种拗和涩，而这正是现代诗歌的趣味点。诗歌当中插入的两段民歌也与叙事的语调形成一种冲撞。此诗结尾的几行又是押了 an 韵的——这也可能是出于作者的无意识当中的运用——形成了虽然文字终止，但梦境、情感继续延展下去的效果。

【附】王单单：《滇黔边村》

滇黔交界处，村落紧挨
泡桐掩映中，桃花三两树
据载古有县官，至此议地
后人遂以此为名，曰：官抵坎
祖父恐被壮丁，出川走黔
终日惶惶，东躲西藏
携妻带子，落户云南
露宿大路丫口，寄居庙坪老街
尘埃落定于斯，传宗接代
香火有五，我父排三
邻舍出资，我父出力
背土筑墙，割草盖房
两省互邻，鸡犬相闻
有玉米、麦子、土豆、高粱烟叶等
跨界种植，一日劳作汗滴两省
余幼时顽劣，于滇黔中间小道上
一尿经云贵，往来四五趟
有时砍倒云南的树，又在
贵州的房顶上生根发芽
官抵坎毗邻贵州沙坝村
戊辰年（1988年），计生小分队搞结扎
两村超生户换房而居，同样
日出而作兮日入归，奈何不得
庙坪、官抵坎以及黔之沙坝

上北下南，三村相连，官抵坎居中
一家有红白喜事而百家举
满堂宾客，会于一地，酒过三巡
便有沙坝村好事者唱到：
“官抵坎，泡桐林，家家出些读书人
庙坪街，土墙房，家家出些煤匠王”
庙坪不服者引吭对之：
“莫把别人来看轻，其中七十二贤人
能人之中有能人，看来不是等闲人
看你要定哪条行，我来与你定输赢”
歌声磨破夜空，每每通宵达旦
官抵坎，官方域名大地社
寻常百姓如大地之沉稳朴实
杂姓寡，王姓人家十之有九
白天事农，夜里各行其事
垂髫戏于院，豆蔻嬉于林
弱冠逐于野，而立、不惑、知命者
或者棋牌，或者谈论女人和庄稼
偶有花甲古稀不眠者
必有叶子烟包谷酒侯之
90年代后期，官抵坎
有女嫁人，有儿远行
剩下老弱病残留守空村
阔别十六年，梦回官抵坎
曾经滇黔交界上的小道
我从云南找到贵州
又从贵州找到云南
都找不到我少时留下的尿斑

“我还欠故乡一首不长不短的诗”

——《姐姐，我又想你了》细读

“在他乡，我就是一块沉默的石头／身上长满怀念的青苔／我的心向着太平洋上的台风疯狂地生长／我必须写下检讨书／并且时刻提醒自己／我还欠故乡一首不长不短的诗”，这是方石英在一首名为《在他乡》诗中写下的诗句。在他新近出版的诗集《石头诗》自序中，他又提到欠故乡一首诗，并说“也许这首诗我会写一辈子”。的确，方石英反复地写到故乡台州，写到路桥十里长街，那是一条诗人“内心隐秘的河流”，当然也反复写到故乡的人。这首《姐姐，我又想你了》就是诗人内心隐秘的河流上泛起的涟漪，是一首挚情的乡思／相思诗。

读罢这首诗，不能不想到两个文本。一个是海子著名的《日记》，“姐姐，今夜我不关心人类，我只想你”，这样深情而执拗的诗句不知打动了多少诗歌青年的心。另一个是张楚轻摇滚的代表作《姐姐》，“姐姐，我想回家，牵着我的手，我有些困啦”，这首进入千禧年仍然流行的歌想必是1980年出生且喜欢音乐的方石英经常哼唱的。在这首写于2005年的《姐姐，我又想你了》诗中，对于“姐姐”一遍遍的喃喃呼唤，与这两个文本是相同的，而其中深沉的情愫也是一般无二的。

“姐姐，我又想你了”，一个“又”字表达出的是想念的多次重复，也是想念的累积。在燎原著的《海子评传》中，我们读到海子《日记》中的“姐姐”实有所指，背后有着海了与“姐姐”一段暧昧的故事。而这首诗，我曾在网络上看到一个版本，它还有个副标题——“致 L”，由此看，这当是一首写相思的情诗了。这个字母当然也能引发读者的好奇心，并展开关于这首诗的“本事”的想象。然而，副标题的删除，造成了理解的多义性。多义性是现代诗的一个基本特质，而从诗歌的阐释角度，姐姐也完全可以作为指代故乡的一个符号，作为一首“乡思”诗去理解也是大致不差的（就像曾为刘半农的《教我如何不想她》作曲的“清华四大导师”之一的赵元任解释诗中“她”既可以是爱人、恋人，也可以是故乡，是祖国）。这里，是姐姐，不是妈妈或者妹妹——妈妈需要顺从，妹妹需要照顾，而姐姐则是混合着依恋和爱慕的对象，这是二十几岁的青年笔下经常描绘到的抒情符码，一如二十几岁的海子和张楚。这首诗共四节，每节都是八行，这可以看出方石英在诗歌写作中具有形式的自觉性。在朗诵中，“姐姐，我又想你了”反复三次出现（包括诗歌题目），这种一咏三叹的复沓，使得抒发的情感层层累积，增加了抒情的浓度，同时，也以主旋律的形式，构成了诗歌的内部节奏。

让我们回到这首诗的第一节——

但愿还有多余的纸张
可以用来涂鸦
或者折一只精致的纸飞机
飞进黄昏幻想的夜幕
我曾在台风不知疲惫的嘶喊中
想起台州，我海边的故乡
稻草人立在田头
倾听被露水打湿的虫鸣

开首的“但愿”一词，透露了诗人的情绪：犹疑、不确定和期待。可以用来涂鸦的“纸张”可以代指诗歌（在《运河的月亮》一诗中，诗人还写下“多少次我是一张洁白的宣纸”）。在我看来，这种情绪与方石英的诗歌观存在着直接的关联，他说，“诗人无为。即使这样，我依然相信诗歌，相信会有人洞察我诗中的一切，也许我所能呈现的只是一种‘无能的力量’”。诗人身上“长满怀念的青苔”，深刻检讨自己对于故乡的亏欠，但是写下的文字怕也只是“秀才人情”。因此，“但愿”一词透露出的或许就是诗人的无为和“无能”。对于这种个体生命的无能感（powerlessness），有评论者阐释为“是工业社会文明对于传统农业文明侵蚀带来的情感负面效应，是纯棉时代向钢铁时代转型带来的价值危机”[①]。而接下去的“幻想”和“稻草人”两个词语也与此构成了同频共振的关系。值得一提的，方石英还写过一首《稻草人》，开头便是“起风的时候，我开始幻想”。诗中写道，“我看见天真无邪的脸上／有委屈的泪水／却无法上前安慰／我看见最美的风景里／生长着贫穷／但永远不能开口说出”，这同样是无能和无力的透露。在《姐姐，我又想你了》第一节中，由“台风”而“台州”，这种音节的滑动最终引出了海边的“故乡”这个重音词。“台风不知疲倦的嘶喊”与“被露水打湿的虫鸣”两种声响构成了一种张力关系，呈现出的故乡既让人挂念担忧，又让人怀念依恋。

从第二节开始，从故乡的背景上浮现出了“姐姐”的形象。这是诗人“不可救药的回忆”的反复放映。故乡、童年和“你”构成了诗人回忆的源头。第二节写的是春天，是晴天的湛蓝的天空和柔软的白云；第三节写的是天气转凉的秋天，是雨季中的廊檐下你和我的心照不宣。“轻轻”有着难以言传的温柔与美好，或许也有着类似于浙江另一位诗人徐志摩所体验的“甜蜜的忧愁”。二三节这种结构方式，巧妙地传达对于故乡和“你”的无时无刻全天候的想念——这种结构方式很可能是对前面提到的刘半农的名诗《教我如何不想她》巧妙构思的借鉴。诗人把“光滑的青石板”比拟成“岁月的底片”，非常具有

① 赵思运：《钢铁与水泥时代的精神画像——方石英短诗赏析》，名作欣赏，2012（35）。

质感，缥缈的回忆也变得坚实起来。

诗歌的最后一节——

姐姐，我又在想你了
在他乡歌声低沉的水边
喝酒，只需要一点点
我就醉了，耳边响起你的小提琴独奏
洞穿深秋月光弥漫的心脏
我看见你黑色的睫毛闪动
预感洁白的雪花就要飘下来了
姐姐，我想现在就回家

在这一节中，出现了与首节“故乡”相对位的一个词“他乡”。“只有身在他乡，才会真正拥有故乡。”这是诗人方石英小时候听爷爷讲的。（据诗人自述，“方石英”这个刚柔相济的、看起来像是笔名的真名，也是爷爷给起的。由此可见，这位老人是一位乡镇上的智者。——而方石英诗歌中的沉思品质，当是有着遗传的基因。）方石英有一首诗《天黑下来了》与此处有着互文性——“天黑下来了／黑下来了／只剩下我独自一人／在他乡的水边／感受凉意／那些倒背如流的诗篇／让我想哭／此时我看不见鱼／鱼也看不见我／石头不说话星辰有如童年的灯盏／亮在头顶／她们是重要的／只有我是多余的。”这种多余感是诗人思念故乡、“想你”的心理动因。诗人无所皈依、无从慰藉，尽管“月光弥漫”——方石英在《最后的夜》写道：“月光打在城市也打在乡村／其中的区别只有流落他乡的落魄者清楚。”这种情况下，借酒杯浇心中之块垒也便顺理成章。诗人在诗歌中多次写到喝酒，比如：“可是我还在喝酒，幻想一把古琴／断了弦，高手依然从容演奏／弦外之音，驴鸣悼亡也是一种幸福／／异乡的星把夜空下成谜一样的残局／趁还醒着，我喝光，命运随意。”（《在微山》）在最后一节里，在诗人的醉意中，由他乡的歌声叠化成“你的小提琴独奏”，“洞穿”一词写出“流落他乡”的诗人的内心痛感。而“月光弥漫的心脏”这个独特的意象，在我看来，似乎也是脱胎于海子诗句——海子在他的名诗《亚洲铜》中写道：“我们把黑暗中跳舞的心脏叫作月亮。”而接下去的“黑色的睫毛”与“洁白的雪花”的对位也构成了一种张力关系。这里颜色构成的张力与首节中音响构成的张力，连同最后一节的“他乡”与首节的“故乡”，形成一种首尾的对应，使得整首诗歌的结构有机而完整。我想，正是由于这种语言、意象的创造和形式的自觉和严谨，所以陈超先生说：“方石英的诗扎根在生存的土壤里，但并不是对生活的摹写，而是有着吸引人的想象力和沉思品质。”[①]

诗人潘维曾如此评断方石英的诗歌：“是80年代诗人中纯粹抒情的一种典范。他传统地围绕着一个主题：情感。但他的声音传递出人性在这个时代所能表达的脆弱和坚定。”[①]的确，方石英的诗歌中有着一种执拗的抒情。是的，只有身处他乡，才会拥有故乡。在农耕文明已然成为过往，纯棉时代被工业时代、商业时代所代替的当下，越来越多的人成为拥有故乡的人——因为他们要到远离故乡的繁华城市淘金、逐梦。而对于生长于斯的故乡，对于成为生命一部分的故乡的人，则是魂梦牵系，尤其喧哗落尽天色将晚个人独坐的时分。所以，可以在方石英的诗中发现“暮色”“天黑下来”“夜晚”频频出现。“还”故乡一首诗是容易的，但是，对于现代人来说，故乡已然成了回不去的“远方”——从某种程度上，这也更增添了它的魅惑。对于将诗作为回忆、作为白日梦、作为生命印迹的诗人方石英，“欠”故乡的一首诗也许会写一辈子。

---

① 陈超：《方石英诗集〈独自摇滚〉短评选》，诗探索，2010年，第3辑。

读魏维伟《我用过的时光完好如初》

我用过的时光完好如初，新的一样／我是说那间小学，那些院子里一个暑假长高的杂草／那些不知被谁悄悄写上了童年心事的桌椅／还有那些被门窗关闭的天真的年代，都是／我用过以后重新搁在那里的

再过八九天，一些孩子们将把梦想安放在这里／他们眼到口到手到心到，没有精力研究／课室里的时光是不是残留／另一些人十几年甚至更久的余温

我当然不会告诉他们，一个陌生人／曾经试用过他们的未来／我不会告诉的人，还有自己／——那个盗用我姓名和肉体的人／正在给我用过的时光上锁

那么多完好如初的时光／无数比我年轻的人正在排队使用／而我却回不去了／它们整整齐齐地码在一起，像箱子砌成的墙／但箱子里，没有留下我的任何讯息

这首《我用过的时光完好如初》，作者名叫魏维伟。“魏维伟”只是她所起的笔名，初衷似乎是为回避性别身份所带来的利益（或许还有被窥视的欲望），而且她也谈到她的诗歌与一般女诗人不同——按我的理解，应该是追求那种坚

实、大气的风格，回避脂粉气及“小女人”趣味。我觉得这个笔名也可以进行深度阐释。我初听到这个名字，立刻想到打电话的声音。在这个信息时代，电话（手机）成了人们必备的工具，甚至不仅仅是工具——试想一个人如果连续三天离开了电话（手机），用小资产阶级女性的话说，没准儿会崩溃的。电话成了人们沟通交流的重要途径，而“喂—喂—喂”的声音说明了通信遇到了障碍，或是信号不好，或是对方根本不在听。这多么像是这个商业化、娱乐化、时代先锋诗歌（诗人）所遭遇的境状，诗人在这个时代里充当着一种“坚持赠送礼物的人”的尴尬角色。

这首诗是魏维伟的近作，一首“追忆”之作，是对逝川的追溯，对过往的回忆。在我看来，作为人类的精神行为，“追忆”是可以分为两类的。一种是被动的，即做梦。我想，魏维伟也是经常做梦的，因为她的博客就取名为“云儿天生爱做梦”。魏维伟不仅爱做梦，而且爱“说梦”，即做诗——按弗洛伊德的说法，艺术创作是一种“白日梦”，因此，或可以说，做诗就是一种“痴人说梦”。“追忆”的另一类形态即为做诗（此处“诗”可泛指一切艺术创作），它是人类的一种主动的精神行为。

《我用过的时光完好如初》在追溯与回忆中，诗人的生命经验与情感记忆相互纠结，而心灵隐秘的纹理得以静静地舒展。“我用过的时光完好如初，新的一样”，这首诗起首的诗句无疑是一种悖论。这样的悖论恰切地表达了当诗人遥遥地回望过往时所产生的恍惚感，那些过往似乎不真实起来（所谓的“人生如梦”），已没有证据证明我们曾经如此的“在”。所以，与开头相呼应，结尾的诗句是“它们整整齐齐地码在一起，像箱子砌成的墙／但箱子里，没有留下我的任何讯息”。我初读时，曾觉得“新的一样”是蛇足之笔，如省去，更简洁。但后来，发现它又是恰当的，因为这种表面上的语意重复，恰恰能形成一种“絮叨”的语调，而这种语调又恰与恍惚低回的感受相契合。作为一种追忆，诗歌挽留了我们的生命体验，抵抗了记忆遗忘的速度，擦亮了被锈蚀的时光之锁——“那个盗用我姓名和肉体的人／正在给我用过的时光上锁。”因此，可以说，诗人是在做着违逆上帝的工作（上帝给我们设定了时间一次性、不可逆的编程），他（她）们是幸福的，这种幸福是带着精神上的战栗的幸福，甚至是带有宗教感的隐秘的幸福。基于此，我们便不难理解，诗人甚至甘于物质上的贫困而紧紧拥抱“以梦为马”的诗歌。

《春天的拖拉机》赏读

春天，我要说的是一辆拖拉机
它冒着烟，摇摇晃晃，给一条石阶路
带来绵延的颤栗

透过车窗，碾米店、打铁铺和更多的房屋
也在摇摆——慢腾腾地
我要说的一辆拖拉机，迎着
一个孩子的目光，冒着烟，拐一个弯
和青草一起上了山冈

我要说的一辆拖拉机，如果将它缩小
再小一些，能不能变成一只蚂蚁？
请听，它的身体发出大地的轰鸣
从耳朵出发，抵达我的鼻腔，最终
加重了春天的呼吸

春天，我要说的一辆拖拉机从眼前
经过。它摇摇晃晃，扬起了
潮湿空气中的一路灰尘

“喜柔条于芳春”，对于诗人来说，“春天”绝不只是时令上的一段物理时间，更是一个文化上的心理空间。说春天是“诗歌的季节”丝毫不为过。春天，万物复苏，万象更新，善感的诗人的“内宇宙”与之相应和，柔情荡胸，踌躇满志，于是，笔端新新顿起，流淌出清新的诗篇。啊，在遥迢的诗歌长河里，有多少耳熟能详的有关春天的诗句向我们涌来：“春江水暖鸭先知”“草色遥看近却无”“吹面不寒杨柳风”“二月春风似剪刀”“姹紫嫣红总是春”……

诗人三子的《春天的拖拉机》就是一首春天的咏叹调。

与我们阅读惯例不同，诗人并没有选取莺啼燕语、柳绿花红这类自然物象，诗的首句，在作者呼出春天的名字之后，却把我们目光指引向了崭新的意象：一辆突突作响冒着白烟的红色拖拉机。春天总是悄然而至的，人们总是邂逅一些“契机”才恍然惊呼：哦，春天来了。在这首诗中，正是一辆拖拉机使诗人陷入了“出神”状态——或许是拖拉机“突突突”的声响使诗人猛然听到了春天的心脏的跳动。一种歌颂的欲望上升到嘴唇，“拖拉机”立马儿被作者捉住为春天“赋形”（拖拉机作为农业工具，是与广袤的乡间／土地背景相联系的，更使我们容易感受到“春回大地”的激动）。这首春天咏叹调的抒情是内敛的，它隐匿在叙述一辆拖拉机行程的情境里。而且，诗中只用“青草”和“潮湿的空气”作为春天的注脚，可谓“深文隐蔚”。

从这首诗的肌质上分析，“一辆拖拉机”的四次出现，回环往复，通过音节上的重复振荡，使看似不动声色地叙述呈现回环、宛转和悠扬的节奏，令人感到无穷韵味。同时，“摇摇晃晃”“慢腾腾”这些叠字的运用也有助于造成形式上的整齐，加强了声调上的回应、和谐的效果。而形式上的这些特点，恰恰与春天带给我们的优美和谐的感觉构成“同构”关系。

整首诗结构匀称（首末两节各三行，中间两节各五行），意广象圆。它将抒情化若无痕地溶在叙述之中，无言独化，余味曲包。吟咏间，我们仿佛看到一辆拖拉机满载春天，摇摇晃晃地，用它竖立起的鼻腔，健壮地呼息着："突突突"地向我们走来。

用思想消弭恐惧

每当我害怕，生命也许等不及
我的笔搜集完我蓬勃的思潮，
等不及高高一堆书，在文字里，
像丰富的谷仓，把熟谷子收好；
每当我在繁星的夜幕上看见
传奇故事的巨大的云雾征象，
而且想，我或许活不到那一天，
以偶然的神笔描出它的幻相；
每当我感觉，啊，瞬息的美人！
我也许永远都不会再看到你，
不会再陶醉于无忧的爱情
和它的魅力！——于是，在这广大的
世界的岸沿，我独自站定、沉思，
直到爱情、声名，都没入虚无里。

（查良铮 译）

这首十四行诗名为《每当我害怕》（When I Have Fears），作者是济慈（John Keats），英国浪漫派代表诗人。这首诗从句法上看是一个大长句子，即由三个“每当”（when）引导的状语从句和由一个“于是”（then）引导的表结果的主句。如果从所谓的“主题思想”上说，这首诗也并不新鲜，无非如佛家所说的爱、憎、嗔、痴、怨到头来皆是空，也即诗的结尾出现的“虚无”（nothingness）。我国最引为自豪的经典《红楼梦》也是在说“神马都是浮云”，繁华尽历的顽石最终遁入空门，最后落得个“白茫茫大地真干净”（此诗中也用到了“广大的世界”）。据说，罗马人恺撒大帝，威震欧亚非三大陆，临终告诉侍者说：“请把我的双手放在棺材外面，让世人看看，伟大如我恺撒者，死后也是两手空空。”尽管这个道理无人不晓，可是人生在世，大多是能收不能“放”，故而才会人生“苦”短，才会生出许多恐惧。

第一句中的“生命也许等不及”，原文是“cease to be”，——我们都会想到那个丹麦王子那句著名的“to be or not to be ”，——也即海德格尔所说的“在”。只要“在”，我们就会或者有可能会“占有”，满足我们的各种欲望（当然也包括生的本能），所谓“留得青山在，不怕没柴烧”。到了“cease to be”的时候，我们不可能不恐惧，所谓“视死如归”，并不容易。

第一个“每当”引导的从句中的“笔”“书”与诗人的工作相关，诗人／作家就是用笔和书来体现自身的价值的，或者用巴尔扎克的意思说，他们就是用笔来征服世界的。这里需要指出的是，“搜集”一词的原文“glean”既有收集的意思，同时还有“拾穗”的意思，正是由于这个词的运用才牵引出了下面的比喻“像丰富的谷仓，把熟谷子收好”。这里正好印证了“诗是用语言来写的，不是用思想”的说法。

三个“每当”引领的从句，各占四行，且通过三个韵脚的转换（很遗憾，即便是查良铮这样的翻译名家，这样的韵脚安排在汉译时也不能完美体现了），条理分明。第一个“每当”从句是说作家的完美工作，我们或者可以“美名”代指；第二个“每当”从句则是说的“美景”，仙境之美；第三个“每当”从句则是“美色”。如此多的“美”，我们都想占有，就像浮士德所说的，“太美了，请我停留一会儿”。当想到我们无法继续占有的时候，我们就是心生颓唐、悲凉、恐惧。——然而，这个无奈的事实也就是人类的宿命，在劫难逃！

即便是这位风华俊赏的大诗人济慈，面对此种终极困局所能做的也只是“沉思”——诗人以分行断句的形式使这个词得以凸显——或许如笛卡尔所说的，“我思故我在”。如果说，前面三个“每当”从句无疑是重在抒情（抒发出了那种恐惧、遗憾、感叹），那么，最后这个“于是”引领的主句重在写景。最后描绘的是一个“广大的世界的岸边”，让它容纳甚至是消解前面堆积的那种种恐惧和遗憾，它让我们联想到初唐四杰之一的陈子昂登幽州台那种孤单的身影。然而与“念天地之悠悠，独怆然而涕下”的悲怆不同，这最后主句的语气是从容的、镇定的（与前面从句的气喘吁吁形成对照），“站定”一词也表明诗人经由“沉思”，终于了悟并认领了命定的浮生若寄的结局（顺便提及，济慈生前自撰墓志铭是：Here lies one whose name was written in water），先前心生的恐惧由此也得以平复。这是一首对自我生命进行反思的诗。唯有明了“向死而生”，方能更好地对“生”的意义进行估衡，并更高效地让“生”发出光亮。当然，对于其中的虚无思想，作为欣赏者应该加以摒弃。

朝圣者的灵魂

——读《当你老了》

《当你老了》是时下流行的一首歌。可是很多人不知道，这首歌是改编自一首同题诗，那便是爱尔兰诗人、1923年诺贝尔文学奖得主叶芝（W.B.Yeats，1865—1939）的名诗《当你老了》（When You Are Old）。我们下面读到的这首诗是袁可嘉的译本，也是在众多翻译版本（冰心、飞白、裘小龙等名家都曾译过此诗）中流传最广的——

当你老了，头白了，睡意昏沉，
炉火旁打盹，请取下这部诗歌，
慢慢读，回想你过去眼神的柔和，
回想它们昔日浓重的阴影；

多少人爱你青春欢畅的时辰，
爱慕你的美丽，假意或真心，
只有一个人爱你那朝圣者的灵魂，
爱你衰老了的脸上痛苦的皱纹；

垂下头来，在红光闪耀的炉子旁，
凄然地轻轻诉说那爱情的消逝，
在头顶的山上它缓缓踱着步子，
在一群星星中间隐藏着脸庞。

读这首诗得从一段失败的爱情故事讲起。故事女主角的芳名叫茅德·冈（Maud Gonne），1889年，叶芝初遇了这位爱尔兰争取民族自治运动的领导人之一、美丽的女演员茅德·冈，惊鸿一瞥间，如同曹子建邂逅“芳泽无加、铅华不御”的洛神，叶芝完全被茅德·冈的美丽和高贵所征服。在一首诗中，叶芝如此描述：“她／颀长而高贵，面庞和胸房／像盛开的苹果花儿一样鲜艳芬芳。”此后，叶芝展开了对这位“圣女”的追求，但屡遭拒绝。1893年，茅德·冈嫁给了一位爱尔兰军官，痴情的叶芝仍然对她念念不忘。在这位军官牺牲后，叶芝又向茅德·冈求婚，但仍然遭到了拒绝。茅德·冈成为了叶芝内心永远的痛。我们也可以说，茅德·冈的拒绝也成全了作为诗人的叶芝，他把这种神圣的爱以及爱的痛苦升华为一首首动人的诗篇。在诗篇中，叶芝塑造了一位光辉的女性，并把她牢牢地挽留在自己的世界里。茅德·冈有福了，她因叶芝不朽的诗篇而不朽。

这首《当你老了》，就写作于1893年，茅德·冈嫁人之后。这首诗的新异之处，体现在诗人没有采用第一人称抒情，甚至全诗都没有出现一个“我”字，而处处在说着“你”，诗人对“你”的念念不忘溢于言表；同时，这首诗的别出心裁还体现在对于时间的虚拟，也就是跳脱于当下的现实，而转入未来的时空，这在叙事学上也称作“预叙”。我们可以想象，设想自己心仪的美人老态龙钟、满脸皱纹并不是一件令人愉快的事，但同样我们可以想象，诗人当时需要这样做，否则就不足以平衡意中人别有怀抱带给他的巨大心理创痛。

诗歌的第一节中有两个意象“炉火”和“诗歌”，如果我们细细体味，会领悟到二者之间有一种彼此影射的关系——炉火是提供温暖之物，而诗歌中同样有着诗人炙热的真情。由第一行的“睡意昏沉”（“full of sleep”）自然引出了第三行和第四行的“回想”（“dream”）——由此我们也可以看出，把“dream”译作“回想”的不尽如人意之处。这里有着奇妙的时空关系，看似是从现在回想过去，其实是从将来回想现在。我们容易想到，这样微妙的体验也出现在李商隐的《夜雨寄北》中：“君问归期未有期，巴山夜雨涨秋池。何当共剪西窗烛，却话巴山夜雨时。”

诗歌，就是翻译中丢失的部分，美国诗人弗罗斯特如是说。这种说法当然极端，但也有着“片面的深刻性”。除上面提到的对“dream”一词的翻译外，原诗采用的是抱韵，韵式为“abba cddc effe”，这样相近的音质在一定位置重复出现，情感在一定区域回旋，使得诗人的情感得以充分渲染。因此，从忠实于原诗的音乐性来说，似乎把“睡意昏沉”换作“睡意蒙眬”更妥当。这种遗憾还体现在对第二节的后两行的翻译上。其原文是，“But one man loved the pilgrim soul in you，and loved the sorrows of your changing face”。“pilgrim”一词在诗中原本修饰“soul”，可理解为情人的心灵是圣洁无瑕的，也就是茅德·冈从事的爱国事业是神圣崇高的。但是，对“pilgrim”一词后半部分 -grim 的重读使其突出出来，grim 有冷酷的、无情的含义，使得“pilgrim soul”又具有了别样的意义。从中我们或可体会到诗人复杂的情感和心态：他赞赏茅德·冈坚定的革命立场，同时，对其无情而又冷酷地回绝自己的一片痴情也有着幽怨。台湾诗人夏宇有一首名为《复仇》的小诗，就是写的这种又爱又恨的情感：“把你的影子／腌起来／老了的时候／下酒。”而原诗中“pilgrim”一词在朗诵中产生的微妙的意味，在翻译中就丧失了。接下来的那句诗的翻译也同样，“爱你衰老了的脸上痛苦的皱纹”是一种静止的时态，而原文“changing face”则是进行时，意味着“我”时时刻刻都在爱着你。

最后一节，红光闪耀的炉火与第一节在结构上形成呼应，同时，我们是否可以这样想象，这反复出现的温暖的炉火是在从侧面衬托“你”内心的凄凉？

“你”在火炉旁“垂下头”，带着些许凄凉喃喃自问，是感伤、困惑、反躬自省、此情可待成追忆的懊悔等多种倾向的情景。本节第二行的“爱情”原文用了大写，指的“爱神”。爱神这个虚构的意象暗指诗人爱的神圣。而接下去的山和星星的意象，分别暗指世俗与天堂、坚韧与永恒，升华了意境，象征着诗人的爱跨越时空，圣洁超脱——哪怕是诗人的肉身已经消亡，但那颗忠贞于爱的灵魂仍漫步在山峦之巅，隐藏在繁星之间，深情地俯瞰着朝思暮想的恋人，即便是她已青春不在，满脸皱纹。

16世纪的法国诗人龙萨也写过一首同题诗，这两首诗的确有明显的互文性，但龙萨表达的无非是“有花堪折直须折，莫待无花空折枝”的及时行乐的主题，与叶芝诗中的谦卑、忠贞、圣洁的爱情有着境界的差距。因此，确实很难说叶芝受益于龙萨，还是龙萨因叶芝而扬名。兹将龙萨的十四行诗《当你老了》抄录于下，供看官品鉴——

当你衰老之时，伴着摇曳的灯，
晚上纺纱，坐在炉边摇着纺车，
唱着赞叹着我的诗歌，你会说：
“龙萨赞美过我，当我美貌年轻。”

女仆们已因劳累，而睡意蒙眬
但一听到这件新闻，没有一个
不被我的名字惊醒，精神振作，
祝福你受过不朽赞美的美名。

那时我将是一个幽灵，在地底，
在爱神木的树荫下得到安息。
你呢，一个蹲在火边的婆婆

后悔曾高傲地蔑视了我的爱
听信我：生活吧，别把明天等待
今天你就该采摘生活的花朵。

《哦，船长！我的船长！》细读

致力于废除黑奴制的美国总统林肯于1865年4月14日晚在福特戏院遇刺身亡，瓦尔特·惠特曼（Walt Whitman，1819—1892）对其满怀敬意，曾在1865年4月16日的札记中评价林肯有着“最伟大、最优美、最典型、最艺术、最高尚的人格”。这首《哦，船长！我的船长！》就是惠特曼1865年为悼念自己崇敬的林肯总统而作。全诗构思精巧，组织严密，语言深沉而炙热，是惠特曼赢得最高声誉，得到普遍赞扬的诗篇之一。诗的字里行间饱含着诚挚的情感，表达了诗人对林肯的敬仰与怀念之情。

这首诗的标题是短促的呼语，劲健有力，饱含激情。全诗由三个诗节组成，各诗节结构统一，句子排列整齐匀称。每个诗节包括四行长句和四行短句。四行短句都采用逐行缩进的格式书写。每个诗节的外形恰似一艘扬帆巨轮的剪影：鼓风的帆由四行长句构成，而四行短句则像是巨轮的船舷。全诗的三个诗节俨然三艘巨轮浩浩荡荡，扬帆远航。这种视觉效果恰好与诗的内容相得益彰。

隐喻和象征是惠特曼常用的写作手法。诗人自己创造景物，并在景物的具体细节上建立感情联系，不明确指出诗的主题，而是让主题从景物的具体细节中自然地流露出来。在这首悼念林肯总统的诗中，“林肯”或是“总统”通篇未现，而是以“船长”喻指美国总统林肯，“大船”则是美国的象征。“船长”这一比喻统领全文，使人联想到林肯在南北战争中作为一名军事统帅，运筹帷握，指挥若定，率领军队节节胜利的丰功伟绩。诗中提及的海上的暴风骤雨、激流险滩象征着内战中北方军队所遇到的艰难险阻。巨轮即将驶入港湾，象征着与奴隶制进行的斗争即将取得最后胜利。诗人在喻林肯为“船长”的同时，又唤其为“父亲”。“父亲”这一比喻，进一步加大了对林肯的赞誉。林肯总统不再只是一位军事统帅，而成了赋予子女生命并养育其成人的父亲。这是惠特曼对林肯缔造全新的无奴隶制国家的崇高赞誉。就在胜利在望、万众欢腾的时刻，这位英明睿智的“船长”、伟大的“父亲”却倒在了血泊之中。比喻和象征手法的运用，使诗人抽象的情感和想象变成可视的画面，从而勾勒出一幅令人扼腕心碎的场景。

在此诗中，诗人巧妙地设计、组合了意象群，从而增强了全诗的艺术感染力。诗人用长句描绘海岸上万众欢腾的场面。“旌旗”“花束”“花环”“人群”等视觉意象，“欢呼”“钟声”“号角”这些听觉意象融合在一起，构成了一幅热烈欢庆的场面。继而诗人又用短句描绘了“血在流淌”“血滴鲜红”“浑身冰冷”这些视觉意象和触觉意象，这些意象使人联想到船上令人悲哀的惨状。远处欢乐的场景与近处悲哀的场景形成强烈的反差，产生极强的悲剧效果。诗人这样于乐境中写哀，更使人倍感其哀。

反复是诗歌中最常用的一种修辞手段之一，可分为连续反复和间隔反复。连续反复就是对某一个单词、短语或句子进行不间断的重复。间隔反复就是把相同的词语隔开来使用，中间插进其他的词语，或者次序发生变化。这种反复修辞适于表现层层递增、不断发展的情绪，诗人的感情在反复咏唱中不断升华。在这首诗中，惠特曼也运用了这一方法。在诗作的第一节，作者在写到航船挺过惊涛骇浪即将到达港口，人们回望船上的甲板时，笔锋一转：“可是，心啊！心啊！心啊！”诗人连续三次重复使用“心”（“heart”）这个单词，表现了作者悲痛心情的急促变化，让人感受到了一颗悲痛的心在强烈地跳动，感情色彩浓厚，具有很强的抒情和强调效果。而这种连续重复同时又具有一种节奏感和音乐美，使诗歌读起来朗朗上口。在诗的第二节，诗人两次间隔重复使用“起来”这个短语，强化了语势，表现了作者的一种急切心情。而在描写群众欢迎的盛大场面时，诗人四次间隔重复使用了“为你”短语，音韵铿锵，把庞大的欢迎场面和浓厚的凯旋气氛烘托了出来，这和后面的船长倒下、全身冰凉形成了强烈的反差。而对于船长的倒下，作者也运用了间隔重复来进行描写，以“浑身冰冷，停止呼吸”作为每一节的结语，如同电影里的分镜头，多角度、反复播放，刺激着人们的视觉、触觉，给人以触目惊心的感觉。

美国著名诗人卡尔·桑德堡（Carl Sandburg）在《林肯传》中称赞惠特曼这首诗是“最奇幻、最富象征性”的一曲国殇。我们在经典的影片《死亡诗社》里可以看到对这首名诗的借用。在这部影片的片尾，当用全新的教学理念照亮了学生的生命的基丁老师被迫离开保守教条的学校时，伴着重音鼓，学生相继踏上课桌，喊出“Captain，My Captain”，观众由此达到情感的高潮。而且，基丁老师与林肯这两位改革者的悲剧形象叠加在一起，让人震撼并进而反思我们的教育方式和目的。

【附】Walt Whitman：《O Captain！ My Captain！》

O Captain！ My Captain！ Our fearful trip is done，
The ship has weather'd every rack， the prize we sought is won，
The port is near， the bells I hear， the people all exulting，
While follow eyes the steady keel， the vessel grim and daring；
But O heart！ heart！ heart！
O the bleeding drops of red！
Where on the deck my Captain lies，
Fallen cold and dead.

O Captain！ My Captain！ rise up and hear the bells；

Rise up –for you the flag is flung –for you the bugle trills,
For you bouquets and ribbon'd wreaths–for you the shores crowding,
For you they call, the swaying mass, their eager faces turing;
Here, Captain! dear father!
This arm beneath your head;
It is some dream that on the deck
You've fallen cold and dead.

My Captain does not answer, his lips are pale and still,
My father does not feel my arm, he has no pulse nor will;
The ship is anchor'd safe and sound, its voyage closed and done;
From fearful trip the victor ship comes in with object won;
Exult, O shores! and ring, O bells!
But I, with mourful tread,
Walk the deck my captain lies,
Fallen cold and dead.

第三辑
著作评论

当代诗歌的守望者

——吴思敬新著《中国当代诗人论》读后

近年来，吴思敬先生的著作迭出——还不算他主编的多部诗人研究论集、诗歌理论选集。当我又收到这部厚实的《中国当代诗人论》（社会科学文献出版社，2015 年版），心里由衷地感叹，年逾古稀的吴思敬真是一位勤恳、创作力健旺的“70 后”诗歌理论家和批评家！

而这一切，源于吴思敬先生对于诗歌的热爱，对于诗歌批评、诗学研究的热爱。在诗歌面前，吴思敬先生永远有一颗年轻的心。他屡屡提及，诗歌与青春相连，与梦想相连，“作为一名诗评人，我要永葆一颗童心，只有这样才能够与中青年诗人心灵相通，才能够在与他们的对话过程中，碰撞出更精彩的火花，从而让彼此对诗歌的理解和认识，进一步地升华，这也是我在不断学习和进步的过程。”由于吴思敬的“童心”，他才绝无高高在上的“泰斗”的架子和做派，能够与诗人们心灵相通，平等对话。即便是年轻的，甚或初涉诗坛的诗人在吴思敬面前也没有丝毫的隔膜和“代沟”之感。与一些早已“功成名就”的评论家不同，他始终关注着诗歌的场域，从未离开诗歌的现场。在诗坛上，他就是一个诗歌的守望者的形象，对于年轻的诗人，他更是“引渡者”。

诗歌批评是一项独立的事业，它并不是诗歌写作的附庸和次产品。在这部著作的“后记”里，吴思敬引用了陆游的诗句“六十余年妄学诗，功夫深处独心知”，表达了数十年来从事诗歌批评研究事业的不易的体会。从为学的角度看，诗歌批评是一种“术”，是对学术性和艺术包容性的整体考量，需要技术性的能力和水平；同时，它也是一种别样的“思”，是艺术鉴赏力和审美趣味的综合呈现，需要吴思敬所说到的“超越性”——对于诗歌文本的超越，对于诗人和读者经验和感受的超越。从根底上来看，诗歌批评更是一种精神，是艺术对于生存境界的砥砺，是对寂寞时间的坚守与对抗。吴思敬先生对于诗歌评论、诗学研究有着强烈的责任感和使命感，他多次表达过，诗歌是寂寞的事业，诗歌批评是更加寂寞的，但是他愿坚定地做诗歌批评的守望者。——不仅如此，笔者深知吴思敬先生对于他的入室弟子从事诗学批评，成为对于诗坛有贡献的批评家的殷切期望。

作为颇负盛名的诗歌理论家，吴思敬在诗歌理论建设领域早已卓然有成。早在20世纪80年代他就出版了《诗歌基本原理》《诗歌鉴赏心理》等理论专著，在此基础上，他又构建出了系统、新鲜的“心理诗学”，这部诗学著作被谢冕称为吴思敬“对中国当代诗学建设做出的又一扎扎实实的贡献”。同时，吴思敬又一直关注着诗歌写作的现场，写出了大量的有现实针对性的批评文章。多年前，在《诗学沉思录》的“自序”中，他曾自述，在诗学理论建设和诗歌批评领域，他不断地“交叉换位”。他认为，诗学理论研究和诗歌批评的进行最好能保持同步。“有了诗歌批评从生活和创作的源头带来的清清的泉水，诗学理论才会永远清亮、明净，滋润着诗歌的繁荣发展和一代代诗歌新人的成长。”吴思敬作为当代诗坛的亲历者和守望者，在诗歌潮流、诗歌事件和诗歌活动中，以理论家的身份完成对诗歌的批评，在其中呈现出他包容而谨严、扎实而求真的个人化风格。以其特有的对于诗歌的赤诚，以他的“童心”，以深厚的学养和敏锐的发现意识，以其批评的激情、理性与活力，拓殖了中国当代诗歌批评的疆域，深化了中国当代诗歌的研究。这部《中国当代诗人论》即是他的诗歌批评的成果。

《中国当代诗人论》所论涉的诗人甚多，分列为“归来的诗人”“朦胧诗人”“中生代诗人”“女性诗人”“西部诗人”“少数民族诗人”等专辑。对于业已在当代诗歌史上成名的“归来的诗人”，吴思敬立足于“重评”，即要把颠倒的历史再颠倒过来，从“知识考古学”的立场揭去覆盖在这些诗人身上的标签。在这部著作中，这个专辑让人印象深刻，尤其是对于邵燕祥、郑敏、牛汉、彭燕郊、辛笛的专论，都是沉实有力、独具慧眼的文章。比如，他对现代文学史所忽略的邵燕祥20世纪40年代后期诗歌的关注和研究，为邵燕祥后来诗歌创作的研究提供了新的视点；再如，他对彭燕郊的研究并没有囿于文学史关于“七月派”的评判，而是放在了20世纪诗歌发展的大背景之下，论述了彭燕郊对于中国诗坛的贡献。这些翔实的论述既深化了对于诗人的研究，也丰厚了诗歌史的研究。而另外专辑中所论的诗人都是青年诗人，或者是“当时的青年诗人”。关注青年诗人，一直是吴思敬写评论的初衷和着眼点——相对于“锦上添花”的评论，一位有作为有责任的批评家更应该做的是“雪中送炭”和“点石成金”。正如沈奇在《摆渡者的侧影：仁者无疆》一文中所说，三十年间，吴思敬以个我的鲜明立场、确切方向和卓越才识投身现代诗学和现代主义新诗潮，成就卓著、影响广大，同时更以仁厚、真诚、热切、亲和的仁者风范，相濡以同侪，相携于同道，奖掖晚学，扶助新生，兢兢业业，一以贯之，尽显“摆渡者”济世淑人的精神风貌。

古人讲，墨非蒙养不灵，笔非生活不神。吴思敬从事诗歌评论三十余年，有着深厚的学养、广博的视野和精敏的眼光，他的诗歌批评真正做到了“深入浅出”。从他的文章中，我们读不到艰深的“行话”、晦涩的术语，他对于西方和中国古典的诗学资源总能信手拈来，在评论中综合着诗歌文本的细读和诗歌史的整体把握。同时，他的评论的又一个独特的优势在于，由于他的年龄、身份和位置，他与所论诗人都有着或密或疏的过从，因此能够“知人论世”，给诗人一个更加全面的评判。

在这部著作的“后记”中，吴思敬曾提到，诗人元好问曾发出“谁是诗中疏凿手，暂教泾渭各清辉”的呼唤——毋庸置疑，吴思敬就是当代的“诗中疏凿手”！

诗与真的协奏

——读陈超新著《诗与真新论》

在中国当代诗歌评论界，陈超是一个稳健的形象——他一直保持着批评的激情和创作量的稳定，同时保持着批评的一击中的的精准和直入腠理、直取诗学要义的锐利，而没有人过中年的常见的疲态和圆滑。21世纪以来，他的著述接连出版：《当代外国诗歌佳作导读》《打开诗歌漂流瓶》《中国先锋诗歌论》《游荡者说》，以及这本新著《诗与真新论》（花山文艺出版社，2013年版）。

陈超是位诗人批评家。陈超曾自述，“在我的诗学研究中，我同时用诗歌写作来省察我的理论文字。我发现它们常常是两极运动的，诗歌和诗学一样，往往从反思对方开始。……我不放弃诗歌写作的动机之一，也因我将之视为对新诗学发展的一项语言实验或至少是一项必须的训练。”西川充分肯定了这两种身份的良性互动：“陈超既是一位杰出的诗人，同时也是一位杰出的诗歌批评家。在他身上，这两个杰出没有高下之分。无论在他进行诗歌创作，还是进行诗歌批评时，这两个杰出都互相借重。”因此，在陈超的诗学批评中，我们随处可见凝聚着“艺”的直觉和“思”的精神的内行的辨析，以及一个饱满的灵魂与众多饱满的灵魂的精神碰撞。在《20世纪中国探索诗鉴赏辞典》和《当代外国诗歌佳作导读》这两部“两卷本”中，最可体现陈超作为内家高手的功力，在细致而不失潇洒的鉴赏导读中达到“诂诗与悟诗的引领式浑融”。由此，陈仲义赞叹陈超为“新批评的重镇”。

这本《诗与真新论》主要收集的是陈超近年来的诗歌理论批评论文，它们大都合乎“学术规范”，但并不艰深晦涩，没有理论对理论的空转，没有对时新理论的附和，而是言之有据，贴合文本。在《论元诗写作中的“语言言说”》《论现代诗的结构意识》《危险而美妙的平衡——托马斯·特朗斯特罗姆诗歌的启示》《乌托邦和圣词的消解》诸篇中，为了言述的具体有效性，都是把理论的论述融汇到新批评的细读举隅之中。因此，在传播效果上达到了更高的可感性和可信度。他结合诗歌文本指出了现代诗歌的诗学精要，比如，相对于流行的“我看到，我写出”的诗写模式，使诗歌在“我说”和“语言言说”之间达到危险而美妙的平衡，应该成为现代诗人的自觉意识；再比如，如果对现代诗有别于传统诗歌的结构意识不明确，将导致一系列的不明确，“诸多写作与阅读中产生的隔膜、误解、指责，皆由此而生”。

这本新著的第二辑是对几位重要的先锋诗人的个案研究，这几篇论文也是论从“诗”出。通过具体的文本的辨析，对这几位诗人的文学史固化叙述和标签化形象起到了纠偏和还原的作用。从“纯于一”到“杂于一”的西川，到经由“反诗”到“返诗”的于坚，到发现个人心灵词源的翟永明，陈超都作出了不同流俗的，精准独到的评定。海子也不是“诗歌烈士”，更非靠行为艺术而博名的，陈超通过海子的诗歌文本的细读，读出了“大地哀歌和精神重力”，认为海子的诗歌乌托邦道路，依然有着特定时代“非如此不可”的重要价值，故而“中国先锋诗自海子，眼界始大”。而对被“海子的倾听者”的标签所遮蔽的优秀诗人骆一禾，陈超也为其做了去蔽的工作。

诗歌评论、诗学研究并非是诗歌创作的附庸，而是独立的富有创造性的精神劳作。正如苏童所说的，批评与创作就是两条铁轨，它们共同承载着文学的列车。陈超对于诗人的独到的评判，对于现代诗歌内部真相的揭示，并非仅仅源于诗艺的内行，更重要的是他对于文学的“求真意志”的自觉追从和体认，以及由此表现出来的“思”的深邃和洞察。可以说，一个杰出的评论家必然是一位优秀的思想者。陈超曾说：“一个不是自发而是自觉地选择了诗歌批评的人，就是一个主动寻求困境，主动吁求灵魂一次次寂灭再返生的人。”“真正的诗歌批评并不能妄想获取一种永恒的价值。它只是一种近乎价值的可能，一种启示：它索求的东西不在它之外，而它却仅是一种姿势或一种不断培育起来又不断反思否弃的动作本身。重要的是永远抗拒结论，不断抵制下滑，而且同时要有将灵魂语言的囚牢坐穿的勇气。”这种“主动寻求困境”“永远抗拒结论”就是一个思想者的自觉承担。

也因此，陈超提出了“历史—修辞学的综合批评”。在这种批评中，他倡导现代诗应该是作为生存、历史、个体生命话语的“特殊知识”，诗人不能耽于素材的洁癖，而要有直面生存的个人化历史想象力，个体主体性对整体生存的包容才可以避免诗歌成为新一轮的“美文修辞手艺”或蒙昧式的“口语”。秉持这种批评立场，陈超看到了，在传媒话语膨胀时代，真正反思、批判的诗歌精神走向新一轮的“娱乐—快感”的驯服式文化氛围，这对诗人的求真意志构成了新一轮的侵凌性。

在陈超看来，当下的诗歌批评进入了衰退期，“这是一种蹊跷的衰退，它不表现为沉寂，而是以无价值的话语喧哗，体现出批评家在视野、心智和价值判断力上的萎缩”。而陈超对此保持着警惕，在著述当中，他竭力规避了骑墙式的批评和皇帝新装式的批评。严沧浪在《沧浪诗话·诗辨》里说，“学者需从最上乘，具正法眼，悟第一义”。在我看来，陈超就是“具正法眼”的批评家，他也悟到了“第一义”——“‘诗与真’，是两个相互激发、相互平衡、相互吸引、相互发现的因素。对现代诗的艺术而言，缺乏‘诗性’的‘真’，只是乏味的见证式表态；而没有历史生存语境之‘真’在其中的‘诗’，则是微不足道的美文遗兴。正是诗，赠予真以艺术的尊严，而真，则赠予诗以具体语境

中的生存和生命的分量。”（《诗与真新论》自序）

陈超的诗歌评论就是诗与真的协奏。在对他的一脉贯注、文气沛然的著述的阅读中，我们感受着欣悦和沉实。

活力的勘测与精神的施洗

——评陈仲义《扇形的展开》

自从 1981 年发表了《新诗潮变革了哪些传统审美因素？》——这是新诗潮文章中最早进入艺术本体论分析的（陈超语）——陈仲义先生一直专心于诗歌批评和理论建构的“马拉松”，笔耕不辍。《扇形的展开——中国现代诗学谫论》（浙江文艺出版社，2000 年版）是这位诗评家继《现代诗创作探微》《中国朦胧诗人论》《诗的哗变》《台湾诗歌艺术六十种》之后的第五本诗学专著。至此，在总体框架下，陈仲义于创作论、诗人论、诗潮论、方法论、本体论诸方面做统筹设置，为中国现代新诗做了如下表态：中国现代诗成熟的标志应该是本土文化意识与全球意识的交汇统一、历史的进化性与艺术变化性的统一、价值的多元性与艺术自在性的统一。

诗评家的理论性格在文章中表现为敏于审美感受，尖新、华采，与小说评论家相比，往往显得缺少学术规范，主观性过强。而且由于诗歌总处于艺术变革的先锋位置，这样就容易怂恿理论上追求“片面的深刻”。但陈仲义先生无疑有着很强的“行规意识”，这在他的批评文章中表现为职业化、有组织力的思想，较强的演绎、归纳能力和准确求实、绝不牵词就意的批评话语。他的诗论语言信息量大，蕴含着诗歌、哲学、美学、心理学、逻辑学的语言基因，因而使之澄明而不浅陋，尖新而不偏激，稳健而不陈腐。他不是从概念到概念，从逻辑到逻辑的“空转”，而是倾心于研究感性材料，然后做普遍经验与尖新经验的归纳提升，这就使向心式文本分析与发散式对生存—文化—个体生命的阐释凝而为一，思想家的冷静、艺术家的悟性和解剖学家的精心浑然一体，也因之避免了时下常见的冠之以“新潮”的“皇帝的新装”式增殖批评。

《扇形的展开》在中国现代诗学三大资源（中国古典文论、西方文论和二十世纪中国新诗经验）中进行勘测，致力于寻找中国诗学最具活力的部位。这本书立足本体论，采用了分论的形式。这源自作者对于诗的本质无法说清的困惑，以及对于诗歌理论的有限性与诗歌实践的无限性间矛盾的认知。我们知道，适合于诗的对象的是精神的无限领域，而它所用的语言又是一种极具弹性的材料，这就决定了诗歌内在强大的分蘖性和变幻性，在不同时期都具备向多元发展的可能。在当下诗坛多种写作范式或颉颃、或媒合、或渗透、或互补，形成了真正的多元化写作格局。在这种多元化写作的当下，若以一己之标准估衡整个诗坛的创作，难免会陷入“东向而望，不见西墙”的狭隘趣味中，甚至导致自以为是的相互攻讦。以往那种包举共相、忽视殊相的大体系的批评方式应对起这种多元化写作也显得捉襟见肘、力不从心。而放弃总论式的本质虚设，寻找各自逻辑起点的诗学畛域的“分而治之”无疑是一种更接近复杂诗学的策略。这种差异特质的具体阐述比抽象的总体整合概括距离诗歌现实更近。

坚定地做美学上的艺术考量、做再生性艺术分析，这是陈仲义先生诗学批评的自我定位。因为他坚信诗学本体的建构，最终不是回到思想文化，而是回到艺术上来。《扇形的展开》即是对诗歌写作的现实进行了美学上的艺术考量和再生性艺术分析，从中总结出了十六种写作范式，并由此指认了各具活力的写作范式呈“扇形的展开”的现实。在差异性的建构中，又以现代性为“杠杆”，从而保证了诗歌反映现代人的生命、生存的有效性。由于对象的繁杂，对创作论的条剖缕析，并由之归纳总结出十六种写作范式，这无疑是一项“高空带电作业”。这需要深厚的学养，独到的悟性，宽阔的视域和强大的“胃”。

通过对《扇形的展开》的阅读，我觉得作者划分的十六种写作范式是令人信服的。这其中有的具有“专利”的意义，如对“意象征”诗学、语感诗学、摇滚诗学等的命名。“意象征”诗学的提出是建立在对意象和象征——对中国新诗影响最大的西方现代主义诗歌流派——考证的基础上的。作者通过分析意象和象征的特殊功能及其魅力，发现二者存在着足够的亲合条件：表现、暗示、多义、不确定、浓缩。作者认为，从意象到象征是现代诗运动的主要轨道；从意象到象征是现代诗掌握世界的基本方式。从而大胆地将二者凝而为一，以“意象征”命名。作者指出，“意象征”是现代诗人主要思维图式，并用北岛的《迷途》印证了“意象征”思维。在命名语感诗学时，作者首先指出，语感绝不是某些人的望文生义，以为语感就是语言的感觉感受，就是要传达出说话人的心理情感，而是“抵达本真与生命同构的几近自动的言说”。第三代诗人生命意识的觉醒，对“自在”生命种种情状，如原始欲望、本能、情结、潜意识、死亡、性、劫数等的重新揭示，发现，命名。这需要语感这种形式，生命与语感互相发现达到双向同构的互动。语感成了解决生命与语言耦合的最有效的途径。这也是第三代创建的诗歌神迹。作者将其构成类型分为以杨黎代表的音流语感和以韩东为代表的语境语感。

有的写作范式的提出则是着力于进行清理正名的工作。如乡土诗学，它不是人们传统记忆中的那种只停留在“题材”水平，只是对生活时效性的摹本的诗歌。作者把乡土诗学的理论触点作了三种延伸：一是延伸到台湾笠诗社；二是西部边塞诗；三是20世纪80年代后期湖南的新乡土诗运动。并归纳了乡土诗学的总体流向：风俗画——文化乡愁——家园意识三部曲，这也是乡土诗学由浅到深、由表及里的互联互动的三种结构。为了纠正人们对乡土诗学的误解——保守、传统、不求新变，作者列举了姚振函的“感觉”方式、未满的后现代手法等，对乡土诗学的关于家园意识和概念范畴的论点作者也进行了盘诘，作出了自己的见解。作者认为只有突出家园核心，乡土诗学才能自传统转型为现代形态，全面超越过去的浅俗而拥有更深刻的精神空间，成为汉语诗学三大本土范式之一。又如神性诗学的确定，作者纠正了两种曲解：第一，神性绝非上帝一人所独有的特权，神性更多体现为一种绝对价值和信仰。第二，神性与人性绝非对立，神性诗学的基点恰恰建立在神性与人性的叠合处。对当下风行的论调——认为神性诗学的终极关怀是虚幻的，它只是知识分子追回心理平衡的自恋，是乌托邦时代的诺亚方舟——作者并不苟同。作者预言，在未来技术理性的时代，冰冷、工具、严密秩序、隔膜和异化的合围中，神性诗学将以其充分的感性，亲切的情怀，富有终极价值的叩问做出新的突围和对峙。

“诗歌写作是一种精神施洗”，这是陈仲义先生给我邮寄《扇形的展开》时，写在扉页上的一句赠言。我想，作为第十位缪斯的诗歌批评亦如是。我认为“精神的施洗”，一方面是指通过勘测诗歌作品的活力而获取的欣悦、感动、领悟；另一方面是指在批评姿态上，注意反思自己的弱力人格，对时下常见的犬儒主义、“单向度的人”保持高度的警惕。批评家的严肃性，首先就在于他在任何情况下，都能维系住对精神独立性和批评自足性的双重自觉。陈仲义坚持了批评的自足性，即与创作的平行和对称的关系，一种既肯定又盘诘，既亲合又追问的批评精神。这也就是他所说的“实效”原则——批评理论对书写经验的求证与提升。

不能否认，相对主义推动了当下诗歌写作中的各具活力的写作范式呈现出“扇形的展开”的态势。它容易迎合诗人极端心理和现代诗变动不居的本性。但相对的绝对化抹杀了事物差异，无是无非。相对主义以更多“差异”“对峙”“忤逆”，区别于多元的热情兼容和宽厚辅助。因此它与“度”构成了抵牾。批评家的职责决定了他必须与相对主义保持距离。活力往往与危险联袂而来，这或许是诗歌写作中的一种悖论。既要对活力进行张扬，又要对危险进行揭示（当然不是追求“稳妥”的各打五十大板）。这应该是批评家的严肃性和批评的自足性所在。如作者对解构诗学、日常主义诗学的臧否。作者指出，日常主义诗学源自生命根底，是个体生命能量在琐碎事物上的展开，是“生命意识和文本意识的又一觉醒、延伸”。它放弃宏大的社会承诺，取“观察”“解剖”“考古”等与此前不同的工作方式，推出诸如“细屑”“缠绕”“析释”“杂芜”等新的增长点，以其综合的叙事策略与混沌面貌张扬20世纪90年代一路诗风。但作者又提醒，一些诗人恪守现象学、分析学支点的同时，在诗性的追求上用心不够。这导致了包括丧失深度意象、抒情性、简洁风格在内的诗性亏损。在论述解构诗学时，作者分析了其中的几种手法：如戏拟、博议、后设、拼贴、拆解等，反映解构诗学在方法论上的巨大潜力和可利用性。作者指出了解构诗学的意义在于其深度模式——对文化强权、传统思维惰性、国粹主义、主流意识形态和经典艺术惯性的挑战和反叛。但渎神弑神的狂欢庆典之后，诗性会被庸常生活吞噬，完全消解在日常琐屑的散文化里。因之，作者郑重指出，“解构的目的不在为解构而解构，而在为重建人类精神的新高度”。

当今诗坛充斥着党同伐异的帮派之争和蝇营狗苟的市侩心理，大众快餐文化盛行的时代学术著作的出版前景亦不如人意，陈仲义先生“深挖一口井”的定力、耐心和勇气显得尤为可贵、可敬。《扇形的展开》对中国现代诗学各具活力的部位的勘测，并由此归结了十六种写作范式，揭开了人们啧有烦言的诗歌“黑匣子”。而作者针对诗歌写作中与活力俱来的危险也提出了自己的建议和应对之策，由于坚守艺术本体、用意良善、语重心长，不啻是赠给当下诗歌写作的一剂良药。通过对《扇形的展开》的阅读，我觉得它达到了作者预设的激情与思辨、感性与观念、前锐与稳健结合的目标。《扇形的展开》具有理论广度、深度及新颖度，对21世纪中国现代诗学共建工程来说是个令人满意的奠基礼。

打开“钟的秘密心脏”

——读陈仲义新著《蛙泳教练在前妻的面前似醉非醉》

陈仲义的诗龄已过“不惑”之年——十年写诗，三十余年从事诗学批评、研究。在这数十年的诗学从业履历中，陈仲义坚持跑着诗歌的“马拉松”，同时以谢冕先生所说的“咬住一点不放松”的耐心，对中国当代诗学进行着锲而不舍地勘探和建构。他堪称诗坛勤勉耕耘的“劳模”和尽职尽责的“园丁”。其“始终和一种东西过意不去”——陈仲义对于顾城这个诗句尤有会心——的执著信念和知其不可而为之的精神足以令人感动和钦佩。

“著作等身”这个词用在陈仲义身上极为恰切。这本《蛙泳教练在前妻的面前似醉非醉——现代诗形式论美学》（作家出版社，2013 年版）已经是他的第十部著作。（笔者按，“蛙泳教练在前妻的面前似醉非醉”，是收入这部文集中的一篇评论现代诗的技术主义代表人物臧棣的论文的标题，也是摘引的臧棣的诗句。）此前出版的九部著作涉及了当代诗歌研究的各个方面：创作论、诗潮论、诗人论、美学论、形态论、技术论、综合论、鉴赏论和语言论。

陈仲义一直任教于高校，是学者型的批评家。他学富五车，诗歌批评极具学理化，同时有着理论建构的“野心”——“我们委实处在一个碎片的时代，任何构建体系或核心范畴的愿景，似乎都在与风车作战，都说碎片时代无体系可言，怀抱构建野心者总是一厢情愿。或许一厢情愿的积淤已久，初衷难改；或许不自量力，甘于一试深浅。”但是他又不是那种被人鄙薄的“食洋不化”的所谓“学院派”。他的诗歌批评、研究都是“接地气”的，紧贴中国当代诗歌现场，在对文本、文学现象剖析研究的基础上展开理论的提升。在这本文集中，我们可以看到，陈仲义利用了大量的诗歌案例对其建构的理论和美学体系进行具体地分析论证。在这些诗歌案例中，除了现当代的成名诗人的诗作外，还包括大批年轻诗人和网络诗人的作品，这表明了作者对诗歌写作现场的熟稔。在对其著述的阅读中，我们经常会叹服于他对中国当代诗歌的视野之广、阅读之深。

陈仲义的诗歌批评、研究有一个比较清晰的路径，那便是他在这本书的前记中所说的“面向形式论美学”。由于地缘“优势”，用陈仲义的话说，“生活在一个封闭，而充满中西文化交会的小岛”，使得他较早受到了台港和海外文学影响，也较早接受英美新批评的“洗礼”。自此，他便倾注于诗歌的内部美学要素——我想，这同时也与他“十年写诗”的经历和经验有关。这些诗歌的内部美学要素用卡内蒂的比喻来说便是“钟的秘密心脏”，因为它们正是诗歌审美效果的动力之源。按照“新批评”的代表人物韦勒克和沃伦在名著《文学理论》中的划分，传统的社会学批评、传记批评等都是“外部研究”，虽然这样的研究也有它的用处，但合格的、内行的批评家要有能力深入文本内部，一窥堂奥。——迄今看来，新批评仍然是观照诗歌这一文体的最有效的利器。

这部文集的首篇《新诗潮变革了哪些传统审美因素》，在新诗潮研究中是最早专注于文本内部的形式美学探讨的著述，可谓领风气之先。这也是陈仲义走向现代诗学研究的发端之作，至今已逾三十年，但我们当下重读此文仍不觉“过时”。足见这种诗歌形式美学的“耐受力”是能经受住时间的考验的。

其实，由于陈仲义敏锐的诗歌触觉和深邃绵密的致思之维，他的很多诗学研究都具有筚路蓝缕的开拓性和先锋品质。比如，《抵达本真几近自动的言说》提出“语感诗学”这一新的诗学形态，此文也是国内第一篇关于诗歌“语感”

的较全面论述；而他提出的“禅思诗学”是打开古典与现代的奇妙出入口，也是诗歌研究界最早开发的诗学版图中的神秘地段；《中国“低诗潮”分析》全面分析了“低诗潮”这一颇有影响但几乎无人问津或无力问津的诗歌现象，通过立足形式论美学的分析，指出了其“崇低”与“祛魅”的两大特征；他的精心力构《现代诗：语言张力论》则是国内第一部以张力作为核心范畴研究现代诗语言的专著，等等。

陈仲义在诗歌批评和研究中，尊重形式要素产生适意或不适意的审美判断。从学术影响和实际效果来看，一方面，他将现代诗的认识深入到了肌理剖析层面，找到了现代诗区别于其他文学艺术方式的特殊性，具有现代诗学之学科建设的极大意义，同时又延长了批评的美学“保质期”；另一方面，这种立足诗歌写作现场、深入文本内部的形式分析对于诗歌写作者也有教练般的指导作用，不少诗人表达过阅读陈仲义著述的获益。当然，陈仲义也并非沉溺于形式分析，他清醒地意识到，“要适当将历史化语境作为背景，警惕惟文本是瞻——只迷恋于词语、声音、修辞手艺，导致诗语研究完全滑向材料美学和纯形式主义”。

在这本书的“后记”中，陈仲义也流露了对诗歌批评这一“下游”产业的现状不满意。的确，当下的诗歌批评呈现衰退之势，但用诗评家陈超的话说，这是一种“蹊跷的衰退”，它不表现为沉寂，而是“以无价值的话语喧哗，体现出批评家在视野、心智和价值判断力上的萎缩”。而陈仲义的诗歌批评与研究则表现为深度的理性思辨能力与个人精敏的艺术感受力的彼此借重。在他的著述中，我们能感知到他对于诗歌的深度关怀，开阔的研究视野，不党不私的“职业道德”，鞭辟入里的批评方法，毫不含糊的批评立场。可以说，陈仲义一直是诗歌批评界的“正能量”。

批评的激情、难度与深度

在我的书桌上，有两本厚重的新近出版的诗学著作，作者均为“70后”诗人批评家。一本是刘春的《朦胧诗以后：1986—2007中国诗坛地图》（昆仑出版社，2007年版），一本是霍俊明的《尴尬的一代——中国70后先锋诗歌》（广西师范大学出版社，2009年版）。这两部著作都给我带来了阅读的欣快和享受。前著是一批诗歌阅读札记或随笔，论述了朦胧诗以后的“人与诗”“词与物”，以其广博的视域勾勒出了一幅“诗坛地图”。这些诗歌阅读札记或随笔不屑于做“文抄公”的工作，而是笔墨灵动，论从己出，时常显现出个人锐见的机锋。尤其是，在对于一些已然成名的诗人进行肯定和褒奖的同时，作者没有放弃批评的权力。在我看来，如果说那些到位的品评显示了作者的“才”和“学”，那么，这些批评性意见，突出显示了作者的“胆、识、力”。如果说这是一部“半学术”（刘春自评）性质的著作，那么后著则是一部更纯粹的学术著作，讲求结构、强调论点论据、三级标题鲜明，等等。在我看来，它更像一部优秀的博士论文——当然，由于无需顾虑层层的评审、答辩，不用博取“盖章有效”的学位证书，这部个人专著具有显而易见的突破学位论文规范的自由性和个性色彩。

对于这两部著作的作者，刘春只是精神上的朋友，缘悭一面，而霍俊明则熟识得多。我们在求学路上有两度同门之谊，而这种关系是独一无二的。——这样说，当然不是与这位“有为青年”拉关系，往自己脸上“贴金”，这种“我的朋友胡适之”的说法，正好以我的庸常无为证明了他的天分与努力。当然，这也使得我可能比别人更懂得他的精神型构、诗学理念，甚至诗学批评的词根的渊源所自。本文的用意不是比较两位作者，也不是比较这两部著作，让我们把目光重新聚集到霍俊明这部国内第一部系统研究“中国‘70后’先锋诗歌”的专著《尴尬的一代》上。

两年多以前，霍俊明在刚有做“70后”诗歌研究的动意时，我就知道的。当时，我对这项工作以及最终成果的状貌有过极为简略的想象。当收到并翻阅这部厚重的诗学专著时，我无法掩饰对他的敬意甚或嫉妒：这哥们终于把这件事干成了，还干得相当不错！应该说，先锋诗歌批评这匹黑马寻找到了优秀的骑手。霍俊明在做博士论文时，就是选择的当代新诗史研究。那本厚厚的博士论文在毕业答辩时，除了被揶揄字数太多外，获得了那些大牌评委的一致好评。这次所做的“70后”先锋诗歌的研究就是他所从事的诗歌史研究的自然延续。此外，他还对多位优秀青年诗人做过深度访谈，这项工作无疑也使他加深对诗歌现场的认识和对先锋诗歌的理解，并为他的先锋诗歌研究工作进行了极为重要和必要的资料和信息的积累。甚至我想，在这些访谈中，那些青年诗人表露出来的对于先锋诗歌的热爱和执着的信念，也激励了霍俊明对于“70后”先锋诗歌史的研究，构成了他从事这项繁重工作的源动力。

可以说，霍俊明是满怀激情地从事诗歌批评与诗歌史研究的。这种批评激情来自于对诗歌和“对同代诗人的热爱与深情”（吴思敬语）。正是源于这种热爱与深情的诗学批评研究的激情，使得他勇于担当起并最终完成对于同代诗人进行整体考察和深入思辨的诗歌断代史研究。这项工作无疑是极为繁重的。在这部著作的附录里，霍俊明极为细心地整理了一份“70后”诗人的名单，这份名单很长，除中国大陆的诗人外，还关注了中国港、澳、台三地的诗人。我们不难想见，仅仅是阅读这数百人的诗歌作品就需要耗费多大的精力。霍俊明在这部著作的“后记”中，对于完成这项工作的艰辛也有他的“自供状”。批评的激情也使得他笔下的文字情理丰茂、气盛言宜，贯注着自己的生命体验和成长记忆，与那些淡情寡味的“职称论文”面目相异，例如下面的句子：“烟草、汗腥、柴禾、泥土、柴门、院落这些典型的乡村事物作为一种切切实实的生活和中国记忆，在‘70后’一代诗人身上再一次得到挖掘和闪烁。即使是他们中的大多数在城市的地下像土拨鼠一样的忙碌，但是他们的那只挖掘的手仍在不断地探向内心的深处，探向遥远的乡村往日。诗歌写作，已经确确实实地成了乡村的挽歌和记忆。在黄昏中，这些孤独的孩子在落寞中注视着乡村事物如轻烟一样渐渐远去，旧日乡村的历史以一种空前紧张、分裂的认识心态，一种古朴的具有雕塑感的诗学方法让它们经过过滤，然后，在显影纸上扩散、显现、放大和定格，为中国农耕时代的黄昏镀上了一层金黄而沉重的诗歌油彩。”[①]这样带着作者体温的、直入生命式的、鲜活而灵动的句子在这部学术著作中屡屡呈现，这也构成了这位诗人批评家的文体特色。——在我看来，这也是对陈超、王家新、张清华、罗振亚等前辈批评家的优良批评传统的继承。

对于这部诗学专著来说，对一代人命名的激情，也是这种批评的激情的一个重要而显见的表现。在这个标举“个人写作”的诗歌场阈里，诗歌批评家们也大都以“宏大叙事”之名放弃了整体的宏阔扫描，我们更常见的是“趣味批评”和“亲友团式批评”，即有些诗歌批评者囿于并安于自己的阅读趣味在那里“坐而论道”，有些则出于情义或真心为“圈子”或帮派摇旗助威。王国维曾经说过，一代人有一代人之文学，而霍俊明在进行诗歌史研究时发现文学研究亦如是，一些公认的带有经典性质的新诗研究文章和带有史书性质的总结之作总是由同代人转述而出。这坚定了他“一代人的工作，只能由一代人来做”的信念。基于此，他开始了他为同一代诗人命名的构想——这当然需要勇气、“野心”（抱负）、“强大的胃”，还有才华。

① 霍俊明：《尴尬的一代——中国70后先锋诗歌》，广西师范大学出版社，2009年，第95页。

在作者看来，“70后”一代人无论是在历史遭遇、生存经验乃至诗歌写作上都呈现出显豁的“尴尬”特征，因此，他将其命名为“尴尬的一代”。这样的命名是作者在对众多诗人的诗歌文本及其他文本广泛阅读和细心体察之后的提炼概括，同时也融进了他自己成长过程中的生命体验。他细心考察了“70后”诗人共同的生命教育历程，发现了他们共同的思想和气质：“一种红色教育和传统的农耕情怀规训了他们的奉献精神和纯真理想，但是另一种真实的生活却为他们接下来继续跟随社会大潮完成一次又一次的思想转型预设了前所未有的危机和挑战。他们在这期间矛盾、龃龉、困惑、彷徨，他们成了清醒而困惑的一代，理想而务实的一代，守旧而背叛的一代，沉默而张扬的一代……必须在中间介入一个“而”字才能准确说出的一代。他们成了名副其实的尴尬的一代。”[①] 应该说，这样的命名是符合文学史叙述的需要的。在美国文学史上就“迷惘的一代”“垮掉的一代”的命名，在台湾诗坛也有“忧患的一代”“战后的一代”“变化的一代”的说法。当然，以“尴尬”这样一个简单的词来概括一代诗人的精神型构和诗学特征，（进而，以“尴尬”为基本词根来结构著作中的各个章节，这在“提纲挈领”的同时，也似乎有主题预设之嫌。）这样的命名也难免引起一些争议。“尴尬”的词典意义是“处境窘困，不易处理”，置身于这样的二流甚或三流岁月，诗人写诗（不仅仅是“70后”的诗人），无疑都是“尴尬人偏逢尴尬事”。而且，霍俊明也显然意识到为同代诗人命名的旅程的难度和冒险性：“毫无疑问，试图以当事人的身份勾勒一代人的精神和写作不能不是困难的，因为对于一个复杂的世界来讲，定义一代人的方式往往流于肤浅与偏颇。”[②] 他在批评研究的过程中也进行着自我的盘诘和噬心的追问，这表现在著作中时有流露的谨慎、犹疑的语调当中：“尤其在当下，当诗歌批评家的身份逐渐被视为捧角和骂角的时候，我只能谨慎发言，说出我不尽正确的美学趣

---

① 霍俊明：《尴尬的一代——中国70后先锋诗歌》，广西师范大学出版社，2009年，第69页。

② 霍俊明：《尴尬的一代——中国70后先锋诗歌》，广西师范大学出版社，2009年，第6页。

味和阅读随想。”[①]“我坦然承认，面对着数量惊人的‘70后’诗歌写作群体，我狭窄的阅读视野使得我只能选择我目力所及的诗人、文本和现象作为一代人写作整体的一个切面。而面对着当下诗歌写作的平面性、技术性和无关痛痒而又大张旗鼓的诗歌论争以及大面积涌现的圈子性诗歌批评的追捧或利害关系的棒杀（尤其是大众传媒的恶俗话语势力的不可忽视的影响），作为一个诗歌评论者，我又不得不怀疑评论的准确性和必要性。尤其当我们不得不面对诗歌这种特殊的文体和话语方式，不得不面对它所产生的歧义性和随之产生的阅读的多层面性、暧昧性甚至误读。同样是面对一首诗甚或一首相当简单的诗，却会产生聚讼纷纭的解读，这多少也是一种尴尬，尽管我从来都坚持诗歌的解读永远都难以达成一个完结和完备的答案，但是，我们又不能不看到近些年来的诗歌批评已经进入了一种困境甚或悖论，尽管少数的优异的诗歌评论者仍在坚持自己富有良知的话语方式和评判标准。”[②]文中不断出现的“不得不”“不能不”加重了叙述语调的凝重性，体现出了叙述的难度，以及知其不可而为之的勇气和激情。可以说，批评的激情使得作者勇于承担批评的难度，批评的难度也更加验证了作者批评的激情。

这部著作的价值当然不仅限于一种为一代人命名的激情与冲动，更在于对一些诗歌现象和诗学问题的深入探究和揭秘，这也即我所谓之批评的深度。这种批评的深度首先表现在纠正对于“70后”这一代人及其诗歌的常识性误解。在当下的所谓诗坛上，不少的批评者对于“70后”诗人的诗歌作品——其实不只是诗坛，不只是对于“70后”诗歌——缺乏阅读的诚意（甚至有时是缺乏阅读的能力），然而，他们并不以脱离了实事（诗）求是为意，反而不失时机地追求话语即权力的快感，对于“70后”诗人进行着臆想中的判决。作者不无愤激地在著作中对这种批评的傲慢与偏见进行了大胆而尖锐抨击：“事实又总是

① 霍俊明：《尴尬的一代——中国70后先锋诗歌》，广西师范大学出版社，2009年，第238页。

② 霍俊明：《尴尬的一代——中国70后先锋诗歌》，广西师范大学出版社，2009年，第3页。

如此地充满诡异的悖论，那么多常年不读诗的所谓诗歌批评专家却在每次的研讨会和年度总结中夸夸其谈，而这些夸夸其谈却又总是冠冕堂皇地被报刊和专著频频引用，屡试不爽地视为‘教义’，这不能不证明中国诗歌批评的悲哀。这也从更为清晰的角度印证了文学写作和文学批评的话语权力的强大。”① 在著作中，作者从具体的诗歌文本入手，拨去了笼罩在一些“70后”诗人头上的“公论”阴影。比如作者通过对沈浩波的饱受訾议的《我们拉》所做的“小手术”（删掉了“我们拉”这个反复出现的词语），使一个沈浩波呈现出了另一幅面孔。再比如对另一位备受争议的女诗人尹丽川的备受争议的“名诗”《为什么不再舒服一些》的分析，揭示出了其诗歌文本的丰富性。值得一提的是，霍俊明在这部著作中，并不满足于仅仅作“锦上添花”式的批评，在关注一些已然扬名立万的诗人的同时，也没有忽视那些名气并不响亮或者边缘化、被遮蔽的实力诗人——这种“雪中送炭”式的批评尤其显示了一位称职的批评家的广博视野和独到眼光。比如对周公度、曾旷德等人的诗歌作品进行了深度解读；对于周建歧、王广俊、徐南鹏等人的诗歌的系统研究本身就是精当的诗人专论。其次，批评的深度体现在对于一些诗歌创作现象的拓殖上。比如，对于“高知”诗人群体的整体研究和对于“70后”诗人的长诗写作的系统观照，都有着填补文学史叙述空白的意义和价值。尤其是对于长诗写作的研究。我们知道，长诗写作是对一个诗人的诗性、智性、选择力、判断力和耐力的最彻底的考验和见证，同样，长诗批评研究亦如是。对于“70后”诗人的众多长诗文本的精到的解读更可见出作者的学术功力及其投入的精力。据此，作者深刻地揭示了“70后”诗人的长诗写作的一个重要诗学意义，即对20世纪90年代以来诗歌写作“个人化”美学圭臬的重新反思与认识。再次，批评的深度还体现在对于一些诗学问题的辨析和厘清上。比如，作者从文化史的角度对于“身体写作”（“欲望诗学”）的合法性进行了辩护并对其无底线的过度开采而带来的危险性进行了

---

① 霍俊明：《尴尬的一代——中国70后先锋诗歌》，广西师范大学出版社，2009年，第15页。

明确的提醒；再比如对于诗歌写作中的“日常经验”“个人写作”等问题的辨析。作者清醒地认识到，90 年代以来的诗歌观念看似已经相当繁复和多元，诗歌写作也是在差异和多个向度展开，诗歌的技艺也似乎达到了新诗发展以来比较乐观的时期，但是在近些年涌现的一些诗学问题、甚至在某些人看来大是大非的问题“已经不是单纯的文学自身的问题，商业、传媒、大众文化、话语权力、诗歌趣味、诗人身份都和诗歌极其含混、暧昧而又不容分说的纠缠在一起”。在一个写作越来越多元化的今天，“实际上诗歌写作的道路并不是越走越远”，诗歌的叙事性、个人化、口语化以反抒情、反公共题材（经验）和反意象化为前提，是一种重新意识形态化，应该“重新反思诗歌写作的美学观念”。①

撮要言之，《尴尬的一代——中国 70 后先锋诗歌》这部带有思想史色彩的诗歌断代史研究，既新知锐见频发，又有着甚至与作者年龄不相称的扎实稳健。这部诗学著作体现了作者源于对诗歌热爱的激情，勇于直面并承担起诗歌批评的难度，在诗学研究中锐意进取，对一些基本的诗学问题及当下的诗歌现象进行了深度言说。我完全有信心说，由于其选题的独创性、学术的严谨性、识见的新颖性，这部著作必然会屡屡出现在今后许多诗歌的批评文章及理论著述的引文或参考书中，从而具有了某种当代诗歌断代史经典的意味。

① 霍俊明：《尴尬的一代——中国 70 后先锋诗歌》，广西师范大学出版社，2009 年，第 371 页。

柏桦《左边》的诗学价值

《左边：毛泽东时代的抒情诗人》（江苏文艺出版社，2009 年）是诗人柏桦的一部传记，但又不是一般记述生平事迹及生活变故的传记，它是一部“文学传记”。书中主要记述了作为诗人的柏桦的成长经历及与其他当代重要诗人之间的来往交游，从中我们可以读到使诗人柏桦得以“成型”与构成其诗歌世界的事件和环境。同时，必须指出的是，这部著作是一部独特的文本，兼具自传、随笔和论文的文本特性。从书名上看，“左边”是一个革命的词汇，对于那些（曾经）激情燃烧的诗人来说，他们写诗就是在“革命”。柏桦说：“如果文学不能天天革命了，那么我们可以试一试触手可及的生活。”[①] 这是柏桦对他们“革命”的诗歌的一句挽歌，但其中也带上了些许的愤慨。他认为他们是带有毛泽东时代烙印的抒情诗人，他们继承了毛泽东时代的伟大遗产——重精神轻物质的激情。这也是他们一直在疯狂地写诗和在“左边”生活的原因。可他们的这种激情在一日日地被物质主义的生活所销蚀。诗人早在 1994 年就完成了该书的写作，7 年后才得以被牛津出版社出版，直到 2009 年，才得以由江苏文艺出版社在中国大陆出版。于是，在这本《左边》的套封上印上了这样的一段话：“一本在中国大陆只闻其名未见其书的‘名著’，关于一个时代的文学回忆录，一个时

① 柏桦：《左边：毛泽东时代的抒情诗人》，江苏文艺出版社，2009 年，第 220 页。

代文人生活的隐秘关系谱。”这句有点儿广告味儿的话语却是真实的，它告诉了我们柏桦跟他们那一代诗人的成长及激情。

“第三代诗人”的发端时间

在当代文学史上，“第三代诗人”指的是20世纪80年代中期在“朦胧诗人”成为诗坛“主旋律”之后崛起的新一代诗人。他们的写作不同于贺敬之、郭小川等为代表的第一代诗人的明朗热情的政治抒情诗，也不同于以北岛、顾城为代表的“朦胧诗人”（即第二代诗人）在书写个人情感的同时又牢记社会责任和使命的风格。“第三代诗人”的诗更趋于平民化，多用口语书写普通人的凡俗生活和其中的酸甜苦辣。

关于“第三代诗人”的成立，许多研究文学史的人都把1986年10月由《诗歌报》和《深圳青年报》联合举办的“中国诗坛1986现代诗群体大展”作为“第三代诗人”走入诗坛的标志。这次大展无疑是“第三代诗人”赢得公众关注的一次契机，也比较正式地宣布了他们走进诗坛的消息。这样，研究中国当代文学史的学者把它作为“第三代诗人”的发端是具有说服力的。但是，他们具有作为“第三代诗人”的主体意识的时间却要远远早于这个时间。柏桦在《左边》的第四卷《成都》中详细地写到了“第三代诗人”成立的情况：“万夏、胡冬（四川大学历史系学生）、廖希（西南师范大学中文系学生）三个人于1982年暑假在成都策划了第一次诗歌新麦的收割仪式。……同年10月丰收仪式在重庆西南师范大学校园内正式演出。各路诗歌总教头代表着他们各自的部队云集在这个太温柔、太古老、太浩大的校园里。他们正火热而忘命地讨论着‘这一代人’这一生死攸关的问题。”书中没有交代这次盛会的具体日期，只是说在“接下来连续三天，争吵的三天，狂饮的三天，白热颠覆的三天。三天后，大家正式将‘这一代人’命名为‘第三代人’并决定出《第三代人诗集》……同年（注：1982年）12月，胡冬、赵野赴南充与万夏讨论《第三代人宣言》提纲”[①]。这

① 柏桦：《左边：毛泽东时代的抒情诗人》，江苏文艺出版社，2009年，第132~134页。

里的“第三代人”就是“第三代诗人”。“第三代人”是他们的自称，他们开始有意识地与前两代诗人抗争。尽管在他们的身上还保留着前两代诗人激情的种子，但他们已经形成了不同的发泄方式——语言的口语化，思想的荒诞性。这次大会后，“第三代诗人”的各个团体也相继地成立了。他们也开始了属于他们这一代诗歌的书写。如“莽汉主义”创始人李亚伟就在这时写下了他的诗歌《二十岁》：“听着吧，世界，女人，21岁或者／老大哥、老大姐等其它什么老玩意／我扛着旗帜，发出一声呐喊。”他抒发的是青年人无畏的激情，“老大哥”“老大姐”明显地是对前代诗人的蔑称，也可以看出他对自己作为新生代诗人身份的体认。他们仿佛具有了魔鬼的法力“使得儿子更为魔鬼化而前驱更为凡人化”[①]，从而进入审美的经典殿堂：“娴熟的形象语言、原创性、认知能力、知识以及丰富的词汇。”[②]在语言和结构上，他们的诗歌不再是之前那些唯美的抒情诗，而是更接近于口语；韵律上也打破了传统的浪漫性抒情，他们名之为“反抒情”。可见属于他们的经典诗歌风格从开始就已经形成。他们打出“第三代人”的称号的时候就已经找到了自己的诗歌风格的定位。柏桦评论说：“在1982年10月，这个‘定位’已作为一个符码被连夜输入中国诗歌编年史的电脑。三天争吵，一个夜晚，一个伟大神话就写进中国的史册。”[③]这种“写进中国的史册”应该是以一种“第三代诗人”的发端的形式写进去的，因为他们作为“第三代诗人”的所有因素都已经具备。

水与江南诗人

“从文化的角度分析，文学风格是由民族风格、时代风格、地域风格和流派风格等几个层面构成的……地域文化对文学风格的影响，形成文学的地域风

① 哈罗德·布鲁姆：《影响的焦虑：一种诗歌理论》，徐文博译，江苏教育出版社，2006年，第108页。

② 哈罗德·布鲁姆：《西方正典：伟大作家与和朽作品》，江宁康译，译林出版社，2005年，第20页。

③ 柏桦：《左边：毛泽东时代的抒情诗人》，江苏文艺出版社，2009年，第134页。

格。”[①] 柏桦在《左边》中说：“我以为不同的地理、气候、风物、习俗，必形成地学意义上的不同诗歌风水，也即是不同的诗歌气象。”[②] 他在这里谈的也便是地域文化对诗歌的地域风格形成的影响。这种把作家的艺术风格与作家所深受浸染的一地的自然与文化环境的影响结合起来研究的方法早已有之。刘师培便在《南北学派不同论》中从地理学的角度讨论了文学风格的形成与地理的关系。梁启超在《中国地理大势论》中对南北文学的不同的研究用的也是这种方法。诗人柏桦则从一个关键词“水”出发，以此映照今日江南诗坛与诗人们的前世今生。

水有至柔若玉之润泽细腻的一面，如苏曼殊之辈的异行；水也有至刚的一面，像勾践的卧薪尝胆，秋瑾女士的英武之气。这些都是水之性在古人身上的体现。而当代诗人“依然为这片山水所感发，溢出至柔之情（如潘维），同时也掀动至刚之情（部分杨键，部分庞培）。一句话，他们与先前的江南诗人形成了互文传承的关系”[③]。

潘维的诗严重地带有西湖气息，他的诗篇饱含了江南水光的灵气。他在《苏小小墓前——给宋楠》一诗中说：“年过四十，我放下责任／向美作一个交代，／算是为灵魂压上韵脚，……”诗中透露出来的是一种清纯的哀伤和感怀，还有如女子一般的幽怨。他试图找到灵魂的优美抒发，却受到现实的羁绊，而他的反应却是如丝如缕的感伤，这是源于水之柔性的。柏桦说：“这首诗是现代版的‘波心荡，冷月无声’，……水还在他的周遭波动并不停地递上美丽的‘风流玉质’。”[④] 这样的评价是带有诗人特有的会心之处的。杨键却是以幽愤、旷达的“儒”之气节，也即以这样一种水之气魄在马鞍山——这个他诗歌的出发点及控制范围，日夜面对着并说出了“自由市场”经济的现代工业史如何摧毁了江南的美。他的诗歌中充斥着“一种波德莱尔式的反现代性的现代性勇气”。

① 鲁枢元、刘锋杰、姚鹤鸣等，《文学理论》，华东师范大学出版社，2006年，第195页。
② 柏桦：《左边：毛泽东时代的抒情诗人》，江苏文艺出版社，2009年，第224页。
③ 柏桦：《左边：毛泽东时代的抒情诗人》，江苏文艺出版社，2009年，第231页。
④ 柏桦：《左边：毛泽东时代的抒情诗人》，江苏文艺出版社，2009年，第232页。

他在《楼上夜眺》一诗中说："波浪已无力再讲述一个无为的民族／不停地衰老啊，长江浩荡，／必须完成那么多，／但能够完成的又是这样少！"这是诗人在用一种感愤与哀愁的语气质问，质问我们那逝去的江南之美；是水的至刚性的柔情抒发。而长岛的诗有的却是"江南般的精细、熨帖，以及沉静的同情"①。这是水至柔性与至刚性中和后的表现。他在《苏州我记》中写到江南的流水时说："他自言自语：流逝的彗星，浓密的阴影，新建的民居尴尬地／远离了小桥和流水……"诗中透露的是一种智者的思考，少了很多少年的骚动。

柏桦把王寅、陈东东二人诗中的世界文学视野归因为二人都来自上海。上海从近代起就遭遇了西方现代性的猛烈冲击，这座"华洋杂处"的城市成了中国现代性的先驱或桥头堡。二人正是在上海这种"华洋杂处"的文化的侵染下，诗风在表面的洋气下仍具有一种隐秘的江南古风。

柏桦最后提到的一位诗人是庞培。他说庞培"是丰富的又是单纯的，有着江南至柔之水的气质，同时又具有至刚的一面，一种诗意的矛盾"②。他不像长岛可以把江南水的至柔与至刚中和然后表现出另一种熨帖之美。在他的诗歌中看到的是水的至柔之性与至刚之性的争斗。他的《长江》一诗的开头"这里／一滴水是我的出生地，这里的水流／扩展到我的全身，每一寸肌肤都有无数的港湾、沉船；锚链从我的血管中'轧轧'升起，带上江底的污泥——"就明显地带有了这种矛盾与斗争。水的至刚之性要冒头，却一再地被水的至柔之性打压着，最后的结果是酿出了一种忧悒的诗歌之美。

柏桦在这一章中还试图从诗歌地理学上说明江南诗人的这种源于江南山水性的"清绮""哀艳"优胜于北方缺乏想象力的"朴而不文"，诗到江南是一种复位与回归。但这只是"地理不同，诗歌风水不同"罢了，"清绮""哀艳"有"清绮""哀艳"的美，质朴也有自己美的地方。不过，这种从地理特征去研究诗人风格的做法还是具有方法论价值的，其对江南诗人的评价与研究也开

① 柏桦：《左边：毛泽东时代的抒情诗人》，江苏文艺出版社，2009年，第235页。
② 柏桦：《左边：毛泽东时代的抒情诗人》，江苏文艺出版社，2009年，第239页。

豁了我们对江南诗人研究的视域。

柏桦诗歌的抒情性根源

在这部著作中，柏桦除了为我们了解第三代诗人、江南诗人提供了大量的资料外，作为一本“文学传记”，它无疑对我们解读柏桦本人的诗歌更具有珍贵的参考价值。

柏桦的诗中有一种深刻的抒情性。他诗中的这种抒情性不像他的同时代人那样迥异于前代诗人，而是有着一种相承的关系，只是他更多地在关注自我之情。他的这种抒情性主要表现为诗人的忧虑与躁动。诗人在《衰老经》中说：“疲倦还疲倦得不够／人在过冬／／一所房间外／铁路暗淡的灯火，在远方／／远方，远方人呕吐掉青春／并有趣地拿着绳子。”正如题目所示，这首诗带有一种老人呼吸艰难之感。这正表现的是诗人的忧惧之情。诗人的另一首《未来》也表露出来了同样的性情：“这漂泊物应该回去／寂寞已伤了他的身子／／不幸的肝沉湎于鱼与骄傲／不幸的青春加上正哭的酒精／／啊，愤怒还需要更大吗？／骂人还骂得不够／／鸟、兽、花、木，春、夏、秋、冬／俱惊异于他是一个小疯子／／红更红，白更白／黄上加黄，他是他未来的尸体。”诗人给这首诗取名为“未来”，而诗中表达的却是对于现状与未来的恐惧与忧虑。他给自己取名为漂泊物，而寂寞却深植于其中。他的愤怒正是他的恐惧与忧虑。而“骄傲”与不幸的“酒精”将这种伤痛推到了透明的程度。以至于他不得不说自己是“小疯子”，是“红”“白”“黄”的“尸体”。

苏七七在一篇题为《从左边出发》的对柏桦《左边》的评论文章中说：“对于抒情诗人来说，天生的性情是最重要的。而柏桦，他具有一种能把心掏出来给人看的性情，还能把这种性情转化为诗。”[①] 柏桦的这种忧虑与躁动正是他的“天生的性情”。他幼年的生命中就已经存有了这种忧虑与躁动的感情。这本书的开头这样写道：“下午（不像上午）是一天中最烦乱、最敏感同时也是

① “今天”论坛：http：//www.jintian.net/today/？ action-viewthread-tid-1227.

最富于诗意的一段时间，它自身就孕育着对即将来临的黄昏的神经质的绝望、啰啰嗦嗦的不安、尖锐刺耳的抗议、不顾一切的毁灭冲动，以及下午无事生非的表达欲、怀疑论、恐惧感，这一切都增加了一个人下午性格复杂而神秘的色彩。我的母亲就是这样一个具有典型下午性格的人。”① 诗人在用一种抒情的、决绝的笔调给“下午性格”下定义——这也正是他忧虑的感情在这本书中的表现。但他只说出了“下午性格”的内容，就是“神经质的不安、尖锐刺耳的抗议、不顾一切的毁灭冲动……无事生非的表达欲、怀疑论、恐惧感”。这也就是诗人柏桦的诗歌中所体现出来的忧虑与躁动。柏桦说他这种“下午性格”是打小就存在着的，“这个永远‘下午’的少女后来真的当上了母亲，她把她那‘下午’的血输送到我1956年1月21日刚出生的身子里”①。柏桦也同下午进行过“殊死”的抗争。他说：“下午成了我的厄运。克服下午，我就会变为一个新人、一个军人、一个工程师或一个合法的小学教师。”① 可是他的这种抗争的失败只会加重他的忧虑，让他一步步地走向抒情。或许，正是日复一日地笼罩在母亲“下午”的阴影里并不断与之抗争下的缘故，柏桦最终成为了一位“毛泽东时代的抒情诗人”。

结　语

“毛泽东时代的抒情诗人”们充溢着青春荷尔蒙和革命的激情的时代，实际上随着1980年代的结束就渐渐走进了历史。诗人柏桦的《左边：毛泽东时代的抒情诗人》作为那个时代的挽歌，在客观上为我们了解和研究“第三代诗人”（尤其是江南诗人）提供了第一手资料，同时，也成了我们研究当代优秀且重要的诗人柏桦的诗歌和诗学思想的珍贵文存。它所具有的诗学价值使其必然会受到，而且也正在受到研究中国当代诗歌史的学者们的关注。

---

① 柏桦：《左边：毛泽东时代的抒情诗人》，江苏文艺出版社，2009年，第3页。

“历史曾在此走过”

——评陈伯良《穆旦传》

同为浙江海宁籍诗人，同为现代诗歌史（文学史）上的重镇，徐志摩的传记多达三十余种（包括重版重印），而穆旦竟没有一部传记，直至2004年10月，陈伯良先生的《穆旦传》出版———这件事本身就颇耐人寻味。传（zhuàn）者，传（chuán）也，为人立传，使其事迹功业流传，名播后世，这也是后来者对传主的一种纪念。当然，穆旦自己并不需要一部《穆旦传》。他的诗歌就是他生命的熔铸，这些诗歌（包括他的译诗）作为“我们语言的光荣”，足以使“穆旦”这个名字长久地存于我们的记忆之中。纪念，归根结底，是源于我们内心的一种需要，也就是说，是我们需要一部穆旦的传记，因为，像穆旦这样的诗人“来自过去而又时时呈现在我们面前，成为一种激励我们的力量。纵然我们依然生活在一个混乱的贫乏的时代，但他们的存在，就标志着仍有某种光辉的事物在我们中间”[①]。或许，这也构成了《穆旦传》在浙江人民出版社出版后不到两年的时间就在世界知识出版社重版增印的一个原因。这本《穆旦传》（世界知识出版社，2006年8月版）是对上一版本的再版修订本，除补正了个别疏漏外，还增加了不少文字内容和新的“视觉史料”，这使得这本《穆旦传》增

① 王家新：《为了那“永久的无名”》，诗歌月刊，2007（1），第23页。

色不少。概而言之，这是一部平实、结实、沉实的传记。

之所以说《穆旦传》是一部平实的传记，这是传记作者的写作方式带给我们的阅读效果。我们不难看到，在一些传记中，作者常常由于和传主过于贴近，在传记写作过程中会投入过度的情感和无限的同情，常采用传主的视点抒情和唏嘘感叹；一些传记作者由于对传主过于景仰，而在写作过程中采用仰视的视点，难免溢美之词。这种对传主过度的情感投入和仰视的视点，有时会起到相反的效果，会削弱真实的历史带给我们的震撼。冯至就曾对他的传记作者说，“过分溢美的文字，读后往往不但不感到愉快，反而很难过”，“溢美会起反作用”。[①] 而我们知道，这本传记的传主穆旦，虽然生前寂寞，但在他身后，声誉日隆，甚至在一些批评家所开列的“诗人排行榜”上高居榜首。一些冷静、理性的读者难免会“心存疑虑”：“诗人的命运太悲惨了，是不是把怜惜加进了推崇？诗人死得太早了。是不是鄙视生者而过多的褒扬了死者？”[②] 而在这部《穆旦传》的写作过程中，陈伯良先生自觉地弃绝了仰视视点和过度的情感投入，以“不虚美，不隐恶”的史家笔法，用纪实的方式，尽可能“让事实说话”，没有夸张的抒情和感叹，没有完全出于传记作者本人臆度的心理描写，叙事上也拒绝想当然的虚构。在与笔者的通信（2006 年 11 月 10 日）中，陈伯良先生说，他只想做一个“讲述者”，而不是一个“评论者”，传主的心理活动、情感变动以及思想境界，尽量让读者从传主的行为中自己去体会。例如，穆旦赍志以殁，但身上仍背上“历史反革命”的罪名，一直没有公开彻底平反。直到 1981 年 12 月，穆旦的同学好友李政道第二次回国，受到邓小平的接见。他事先提出要会见穆旦的夫人周与良。周坚持要校方在穆旦的“问题”上给一个说法。校方考虑影响太大，最后决定给穆旦恢复副教授职称，并且举行追悼会，公开平反改错。作者写道：“1981 年 11 月 27 日，南开大学党委在天津烈士陵园举行了隆重的查良铮骨灰安放仪式（同时在八天前发出早在四年多前就

① 蒋勤国：《冯至评传》，人民出版社，2008 年，第 3 页。
② 韩石山：《你该读读〈穆旦传〉》，文汇报，2005-02-22。

该发出的讣告），也即是一次公开的追悼会。骨灰存放烈士陵园。”[①] 寥寥数语，轻描淡写，在这种“克制陈述”中，读者自会感到一种悲剧的震撼力。这种不尚铺染的创作方法使得这本传记有如素描，简洁地勾勒出穆旦一生的轨迹，平实而不粗糙，凝练但不滞涩。

《穆旦传》对“穆旦”这一笔名的解释很好地体现了这一平实的文风。有人对查良铮为什么要取“穆旦”这个笔名曾有多种猜测，在陈伯良看来，此事并不费解：穆旦只是把自己的本姓“查”字，上下两半分解成“木”“旦”，然后取其谐音，以“穆”代“木”，只是由于在姓氏中，“穆”比“木”更多见而已。他进而分析到，穆旦在写诗、译诗时还用过“慕旦”，这显然是从“穆旦”演变而来。这和他在译时曾用过“良铮”的谐音“梁真”是一样的。而穆旦的堂弟查良镛，也曾化“镛”字为“金庸”，这和穆旦的取名是不约而同、不谋而合。[②] 与之形成有趣的对照的是穆旦研究专家曹元勇对这一笔名的诠释。曹元勇甚至认为这一笔名“表明了穆旦作为诗人的独特之处”：“在早期阶段，他发表作品时用过‘良铮、慕旦、穆旦’三个名字。‘慕旦’有向往光明之意，而向往光明与处身黑暗及对黑暗的意识密切相关。暗夜与晨旦、黑暗与光明既矛盾对立，又相依相从。后来，当诗人确定用谐音字‘穆旦’作为写诗时用的笔名，除了包含以上的寓意，还含有对‘穆旦’两个字的铿锵有力、催人感奋的声音感的纯粹爱好与追求。通过‘穆旦’两个字，诗人把纯粹的声音美感与形象玄思的涵义成功地融合成为一体。因此，从某种意义上说，这两个同是去声的单音节汉字的巧妙并置，是诗人早期写下的最成功的诗行之一。”[③] 二者相比较，显然陈伯良的解释更合情理，让人豁然开朗。而曹先生的解释虽富有诗意，但无疑是一种“过度诠释”，因为这种解释存在着一个前提错误，即我们至今所发现的诗人最早使用这一笔名的作品是发表于《南开高中生》1934 年秋季第 4、5 期合刊的杂感《梦》，当时作者署名“穆旦”，

① 陈伯良：《穆旦传》，浙江人民出版社，2004 年，第 200 页。
② 陈伯良：《穆旦传》，浙江人民出版社，2004 年，第 20 页。
③ 曹元勇：《蛇的诱惑》，珠海出版社，1997 年，第 274 页。

而非“慕旦”。

《穆旦传》又是一部“结实的著述”，这是就这部传记的史料的翔实、真实、珍贵而言的。要为穆旦作传，绝非易事。因为穆旦为人内敛、不事宣扬，不像徐志摩在众多的散文和日记中直陈自己的行迹、情感和思想，加上他被打成“历史反革命”，长期处在与世隔绝的环境中，又遭遇了“十年浩劫”，有关资料，少之又少。他在逝世之前整整三十年的经历，甚至连许多老朋友也不知道——黄裳在给陈伯良先生的信中说：“穆旦亦五十余年前老友，常于巴金家相遇，不幸早逝，可惜也。今读此传，始知其晚年不幸遭遇，真恨事也。”（引自陈伯良先生与笔者通信的附件）近年来，穆旦研究虽成热点，但多论及其诗歌，谈及其行状的甚少——这也是《穆旦传》迟迟不能面世的一个重要原因。作为一位多年从事地方文史工作的长者，陈伯良在《穆旦传》的写作过程中，以严谨的治史态度，积十余载之功，除向穆旦的夫人周与良教授及其子女亲属请教外，更多的是在穆旦的师生友人的回忆文章、书信、日记中，钩沉稽远，披沙淘金。在陈伯良看来，“日记、书信、自传、回忆录，都是作者的自我表白。尤其是日记和书信，因为来自生活，是在当时的环境、心态下记录与自己或与友人相关的人和事，是真情的袒露，实况的记录，很少虚假，较之一般人物评论或印象记之类的作品更加真实可信，因此也具有更多的史料价值”①。比如，传记中提到，穆旦考入清华，曾参加“左联”外围组织“清华文艺会”，就是陈伯良从赵俪生写的《篱槿堂自叙》中发掘的珍贵资料。

笔者在此想要着重评述的是这部传记中的“视觉史料”。这部传记有 140 余幅图片，包括照片、书信、日记、手稿、书影、刊发的文章的影印件、履历表等。这些图片增加了阅读的趣味性，不止于此，照片之类的图片是真实历史的瞬间凝定，这就使历史“清晰可见”，也使读者仿佛置身历史现场。其中，不乏极为珍贵的史料，例如，由来新夏教授提供给作者的一份穆旦亲笔填写的履历表。穆旦“参加革命前后的履历”为传记写作提供了真实可信的依据和参

① 陈伯良：《徐志摩书信的最新编集》，出版史料，2004（4），第 40~41 页。

照系。不仅如此，我们可以看到，履历表上的“家族出身”和“个人成分”，穆旦分别填的是“小资产阶级”和“伪军官”。据此，我们不难想象，穆旦满腔报国热情，历经险阻回国后，却头顶着“伪军官”的棘冠的精神压力，同时，我们再也不会对穆旦诗句中的“小资产阶级”视而不见，比如《葬歌》中的“我看过先进生产者会议，红灯，绿彩，真辉煌无比，他们都凯歌地走进前门，后门冻僵了小资产阶级”。再如，穆旦《友谊》一诗的手迹。细心的读者会发现它与李方所编的《穆旦诗全集》中所录的《友谊》一诗有差异。后者的第二段的最后一节为：

呵，永远关闭了，叹息也不能打开它
我的心灵投资的银行已经关闭，
留下贫穷的我，面对严厉的岁月，
独自回顾那已丧失的财富和自己。

而《穆旦传》中此诗的手迹的最后一节则为：

呵，永远关闭了，叹息也不能打开它
我的心灵投资的银行已经关闭，
留下破产的我，面对严厉的岁月，
独自回顾那丧失的财富，丧失的自己。

李方在《穆旦诗全集》的“编后记”中说：“不同时间或不同版本发表的同一作品，文字若存差异，则以作者的修订稿或最后版本为准。遇有此类文本变更情况，编者亦以注释说明。”[①] 在《穆旦诗全集》中对此诗只是注明“载《诗刊》1980年第2期”，对其文本变更，并未加以注释说明，当是李方未曾见到

① 李方：《穆旦诗全集》，中国文学出版社，1996年，第420页。

诗人手稿之故。而在笔者看来，此手迹稿更好。在与此诗同年所作的《自己》一诗中，有这样的诗句：

昌盛了一个时期，他就破了产，
仿佛一个王朝被自己的手推翻，
事物冷淡他，嘲笑他，惩罚他，
但他失掉的不过是一个王冠，
午夜不眠时他确曾感到忧郁：
不知那是否确是我自己。

手迹稿的“破产”恰与此形成“互文”，且“破产”较之“贫穷”更有力度。况且我们知道，穆旦诗中经常用“投资”“银行”“破产”此类经济名词。而最后一行较之“独自回顾那已丧失的财富和自己”，由于“丧失”一词的重复而倍增沉郁哀伤。此外，传记中《自然底梦》一诗的手迹也与《穆旦诗全集》中有差异。此类文本变动自然具有版本学的价值，从中我们可以了解到诗歌的构思、修改情况，甚至有时还会让我们从中窥到诗人的精神处境，就像《穆旦传》中“人生本来是一个严酷的冬天”一章中，作者对《冬》这一文本的修改所作的分析。

《穆旦传》是一部沉实的传记，不是就这部传记的厚度而言的，这部仅仅16万字的传记对于一位在中国新诗史上占有如此重要地位且产生广泛影响的诗人来说似乎有些“薄”——比较一下版本众多的徐志摩传会加深这种印象。笔者所谓的“沉实”主要是就其价值而言的，包含两层所指。其一指的是这部传记在诗歌史和诗人研究上的价值。学者王圣思认为，《穆旦传》“填补了中国新诗史上的一个空白”（引自陈伯良先生与笔者的通信的附件）；而诗人、青年批评家姜涛则说：“在中国现代诗歌史及思想史上，‘穆旦’都是一个远未被穷尽的话题，但进一步讨论的前提必须是：回到穆旦自身。这本传记为此奠定了基础。”（《穆旦传》封底）其二指的是这部传记所涉及的历史的沉重感。比如传记中写道：很少见到有关如何造成穆旦这一冤案（笔者按，指南开“外文系事件”，此事件导致穆旦被打成“历史反革命”）的详细文字记载。因此，在人们心目中，至今仍然是一个问号、一件悬案。当有记者试图联系穆旦当年在南开大学的同事、曾经与穆旦等教师联名向领导提过意见和建议的李天生时，却被李天生拒绝。“他只想说‘穆旦是一个好人’，而不想谈过去的事：‘没有什么好谈的。’弦外之音，不难令人想到，其中还有不好的东西，尽管时间已过去了半个世纪。”①读罢此段文字，相信读者都会感到历史的重压，“沉默如潮涌”，并进而深思何至于此。——由“知人”进而“论世”，反省历史悲剧产生的深层原因，避免悲剧的重演，这也是一部传记所应承担的价值。

爱之深，则求之备。最后，笔者还想指出这部传记存在的瑕疵和疏漏。除本书勒口处的错误（笔者按，当为编辑之误：将穆旦原籍误为“浙江宁海”，应为海宁；将穆旦、唐湜等 9 位诗人合出《九叶集》的时间误为“40 年代”，实际上，《九叶集》是江苏人民出版社 1981 年 7 月出版的）外，还有如下错误：“1943 年 9 月，中国新诗先驱闻一多选编的《现代诗抄》出版，其中也收入了穆旦的《诗八章》《出发》《还原作用》《幻想》等诗。”②——涉及此处史实，浙江人民出版社版《穆旦传》写道：“闻一多先生很器重这位富有才华，又很虚心勤奋的弟子，时时给予启迪帮助。在后来编选《现代诗抄》时，还选录了穆旦写作的十一首诗。诗选数量之多，仅次于 20 世纪 20 年代之初就已出名的徐志摩。”③显然，修订版改正了前一版的错误，但仍不准确，查阅《闻一多全集》第一卷可知，《现代诗抄》收录的穆旦的四首诗是：《诗八首》《出发》《还原作用》和《幻想底乘客》。“威廉·燕卜荪是一位来自英国的青年教师，有着数学头脑的‘超前式’的现代诗人，也是一位锐利的批评家，称得上一位奇才，更是一个左派。他曾在西班牙内战的战场上开过救护车，到过中国抗日战场，

① 陈伯良：《穆旦传》，浙江人民出版社，2004 年，第 137 页。
② 陈伯良：《穆旦传》，浙江人民出版社，2004 年，第 94 页。
③ 陈伯良：《穆旦传》，浙江人民出版社，2004 年，第 29 页。

写下了不少令人赞叹的十四行诗。”[①]——事实是，此处第二句所描述的是英国大诗人奥登的情况，而不是燕卜荪。此外，中美关系解冻后（1973 年左右），周珏良将亲戚从美国带来的《西方当代诗选》转赠穆旦，穆旦开始翻译艾略特、奥登等人的现代派诗歌。穆旦（查良铮）译的《英国现代诗选》由湖南人民出版社在 1985 年出版。在当时风雨如晦的语境下，翻译现代派诗歌显然是不同寻常的，应该与穆旦晚年的思想状态和精神处境有着重要的关联，而《穆旦传》对此史实付之阙如，不能不说是一种疏漏。而《诗八首》作为穆旦最优秀的、最有影响的“名篇”，其“本事”自然是诗人成长和情感经历的重要部分，而这部传记并未提及———无论是出于为逝者讳的目的，还是由于史料的缺乏而无法考据，对于这部传记来说都是一种遗憾。

1976 年穆旦摔断了腿，久病不愈，他已有了对身后事的考虑。他在给友人信中已流露出人生零落的感伤，还整理了文稿交付给女儿。在这一年 7 月，他写有《自己》一诗，其中有这样的句子：“另一个世界招贴着寻人启事，他的失踪引起了空室的惊讶，那里另有一场梦等他去睡眠，还有多少谣言都等着制造他，这都暗示一本未写成的传记：不知那是否确是我自己。”我想，陈伯良写成的这本传记，应该可以告慰诗人了，它以有案可稽的事（史）实说话，而不是捕风捉影的“谣言”，呈现了一个较为真实的穆旦。

① 陈伯良：《穆旦传》，浙江人民出版社，2004 年，第 29~30 页。

带着心跳和体温的别样书写

《读一首诗，让时光安静》是辛泊平的新著。这本书我几乎是手不释卷，很快读了一遍。一来，泊平是我同窗好友，对于他的姗姗来迟的第一本著作有一种急欲一读的兴奋。二来，是由于这本书的文字晓畅通达而又闪耀着对于诗歌对于生活的智慧，读来亲切而又欣快。

"读一首诗，让时光安静"，我很喜欢这个书名。在充满喧哗与骚动的世界，"长恨此身非我有"甚至"疲于奔命"成为了我们不止一代人的怕与烦，"忙"则无奈地成为我们的口头禅和挡箭牌。而诗意、诗歌就成为了我们精神的滋补品，尽管有时显得"奢侈"。这里需要着重一说的是，从根底上来说，诗歌并不是文字游戏，不是修辞练习，不是生活和文化的装饰，而是对于生命、生活和生存的冷静观照、擦亮、挖掘，是一种记忆的坚持。因此，对于诗歌的阅读与诗歌的写作具有同质性，其注定是缓慢的，不可能是应付任务式的急就章。这本书泊平写了十年，我理解并赞赏这种态度。对于诗歌的阅读呈现了生命的安静。在反复而持续的阅读中，时钟那种催促的咔嗒咔嗒的声音消隐了，世界因文字的皴擦而变得清晰，心灵渐渐褪去世俗化的角质层，恢复对于美和真的敏感和渴意。正如泊平所说，"这不仅是一种心境，也是一种缘分"。

泊平对于诗歌的缘分，我是十分清楚的。在上大学时，泊平就心仪诗歌，是有名的校园诗人。其毕业到“远方”的山海关工作，一直坚持着对于诗歌的热爱。敏而好学、笔耕不辍的他深得陈超先生的关注与赏识。而作为中国当代诗坛“新批评的重镇”的陈超先生，以其人品和学识对于作为学生的泊平有着不可忽视的直接影响。泊平也曾“夫子自道”：“在阅读当代诗歌的时候，陈超先生的理念及方法肯定影响着我的感受和判断。”（《在一首诗里安静下来》）在《读一首诗，让时光安静》这本书中，其到位又有味道的批评，其不激不厉而风规自远的文字，依稀可以辨出陈超先生文本细读的音色。

当然，最主要的是泊平对于陈超先生“生命诗学”的克绍箕裘。陈超的诗学批评一直没有脱离生命诗学的根基。在《生命诗学论稿》的扉页上，他曾引述史蒂文斯的话说，“诗歌的理论乃是生命的理论”。优秀的诗歌，不仅是特殊的修辞技艺，也是诗人试图揭示和命名生存、历史、生命、文化中的噬心困境所产生的“精神重力”。而揭示生存、眷念生命、流连光景，闪耀性情，是诗人所共有的基本姿势和声音。泊平对于“生命诗学”的体认可以在《读一首诗，让时光安静》一书对于诗歌的选择上窥得。此书中的 82 首当代诗歌，其作者既有北岛、陈超、王家新、韩东、张枣等尽人皆知的名家，也有很多名不见经传的“70 后”“80 后”，由此可见，泊平并非因人选诗，确实是“私人化的诗歌阅读史”。而恰恰是这种不受指令的阅读和写作，可以看出泊平自谓的“个人的喜好和偏见”。书中的诗歌被归总成四辑，绝大多数都是揭示生存、眷念生命的有“精神重力”的作品，而对于这些诗歌的解读也大多着力于此种功能与价值。泊平说：“我不关注所谓的流派和圈子，我在乎的是感觉。”感觉的“觉”，是在“感”的基础之上形成的一种认知，一种觉悟，一种自觉的理念。在我看来，泊平的“觉”就是对于生命诗学理念的体认。

从构字上，诗，从言从寺，这就启示我们，诗歌是远离喧嚣的语言，是需要沉思默想、静静领悟的语言——这是文字中积淀下来的先人的智慧。而现代诗歌，被称作“文学中的文学”，是生命与语言摩擦的辉光，其精炼、浓缩、多义，对应着生命的晦暗幽微，蕴藏着语言中的“铀”，因此，对于诗歌的解读成为一种必要。当然，上乘的解读需要“火眼金睛”的眼光，需要智慧（不仅仅是智力）。毫无疑问，泊平是胜任这项工作的。作为资深诗人，他有着长期的诗歌写作经验，而且佳作迭出，多首诗歌被选入各种读本，因此他对于诗歌文本中的技术性问题会尤有会心。同时，“圆照之象，务先博观”，泊平有着健壮的“阅读之胃”，对于艺术和哲学的著作广有涉猎，而就诗歌而言，其阅读之广，从这本书所选诗歌的作者的涵盖面可见一斑。正所谓“操千曲而后晓声，观千剑而后识器”，泊平对于现代诗的写作现场是十分熟稔的，所以解读也就往往能以简洁之辞直击核心。

对于现代诗的解读，既需要“诗内功夫”，也需要“诗外功夫”；既需要“技术含量”，也需要“精神含量”。它不是那种古典诗话的“此诚佳句”的寻章摘句，也不是那种把古典诗词“译成”白话文式的勾兑，同时，也不能成为诗歌文本的附属品。理想的诗歌解读与批评写作，在一种对他者的阐释与自我理解之间实践着话语的主体间性，将成为它所解读的诗歌文本的扩展了的语境，敞开其意义及沉默的氛围。这是一种别样书写，既是一种针对文本的阐释性话语，又是独具风格的创造性写作。

泊平的诗歌批评就是这样带着心跳和体温的别样书写。他的诗歌解读和批评达到了诂诗和悟诗的平衡，既关注诗歌文本的结构和意象，又结合生存的真实感受和生命的真切感悟，而并没有完全践行英美新批评的文本细读（Close Reading）。新批评的文本细读的长处是可以分析出威廉·燕卜荪的“朦胧的七种类型”，展现语言的精微，修辞的复杂。但这种带有匠气的“学术化”，会使本欲亲近诗歌的普通读者望而生畏，同时，更严重的，过于条剥缕析，会使诗歌“活龙弄成死蛇”。陶渊明有言，“好读书，不求甚解，每有会意，便欣然忘食”。这其实是很理想的阅读状态。这里的“不求甚解”，并不是马马虎虎、似懂非懂，而是不追求“甚解”，即过度的阐释。泊平的诗歌阅读和批评也类乎此，追求的是“会意”，一种知音善赏的兴奋，一种情动于衷的言说欲望。他曾和我多次谈到过这种写作的快乐与欣然。因此，与其把这本书中对于诗歌的解读称作“赏析”，不如称之“赏会”更准确。

读泊平近年来的文字，有一种“通会之际，人书俱老”的感觉。当然，泊平只是刚过不惑之年，这里说的“老”，是指他对于生命和生存体验与理解的通透，指的是其文字的浑融畅达而有劲道。如前所述，理想的诗歌批评不能成为诗歌文本的附属品，批评话语不是一种没有语言意识、缺乏修辞能力的解释，而应该与它阐释的诗歌文本呈现在一条语言的水准线上。我们在这部书中，读到了郁郁芊芊发于笔墨间的葱葱文气。书中几乎每篇文章的语言都有节奏感，精准熨帖，要言不烦，染有诗意的浓郁，具有瓷器的质感与光泽。直取性灵的精彩文字屡屡擦亮读者的眼睛。这既是泊平才情的显现，同时也可以看出，他对于诗歌解读这种别样的写作有着自觉的文本意识。为印证所言非虚，请允许我抄录这本书中的几段文字——

几行文字静静地站在一起，却产生了一股奇特的电流。你遇见它，眼睛，神经，心灵，都会有一种奇特的化学反应：闪亮，酥麻，震撼。这是诗歌的魅力，更是一种前世的缘分。因为，纯粹的文字，有了超越文字的飞翔，有了翻转时间的力量。（164 页）

边缘的诗歌也不会带来物质化的价值指数，许多时候，诗歌是一个不合时宜的标签，是一个让人蒙羞的语义描述。然而，这种脆弱的语词存在，却可以构成一种信仰，在一个无序的年代里，支撑着生命的操守与灵魂的叩问。……诗人是脑后长反骨的家伙。他不盲从，不趋同，而是永远睁着怀疑的眼睛打量着我们身边的世界。在这种深层的打量里，世界并非我们期待的那样纯净和无辜。所以，他不满，不满那种遮蔽真实的谎言；所以，他追逐，追逐超越肉体生存的意义。（219 页）

生活永远大于写作，生活永远比文学作品更复杂、更多元，也更具有戏剧性。所以，摒弃那种表演的成分，以一种虔敬的态度对待苦难，不冷眼旁观，也不沉溺，让苦难本身说话，不借助技巧，不依赖技巧，不刻意技巧，才是真正的技巧。因为，在苦难面前，技巧是轻浮的。有良知的诗人，会把技巧融入苦难之中，而不是相反。这是一种境界，是一种无招胜有招的艺术修为。（139~140 页）

限于篇幅，不能过多抄录。仅就所录的几段，我们就可以欣赏到文字的精彩和诗情——这也是诗人批评家共有的特点。这样的阅读让我们的灵魂从琐屑昏蒙中跳脱出来，变得荦荦大端。同时，“语言的边界就是思维的边界”，这几段文字言简意赅，谈到了诗歌的魅力、诗歌的阅读感受、诗歌的价值和作用、诗歌的技巧、写作与生活，都是非常精准到位的。

综上拉杂之陈，这本《读一首诗，让时光安静》既是供诗歌爱好者助读当代优秀诗歌的普及读物，又是质量上乘的研读现代汉诗的研究专著。书中对于诗歌的见解、对于生命的领悟值得有心人去静静品味。

李小洛的偏与爱

这本《偏与爱》（三秦出版社，2014 年版）主要是对李小洛诗歌的研究论文的结集，还有十余篇李小洛印象及访谈，分为诗路、诗艺、诗心三个专辑，较为系统、全面地解析了十年来李小洛的诗歌创作密码和心路历程。

十年前，李小洛在诗坛异军突起，此后贡献了《病历书》《孤独书》《安康居》《出安康记》《一只乌鸦在窗上敲》《省下我》等一批不同凡响的诗篇。我曾在多年前的一篇评论李小洛的文章（这部论文集的第一篇）中说："她之所以在众声喧哗的诗歌场域中脱颖而出，是因为她异于同侪的诗歌品性和别具深度的'精神练习'。她在舒卷自如的诗句中所展现出来的个体生命体验的深度以及基于人道主义而投注在生存背景中的悲悯情怀给人留下深刻印象。"在这部评论集里，诗人路也同样看出了李小洛的独特性："在当代诗歌的众声喧哗里，李小洛找到了属于她个人的语调，而她自己就是这种语调的开创者、模仿者和终结者。"在路也看来，笃定清朗的悠然之态，舒展弥漫的自然之风、举重若轻的优雅之气以及我行我素的坚执的力量，"使得李小洛成为李小洛自己，而区别于当代其他任何一个女诗人和男诗人"。兼具评论家和诗人身份的霍俊明则有着敏锐的艺术感受力和领悟：李小洛的诗作与其他女性诗人比照起来，她的诗歌写作更多是一种缓慢的、沉潜的、静思的状态，有着一种凝重的冷色调，

“这在女诗人中是少见的”，而这种缓慢状态的诗歌写作“比较具有代表性地显现出诗人在日常生活和岁月流逝中的深切感怀和知性思索，而这种静思的状态使得李小洛的诗作更具有一种复杂性”。因此，李小洛是值得研究的。

在这部《偏与爱》里，资深的陕西籍诗歌评论家沈奇说，李小洛在陕西文学界“确实是一个难能可贵的典型个案”，是新世纪陕西诗歌进程的“亮点”，并对李小洛做了如下的论断——自然生成，实力表现；由边缘而中心，守自在而自重；沉着、低调、本质行走——坚持人本主义的李小洛，体现了新一代文学人／诗人之创作主体的精神取向：既是一种生命托付，又是一种生活方式，一种沉静中的自省和豁达，使她超越了性别的局限，并“以退出‘角逐’的精神自适展开了女性写作新的角度”。李小洛在诗坛的脱颖而出，显示了她的才华和慧根。有“慧根”的诗人后面总有“会跟”的诗人。“停下来的世界，多像一个巨大的湖泊”是李小洛的诗歌《一生的快乐》结尾的句子，此语一出，模仿者甚众。李小洛淡淡地说：“这哪能模仿的了呢？”她的嘴角和声音里带着淡淡的自负。我理解她的自负，因为，这种修辞技艺，并不是一种纯技术性的操作，而是源于生命的疼痛与感悟，是这种疼痛与感悟在语言中的瞬间显形。正如谢冕所说：“最后的一滴眼泪，还有病房中逐渐暗去的光线，传达着李小洛独具的凄美，人生体验的成熟。”十年从医经历使她更多地对生与死进行思考，加深了她对生命的理解，并激发出心灵深处的悲悯情怀。而这，使得她的诗歌别具生命体验的深度，甚至影响到了她的诗歌修辞。李小洛的写作始于灵性震颤，终于审美愉悦。其诗歌兼具世俗的乐趣和宗教的情怀，语境清澈但有着心灵内凝的涡旋。

就像龙扬志在文章中提到的，当年李小洛在首都师范大学做“驻校诗人”时，她的诗歌常在“吴门弟子”圈里讨论，因此，我自认为对于李小洛的诗和人是比较熟悉的。但这部研究论文集《偏与爱》，拓展和深化了我对李小洛诗歌的理解和认识，甚至对于当代诗歌写作和诗坛现象的理解也是多有裨益的。

五年前，李小洛出了一本诗集，取名为“偏爱”。这本评论集子她又命名为“偏与爱”，由此可见李小洛对于“偏爱”这个词的偏爱。在《我只是偏爱左边一点》一诗中，李小洛写道：“我已经习惯了接受来自左边的疼痛／习惯了它们比右边来得更为仔细一些／准确一些，放肆一些。慢慢地／温暖一些，幸福一些。”身体的“左边”是心脏所在的位置，“左边的疼痛”，我们可以理解为来自心灵的痛切的感受。李小洛习惯于在诗歌当中让发自本心的感受更“仔细一些、准确一些”，也更“放肆一些”，这样的写作就不是盲目地跟风性写作，不流于时俗，更不媚俗。由心而生“爱”，由爱而心生悲悯，所以“整个世界住在我的泪水里”，这也是李小洛对于诗人天职的领悟：对命运的承受和歌颂。由此，“慢慢地／温暖一些，幸福一些”。“偏”与“爱”，或许也就是李小洛在诗坛卓尔不群、有着鲜明的个人辨识度的根由所在。

这部《偏与爱》中有文章说，随着李小洛的崛起，研究者的目光转移到了陕西南部小城——安康，也有人说李小洛是“陕南文化的一张生动、美丽而婉约的名片”，甚至有人把李小洛的诗歌称作是“安康性写作”。的确，李小洛的故乡安康成为了她写作背后的强大的根性场阈。在这部文集的“代序”《去更远的江河》一文中，李小洛写道：“安康是秦岭以南，汉江边上的一座小城。每天，穿行在这座小城，不必‘跑得比闪电还快’，也不必担忧‘生活在别处’。从东到西，不过大半小时的路程。很多年，我和我的诗歌就这样诗意地栖居。”在《安康居》组诗中，她也吟唱了安康带给她的幸福和温暖：“哪里也不去了，就在这个小城／坐南朝北，守着一条江／这是我最后的地址／一封信可以到达的地方／／守着江水和两岸的秋天与渔火／看着寒风中的鹰、炊烟／棉田和菠萝。守着／麻雀的故事、老照片、邻居的旧生活。”

这部《偏与爱》是“安康女作家群”研究丛书之一。从作家与地域的关系角度进行研究，是非常有意味也有意义的课题。这是一种文化地理学的研究，更具体地说，是文学地理学的研究。“文学地理”这个概念，在中国，最早是由近代学者梁启超先生提出。1986 年，诗人学者金克木先生发表了《文艺的地域学研究设想》，在当代较早地倡导了从地域的角度研究文学艺术。一个地域的风俗人情、文化承传、人文历史，甚至山水地理、环境气候，都会对作家、诗人产生或多或少的影响。安康有着深厚而悠久的文化内蕴和美丽怡人的地理风景。宋代大诗人陆游曾写诗赞叹：“安康甲第天下传，玉题绣井摩云烟。落城鼓吹震百里，意气欲压秦山川。”我曾作为“安康诗歌奖”的评委，短暂造访过安康，这里给我留下了深刻而美好的印象：秦岭、巴山、茶树、汉江以及山间蒸腾的云烟，还有听到的紫阳民歌，还有在安康的汉江江畔听到的花鼓子，让人意犹未尽。那种感觉，套用路也的诗句说，在这里，住也能住成诗人！

希望李小洛不要停驻诗歌的脚步，能够“去更远的江河”，也祝愿这座有着吉祥名字的城市，诗意安康！

第四辑

诗学翻译

诗歌传达什么？

[美]克林思·布鲁克斯

王永 译

[译者前言]

克林思·布鲁克斯（Cleanth Brooks，1906—1994）美国新批评派大家，曾与R·P·沃伦创办《南方评论》（Southern Review），其代表作有《精制的瓮——诗歌结构研究》《现代诗与传统》《隐匿的上帝》《福克纳：约克纳帕塔法郡》及与沃伦合著的《理解诗歌》《理解小说》等。

《诗歌传达什么？》（What Does Poetry Communicate？）译自布鲁克斯的名著《精制的瓮——诗歌结构研究》（The Well Wrought Urn—Studies in the Structure of Poetry，A HARVEST BOOK，SAN DIEGO、NEW YORK、LONDON，1975）的第四章。译时略去了本章的附言部分。在这一章中，通过对17世纪英国诗人赫里克的《科琳娜赴五朔节庆典》的细读，布鲁克斯提出了一些精辟的论点，比如："诗人是重造语言"，"诗言诗所言"等。

由于“现代”诗的出现，诗歌传达什么的问题（如果确有此问题），已经强迫性地降临在我们头上。这个问题所涉及的一个论断就是诗歌公认地难懂——对于有着传统阅读习惯的读者来说诗歌似乎注定要难懂，但别忘了这样的事实——实际上，这个论断往往基于这样的事实被确认：他是一位文学教授（诗歌对于他来说也是难懂的）。

因为这个原因，这些难以相处的现代诗人常常被认为是反传统的与不负责任的代表。（顺便提及，战争鼓励了这种倾向：本应知道更多的评论家不得不直面一种流行性的吁求——我们应该重返一个诗人知道他说什么而且没有胡说八道的美好的过去。）

然而，这个问题只允许一个诚实的答案：现代诗歌（如果它真是诗，而且，最好，它是真正的诗）传达任何其他诗歌所传达的东西。事实上，这个问题是个糟糕的问题。传统的诗歌传达什么？像赫里克的《科琳娜赴五朔节庆典》这样的诗传达了什么？这个例子很好：这首诗久享盛誉，而且它并非因为难懂才为人知。

教科书的答案非常简单：这首诗的主题是及时行乐（carpe diem）。当然可以这么说。但是这首诗与这个主题有什么关系——确切地说：诗人是否接受这个主题？他是在多严肃的程度上接受它？从哪些内容得出如此结论？等等。这些是头等重要的问题，当我们去处理如下的问题时，有一点是明显的：在描述了五朔节庆典的欢快之后，诗人开始了他最后的邀请，通过把这些快乐说成是“无害的荒唐时光”，从而让科琳娜接受。如果不是心不在焉地给一个无关紧要的新生口授一个普通的答案，那么我们肯定会有一种被迫感从而去进一步探讨这首诗“说”了什么。

好，让我们再试试。赫里克的诗说，自然的庆典是一段美丽而无害的荒唐时光，因此，他对科琳娜的邀请只是嬉戏的，并不认真。这位英国国教牧师只是为他是卡塔路斯（Catullus，古罗马抒情诗人，以其写给“丽斯比雅”的爱情诗而闻名——译者注），而他的科琳娜是一个异教少女这个时刻而矫饰

（pretending）。这首诗是一个伪装、假意，一场化装舞会。但是请看结尾的诗行：

我们的生命短暂，我们的时光
很快跑掉，就像太阳一样；
并且，就像水蒸气或是一滴雨水，
一但失去就再也无法追回；
所以当你或我制造
一个神话，歌曲，或者短暂的阴影，
所有的爱，所有的爱好，所有的欢欣
和我们在一起，在这长夜无尽。
当时光正在效劳，我们却在衰减，
来，我的科琳娜，来，让我们共赴五朔节庆典！

显然，这里我们会产生一种感觉：这种邀请是完全认真的。

面对这样明显的矛盾，如果我们愿意，我们可以得出结论，那便是赫里克犯了晕；或者，缓解一下这种责难，我们可以解释说，他只关心的是为描述戴文夏尔州（Devonshire，英格兰南部的一个州——译者注）提供某种框架。但是，如果赫里克对他在诗中说什么感到困惑，那么对于那种处境的人来说，他的行为非常古怪。对于诗中的矛盾因素，赫里克绝非茫然无知，很显然他是清楚这些矛盾的。确实，他实际上努力强化基督徒与异教世界观之间的冲突；或者，更准确地说，当赞美异教观点时，他拒绝抑制对基督教的提及。例如，对布满露珠的早晨的所有描述中，他让这个不祥的，异教的字眼“罪过”（sin）流遍全诗。当百花欢欣，鸟儿唱着它们的赞美诗时，科琳娜逗留在房中是一种“罪过”和“亵渎”。在第二诗节中，基督教与异教之间的冲突变得十分鲜明：科琳娜要在这个早晨“祈祷简短：／最好的珠子已不多”，这用来表达对自然之神的尊崇。在第三诗节，异教信仰明显取得胜利。科琳娜——

……别犯错了，就像我们做的，已经停留很晚；……

再有，诗人实际上用来强调这种同样冲突的大量的描写，在诗中作为修饰或气氛（decoration or atmosphere）被掩盖了。赫里克坚持（伙同一个机灵的大人物詹姆斯·弗雷泽爵士）把五朔节庆典看作是一个宗教庆典，尽管，当然，那是一个异教的信仰。百花，像礼拜者一样，向东方鞠躬；鸟儿唱着“马太福音”和“赞美诗”；村庄本身，装饰以草木，成为了一组异教的庙堂：

虔诚如何给每所房屋一根树干
或树枝！每扇门，每条走廊，在此之前，
方舟，神龛……

这些宗教术语——“虔诚”“方舟”“神龛”——反复出现。科琳娜实际上因为去教堂——自然教堂——已经迟晚而正被斥责。遵从于自然的法则，村庄本身已经成了小树林。你应该记得“异教徒”（pagan）的原始意义是“乡村定居者”（country-dweller），因为在那里对那些过去的神的尊崇最持久。在这个五月的早晨，至少在诗中的这一天，乡村都变成了显示这种尊崇的村庄。象征性地，城镇消失了，它的风俗被取代了。

所有这一切都是这首诗传达的，我们无法否认。一切尽在诗中。主题（如果我们仍然视这首诗为一种主题的传达）的反响（repercussions）也是重要的。在另外的情况下，这些反响会把主题限定如下：这首诗显然并非要人们接受异教伦理，而只是陈述异教伦理的主张。这种陈述存在，并会偶然呈现，就像诗中的这一天——尽管在诗中它可能被遮蔽了。

科琳娜自己的描述为这一主题提供又一重要的条件。这首诗暗示她完全臣服于自然的统治，就像那些花、鸟和树木一样。注意第二诗节的开头部分：

起来，穿上你的百叶衣……

这暗示她是自然的一部分，就像一株植物——这是全诗中被强调的。被露水润湿的树木将会把露珠摇落在她的头发上，把她视为一个同伴和同辈。她的人类同伴，乡村里的少男少女，也像植物一样——

今天所有茁壮的少年男女
都已起床去把五月迎娶。

事实上，当我们读完这首诗的前三节，陈旧的关系渐渐地消解了：街道本身变成了一个公园，少男少女们手里拿着山楂枝归来，融入了植物本身。科琳娜，与他们一样，隶属于自然，隶属于自然的要求；春天的季节不能，也不应该，被拒绝。无动于衷就是反对自然本身的一种“罪过”。

所有这些被这首诗所“传达”，当我们试图陈述这首诗“说”了什么，我们必须把这些考虑在内。没有一种有关传达的理论会被否认，这是这首诗所传达的一部分，无论一种传达理论如何拙笨，也会用它去处理问题。

我们仍没有试图去解决这首诗中的基督教与异教的看法之间的冲突。然而他们中的二者都具备资格，（因为赫里克在诗中赋予它们资格）这就使得易于发现赫里克的可能的决定。赫里克，这位英国国教牧师，一生中的大部分时间居住在戴文夏尔州，而且他的兴趣显然不仅在于罗马和希腊的异教文学，而且还在于本土幸存下来的古老而丰富的祭仪。

这首诗中的异教与基督教主张之间的冲突相互调解的某些本质——这也是这首诗所要传达的一部分——在第四节被预示出来。与这首诗相关的异教信仰显然不是一种抽象而教条的异教信仰。它与权威的基督教道德观念临时地发生了妥协，对于二者之间的冲突没有不适当的想法（without undue thought）——

至少在这个情节中的异教信仰是这样：乡村中这些礼服上沾着草污的男孩与女孩来到牧师那里接受教会的赐福。

有人哭泣，求爱，立下誓言，
选择他们的牧师，在我们抛弃懒惰之前

在读完前三节的诗人所写的两种态度之间的嬉戏（teasing play）之后，我们显然接近了在二者之间某种可行的联系，在这首诗中最现实的（most realistic）诗节，诗中写道：

今晚许多笑话诉说钥匙的背叛
摘掉的锁…

当然，清楚的解决方案已经达成，在最后的诗节，语气改变了，诗中写道：

来，趁我们青春正长，
让我们去赴无害的荒唐时光！
我们将快速变老，死去

我不会试图详细指出这种解决方法是什么。这里读者一定要依赖诗歌本身。但是你可以冒险去提出这种语气（the tone）。这种语气可能是这样：好吧，让我们严肃点。就把我的异教论点当作荒诞剧（folly）一样放弃吧。在某种意义上，我们仍是自然的一部分，隶属于它的主张，参与它的美。在精神生活的现实中无论什么是真实的，肉体都会腐朽，除非我们赶快抓住快乐和美的某部分，否则美就会遗失。

如果我拙笨的解释触及了事实的某些部分，那么这仍然是诗歌所传达的另外的事，尽管我很难去“证明”它。事实上，我并不介意坚持这种或其他的解释。确实正是因为我疑虑于这样必要的抽象的解释，我才认为我们最初的问题——“诗歌传达什么”——是个坏问题。这并不是说这首诗什么也不传达。正好相反，这首诗传达了许多，并且通过精巧的诗歌手法传达得淋漓尽致，以至于如果我们试图用一种不够精细的手段揭示它，而不是用诗歌本身，诗中所传达的东西就会被扭曲。

如果我们考虑诗中的特殊的字词和词组的功能，这种普遍的观点就会得到强调。例如，考虑——

我们的生命短暂，我们的时光
很快跑掉，就像太阳一样；
并且，就像水蒸气或是一滴雨水，
一但失去就再也无法追回；

为什么雨滴的隐喻有如此强烈的效果？很难说是因为这个隐喻是令人吃惊的长篇故事（startlingly novel）。当然造成这种效果的一个重要的原因就是这样的事实：诗人已经在他这首诗的前两节充满了露水的指涉。露珠已然形成了一种象征：春天，黎明，情人们自己的青春。露珠是自然免费的馈赠，在每一株草，每一棵树上，晶晶发亮；它们闪烁在黎明的光线中，就像一些宝贵的东西，就像珠宝；它们是女孩们合适的装饰；但它们不能持久——如果她想要享受它们，科琳娜必然抓紧时间。因此，在这首诗的上下文中，它们变成了一种象征，充满了任何字典都不能查到的含义。当这种象征在诗尾复苏时，尽管它有着不同的外观，这种效果是强烈的；因为诗人已经使这种小水珠成为短暂的青春之美的代表。这也是诗中所说的一部分，然而不是直说的，迟钝懒惰的读者根本不会意识到诗中说出了这些。

丰富的间接法则（principle of rich indirection）也适用于单个的词。试看：

当时光正在效劳，我们却在衰减，
来，我的科琳娜，来，让我们共赴五朔节庆典！

“当时光正在效劳”大概意味着“当仍有时间”，但是在这首诗的完整的上下文中，意味着“当时光为我们效劳”，时间仍是奴仆，不是主人——在我们被时间主宰之前。纯粹地向词典求助，又一次不能为我们提供这种有力的第二义（powerful second meaning）。诗人在勘探语言的潜能——确实，就像所有诗人必须做的。他在重造语言（He is remaking language）。

总而言之：通过对这首诗的分析，我们还无法确定诗人用特定而恰当的修辞来传达的一个或一套想法。毋宁说，我们的分析使我们在一步步探索的过程中越来越深入诗歌本身。随着探究的深入，我们越来越清晰地看出：这首诗不仅运用诗歌语言手段非常“诗意地”表现某个事物，而且它也是一种独有的语言载体，可以准确地传达所言之物。事实上，说得更严密一点，这首诗本身是传达所要传达的独特的“什么”的唯一媒介。传统的有关传达的理论无法为我们的意义问题提供简易的解决办法。我们没有形成比如下的粗俗的同义反复更具启发性的说法：诗言诗所言（the poem says what the poem says）。

进一步地，我们的分析基本可以揭示：不仅我们对这首诗的阅读是一个探索的过程，而且赫里克创作这首诗的过程或许也是一个探索的过程。如果有人说赫里克在向读者“传达”特定的内容，那么他几乎是在为这首诗伪造所谓真实的情境。之前我们对于诗人的描述更好，更准确：诗人就是一个制造者（maker），不是一个传达者（communicator）。他探索，酝酿，“形成”了整个体验——诗。我并不是说赫里克把自己某个特定五月早晨的独特体验复制到诗歌中，就像一个侦探在湿泥土上制作脚印模型那样。但更确切地说，出于卡塔路斯的体验，或许是出于一百种别的体验，他，或许是通过类似于探索的过程，形成了整个体验——诗。

这种经验是可传达的，至少部分如此。如果我们愿意运用想象性的理解，我们可以把诗歌作为一个物体（object）来认知——我们可以分享这种经验。但是诗人被最忠实地描述为一个制造者，而不是一个解释者或者是传达者（an expositor or communicator）。我并不想作无益的、琐碎的分析。详细阐述一种将能充分地包含这些观点的传达的理论无疑是可能的。如果我对他的理解不错的话，我相信I.A.瑞恰慈曾试图用这种方式修订他的理论。至少，他的批评的纯粹效果（the net effect）一直是强调对诗歌更加认真阅读的需要，并且把诗视为一个有机的存在。

但是大部分支持将诗歌作为传达的人一直缺少辨识，并用诗歌的这种观点去谴责现代诗人。我指的像马克斯·伊斯门和F.I.卢卡斯这样的批评家。但是或许在所有这种理论的拥护者之中，最顽强的、最具报复性的（the most hard-bitten and vindictive）是一个在他看来“传达的理论”这个术语是异常的、新奇的人：我指的是那个英国的教授。以某种形式，或是将诗歌作为对绝对的浪漫的袭击的概念，或是将诗歌作为一种道德教诲的手段的概念，传达理论的一些形式已深深地植根于普通老师的诗歌教义中。在许多的上下文（contexts）中，这危害甚小或没有危害；但是当一个人面对新奇的或难懂的诗歌时，这会将问题完全遮蔽。

许多现代诗歌难懂。一些诗难懂因为诗人势利（snobbish）并且干脆地想要约束他的观众，尽管这是一个奇怪的空虚（a strange vanity），并且比伊斯门先生要我们考虑的更稀罕。一些现代诗难懂是因为它是坏诗——整个的经验是混乱的、不连贯的，因为诗人不能掌握他的材料并赋予它一个形式。一些现代诗难懂是因为我们文化的特殊难题。但大多数的现代诗对于读者来说难懂，相对来讲，只是因为太少的人，习惯将诗当作诗来阅读（reading poetry as poetry）。有关传达的理论立刻、不可抵抗地将考验的重担抛给了诗人。读者对诗人说：我在这；让我理解是你的责任——当他自己将承担考验的重担时。

无论好坏，现在现代诗人已经将责任的负担抛给了读者。相对于直接陈述，读者必须警惕语气的变化，反讽陈述，暗示。他必须准备好接受一种间接的方法(method of indirection)。他应该进一步相当地熟悉全面的传统——文学，政治，哲学，因为他在阅读一位出现在久远传统末端的诗人，这位诗人很难被期待真诚且带着完全的正直去写作，但是读者却忽视了这一事实。但是这些困难并非不能克服，而且原则上，其中大多数可以被证明是诗人运用特有的诗歌修辞手段所致的自然结果。例如，这一点是毋庸置疑的：诗人强调对诗歌所独有的修辞手法的使用——运用象征而不用抽象，运用暗示而不用清楚的声明，运用隐喻而不用直陈。

确实，在强调对上述手法的运用中，现代诗人还没有创造出像易于理解的诗歌，像一些旧诗那样。但是这一结论很难使现代诗的批判者满意。像《科琳娜赴五朔节庆典》这样的“旧诗”说了什么？这首诗传达了什么？如果我们满意这个答案：这首诗是说“我们应该在青春逝去前享受青春”；如果我们愿意删去这首诗中作为“修饰”（decoration）的其他东西，那么我们完全可以责难艾略特或者奥登或者退特，因为他们没有使诗歌那么易于标记。但在那种情况下我们就不会对诗歌感兴趣了；我们感兴趣的只是（“主题”的）标记（tags）。实际上，数年之后，当尘埃落定，熟悉减弱了现代诗人的非常风度，当标记被迫地提供（给读者）时，我们甚至会与难相处的现代诗人达成妥协。

【附】罗伯特·赫里克：《科琳娜赴五朔节庆典》

起床，还睡不知羞！盛开的早晨
抬起她的羽翅露出未梳洗的神。
看黎明女神怎样甩起她的头发
空中是清新的云霞！
起床，小懒虫，

看那露珠点缀的香草和树丛。
每朵花面向东方弯腰哀泣
一个多钟头了，难道你还没穿衣；
不！窗外不是如此这般？
当所有的鸟将晨祈做完
唱他们的感恩歌，这种过失——
不，亵渎——要抑制。
而今天一千名女孩
起得比云雀还早，去把五月迎来。

起来，穿上你的百叶衣，过来让我看看，
就像春天的花神，新鲜
嫩绿又香甜。不用管珠宝，
不用管你的头发和长袍；
不用怕，树叶会为你
点缀上足够的珠光宝气：
尚且，今天的孩童期还没过，
为了你的到来，一些灿烂的珍珠没有坠落。
来，去把他们接待
趁着光在夜的露珠锁上徘徊。
太阳神在东山头
尚自安寝，否则就是静候
你的来临。洗脸，穿衣，祈祷简短：
最好的珠子已不多，当我们再赶到五朔节庆典。

来，我的科琳娜，来；快来，看

每片田野怎样变成街道，每片街道变成公园
树木使其碧绿整洁！看
虔诚如何给每所房屋一根树干
或树枝！在此之前，每条走廊，每扇门，
方舟，神龛
皆由山楂优美地交织搭建，
仿佛这里就是那些爱的凉荫。
那些欢欣遍布街道
原野，难道我们看不到?
来，我们出去；让我们
将五月的宣言遵从，
别犯错了，就像我们做的，已经停留很晚；
来吧，我的科琳娜，来，让我们共赴五朔节庆典。

今天所有茁壮的少年男女
都已起床去把五月迎娶。
青春的密约，此前，
已经回家，载着山楂沉甸甸。
有人分派了他们的蛋糕和乳酪，
此前我们已经去睡觉；
有人哭泣，求爱，立下誓言，
选择他们的牧师，在我们抛弃懒惰之前：
许多绿色的礼服已经被赠予，
许多个吻，有奇有偶；
许多眼光投射，源自眼睛
——爱的天空；

今晚，许多笑话诉说钥匙的背叛
和摘掉的锁：然而我们还不是五朔节的一员！

来，趁我们青春正长，
让我们去赴无害的荒唐时光！
我们将快速变老，死去
在我熟悉我们的自由之前。
我们的生命短暂，我们的时光
很快跑掉，就像太阳一样；
并且，就像水蒸气或是一滴雨水，
一旦失去就再也无法追回；
所以当你或我制造
一个神话，歌曲，或者短暂的阴影，
所有的爱，所有的爱好，所有的欢欣
和我们在一起，在这长夜无尽。
当时光正在效劳，我们却在衰减，
来，我的科琳娜，来，让我们共赴五朔节庆典！

（王永 译）

注：罗伯特·赫里克（Robert Herrick，1591–1674），英国诗人，出生于伦敦，就读于剑桥大学圣约翰学院，获文学硕士学位。主要作品有诗集《赫斯帕里迪斯》等。

丁尼生诗中哀泣者的动机

[美]克林思·布鲁克斯
王永 译

[译者前言]

克林思·布鲁克斯(Cleanth Brooks, 1906—1994)1947年出版的《精制的瓮——诗歌结构研究》(The Well Wrought Urn——Studies in the Structure of Poetry),是一部新批评派的典范。有人曾因此把新批评派谑称为“精制的瓮主义”(The Well-Wrought-Urn-ism)。在1979年的《新批评》一文中,布鲁克斯对自己的这部著作有过介绍:“这本书的实验性质是显而易见的,是开诚布公的尝试,看看许多世纪传下来的可靠而非伪托的诗歌是否有某些共同的要素。我强调一切文学物有某些共同要素,便是有意地同当时奉为正统的英语文学研究唱反调。”这里选译的《丁尼生诗中哀泣者的动机》(The Motivation of Tennyson's Weeper)就是《精制的瓮》的第九章。在这一章中,布鲁克斯通过对英国诗人丁尼生《眼泪,无用的眼泪》的分析,再次向我们展示了其文本细读的功夫以及这种细读如何介入诗歌理解。

丁尼生或许是被人们认为综合了悖论（paradox）与晦涩（ambiguity）的精妙的最后一位英国诗人。他不是没有思想的诗人，毫无疑问，（特别是在他的晚期）他抓住了当时出现的“大”问题，英勇地与它们搏斗。但是，丁尼生所进行的这种搏斗，通常与诗歌本身的语法和象征无关。像他的《悼念》中的主角一样，丁尼生“与他的疑虑争斗”——他并没有像通常浓缩晦涩（enriching ambiguities）一样把它们转化成诗歌本身的结构。

然而，这种归纳虽然大致属实，丁尼生并不是总能成功地避开晦涩与悖论。事实上，在他的一些诗中，躲避晦涩与悖论的失败恰恰构成了他的一种特质。抒情诗《眼泪，无用的眼泪》（Tears， Idle Tears）就是个很好的例子。从严格的逻辑角度，它也许是丁尼生撞上（blundered into）的一首诗。可是，不管是不是他撞上的，这首诗获益于这样的事实，即在组织原则中的统一体（unity）高于在丁尼生的许多更有“思想性”的诗中似乎有效的统一体。

关于这首诗的一切解释可以很好地从对眼泪本质的考量开始。他们是“无用的”眼泪吗？或者它们并非最有意义的眼泪？难道不正是眼泪“无用”这样的事实（也即，眼泪并不是由直接的即时的悲伤引起的），保证了流泪自身有深层的更普通的原因吗？

似乎如此，诗人因此在诗中以悖论开篇。诗的第三行显示，在叙述者的意识中，眼泪的起源显然与某种神圣的绝望有关。它们“从心里升起”——正因这些，它们才被第一次命名为“无用的”。

但是丁尼生是否因悖论的运用而感到内疚（或被恭维）或许需要更深的讨论。当评论到这一点时，我们会明显看到丁尼生选择了一些戏剧化冒失（dramatic boldness）开篇，如果不是冒失地把“无用”与“从某种神圣的绝望深处”等同起来，那么至少冒失、粗暴扭转了讲述者（speaker）对其眼泪的最初描绘。

当讲述者看到美丽宁静的景色时，眼泪从心底升起。是不是看到“幸福的秋日田野”就想起了那些一去不返的岁月？诗人没有这样说。当看到“幸福的秋日田野”，想到时日不再，眼泪涌上眼眶。诗人自己并不负责将这些行为紧密联系起来，然而，事实上，我们中的大多数想要将它们结合起来。因为，如果我们改变“幸福的秋日田野”，比如说，变为“幸福的四月田野”，这两个词组意向相反。田野是秋日的，尽管是幸福的，它也指示着一些已经完结的事物。这个事实确实与过往相联系，因此必然引起观察者想起过往。

小结一下：第一节有一个统一体，但是在语言的通常逻辑上并不能看到它的约束力（sanctions）。它的约束力会在戏剧化的上下文（dramatic context）中被发现，在我想来，也只能在那里。的确，这一节提示了讲述者心目中的剧情：当眼泪意外地流出，流泪并没有明显的理由，讲述者为它们寻找解释。他把眼泪称作“无用的”，但是，即便他说“我不知道他们有何用意”，他也意识到，眼泪必定是从他的生命深处涌起的——如果愿意，用他的接下去所用的词来说，就是与“某种神圣的绝望”相联系。而且，流泪的真正原因就是缅怀过去，尽管讲述者自己快到此节结束时才开始认识到这一点。这从心理学和戏剧发展上都没错，故而，此节的最后一行清楚地陈明了流泪的真正原因。

因此，第一节概括了讲述者自己头脑中的惊奇和迷惑，设置了此后的诗节中将要分析的问题。这种戏剧化效果可以作如下描述：此节看起来并不是源于深思熟虑的观察，而是源于冲动的言说，也就是说，在讲述者开始言说时，他并不知道该如何结束。

在第二节，我们并不奇怪诗人把那些逝去的时日描述为“悲伤的”，可是当他又使用形容词“清新的”时，我们还是会感到一些震惊。讲述者并没有停下来作解释：实际上，这一节就是以“清新的”一词开端的。不过，这个形容词替自己作了辩护。

过往像黎明一样清新，像第一缕阳光照耀在驶来的船帆上一样清新。船显然是值得期待的，它带来了朋友，从地下（underworld）带回来朋友。从字面上，这种说法没错：“地下”只是对跖点（antipodes），指的是位于地平线以下的世界——在老式地理中，“地下世界”的素描图显示着地球的弯曲效果。迎接光亮的船帆，对任何从地球的弯曲面驶来的船只来说，必然是人们最先看到的部分。

但是“地下”一词必然提示我们想起希腊神话中的地下世界，阴间的领域，死者的处所。试图把不再的时光赋予清新的特质，不知不觉中已经发展了这些时日的特质，因为它们不属于我们的阳光世界，而是属于阴间世界。当然，这种提示在接下去的诗行中得到加强，为了给我们一幅悲伤的画面，诗行中船的隐喻被颠倒过来：傍晚，最后一抹夕光涂在船帆上，“带着我们所有的爱沉入天际”。

天际船帆上的光亮这个基本的象征被用来暗示悲伤和清新这两种性质，这个事实加强了这两种性质的联系。在第三节，这个过程进入一个新阶段：通过“清新”的变体“陌生”，这两种性质更明确地连接在一起：“啊，哀伤，陌生，如同幽暗的夏日黎明。”这里，诗人并不满足于通过两种不同形象（即便紧密相关）来暗示悲伤和陌生这两种性质。在第三节，这种特殊的悲伤和陌生是通过同一个形象暗示出来的。

这是一个经过具体的发展过程的形象。它同样涉及了清晨的景象，尽管是在反讽意义上，因为全新一天的开端将是垂死者的不尽长夜的肇始。诗中提到，那些垂死者的眼睛有一段时间是清醒的，足够看到“窗扉渐渐变成朦胧的亮块”。即将长眠的垂死者比“将醒未醒的鸟”（half-awaken’d birds）更加清醒，他能听到鸟们最早的鸣叫。我们知道为什么这种鸟鸣是悲伤的；但是它们为什么是陌生的？因为对一个最后一次听到鸟鸣的人来说，就好像他从未真正听过。这种熟悉的声音将带上不真实的性质，即“陌生”。

如果这首诗仅仅是关于甜蜜而悲伤的过去的一首轻柔忧伤的幻想曲，那么第二、三节将在诗中不必存在。然而这首诗并不是那样的幻想曲：从过去升起的形象，带着陌生的鲜明感，震动了讲述者。这些形象的鲜明和清新可以解释这突如其来的眼泪，也可以解释在诗中纠缠着讲述者的心理问题。如果过去只是忧伤但暗淡，悲伤但陈旧，我们将会没有问题，没有诗。至少，不会有这一首诗；当然我们更不会领略到最后一节的强度。

那种强度，如果合理，一定是从明显的亲近感和最终消逝的事物的秘密现身中发展出来的：那些一去不返的时光一定比通常的“不可回忆的亲爱的逝去光阴”（“dear，dead days beyond recall”）更多。他们虽不可挽回，然而仍鲜活——诱人的生动，相去不远。只有如此，我们才可以理解讲述者把它们称作：

亲切如同死后记忆中的亲吻
甜蜜如同为别人装饰在唇上的
无望幻想

只有如此，我们才能接受最后的悖论：“哦，生命中的死亡，那一去不返的时光。”

我们已经注意到，在第三节，讲述者如何把逝去岁月的陌生和悲伤比作垂死者所听到的鸟鸣的悲伤。这个比较涉及了一个更有才华的反讽对比（ironic contrast）。为指出逝去岁月于他来说如何悲伤，如何陌生，讲述者（一个活生生的人）说，他们如此悲伤、陌生，如同垂死者眼中的生者世界中的日常行为——生者对逝去岁月所产生的悲伤就像垂死者眼中的当下生活一样不寻常、新鲜。然而，这里蕴含的内容不只是一个单纯的、角色的反讽性反转；在任何一种情况下，这里都有一种最终被已知世界拒之门外的感觉。

这个反讽性对比也可以用来解释这首诗的结束诗行中的绝望感。因为绝望，装饰着“无望的幻想”的亲吻才显得更加珍贵，但是回忆取代了幻想的性质。它同样地无望——这种亲吻难以更新，如同获得“为他人伪饰在唇上的”亲吻。已经实现的过往变得如同没有实现的未来一样虚无缥缈。讲述者说，那些一去不返的时光有时亲近，有时甜蜜，无论我们如何，这都无关紧要，因为最终都是一回事。

但那些一去不返的时光并不仅仅是“亲近的”和“甜蜜的”；他们又是“深沉的”和“狂乱的”。这里语法（grammar）上出现了问题。为什么光阴“像爱一样深沉”或“带着不无遗憾的狂乱”？“哦，生命中的死亡”这个感叹语又是一个什么状况？是否它只是像“啊，上帝，时日逝去不再来！”一样的浩叹？或者它是这样宽松的同位语（loose appositive）——“那些逝去的光阴也是生命中的一种死亡”？

这些问题没有受到批判性审视，仿佛丁尼生的特许权并未获得批准。但是看到诗中需要许多特许权是非常重要的，读者决定赋予这样的措词以合理性。经过仔细阅读，你从中发现的不是含混不清而是丰富性。但是，这种丰富性是通过组织原则（principles of organization）获得的，而对一位“晦涩的”现代诗人的许多拥趸来说，这种组织原则也存在着接受上的困难。

例如，为什么那些逝去的岁月是“深沉的”？当然，这里问题并不算非常复杂。一去不返的时光构成了一个人生命的最深层，念及不可挽回的岁月而流下的眼泪可以说成“来自某种神圣的绝望的深处”。但这些时光为什么又是“不无遗憾的狂乱”？这里的张力更有野心（ambitious）。事实上，因为念及不可挽回的岁月而“不无遗憾的狂乱”正是那位讲述者。

当然，你可以证明这个形容词是一种弗吉尔诗歌《羞怯的大师》（Maestum Timorem）中人物身上的转类形容词（transferred epithet）；或许丁尼生有意如此（如果，的确，这类事情曾在他身上发生过）。但是你可以找到更好的解释，而不仅仅是求助于已然确立的文学传统的权威。我们有一种感觉，人和被记起的光阴是同一的。人就是他的记忆的总和。用在这个人身上的这个形容词也适用于使他不无遗憾的狂乱的那些回忆。因为，是这个人给这些回忆注入了自己的热情吗？或者，这些回忆给了他激情？如果我们的追查足够深入，我们会发现这种差别是不存在的。或许我应该说，更准确一些，接受诗歌本身中的暗喻，我们就会沉到这种差别消失的深处。一去不返的时光“深沉”“狂乱”，它们被湮没，但并未死亡——不易捉摸，被遗忘，然而在生命的最深层核心，秘密存活着。

逝去的岁月本应是柔顺的，被拘束的，听话的，但它不是。它有能力突决而出。“狂乱”这个词确实用得大胆，但合理。贯穿在先前诗节中的发展得到了延续：“清新”，“陌生”，现在的“狂乱”——所有这些形容词暗示了激情，非理性的生命。因此，“狂乱”一词不仅让人注意到先前的悖论，而且是最后的悖论“啊，生命中的死亡”的最后准备阶段。

最后一节唤起了读者强烈的情感反应。如果把这一节独立出来，这种感叹很难完善。这一节紧密地联系着前面的诗节，最后的悖论极大依赖于第二节和第三节中的隐喻。本应如此。为了强调这个事实，我们可以说：这首诗，它所有的热烈言说的幻觉（表现在偶然言说的松散性和明显的困惑），是经过严密组织的。它表现为一个有机的结构；整体效果的强度是整体结构的反应。

读者，比如我，一般不会争议在前面已经得出的对这首诗主题的一般陈述。他或许认同对这首诗价值的总体评估。但是读者或许会觉得对这首诗结构的关注，即便不是绝对糟糕，也是不恰当的。他会尤其不爽于对悖论、晦涩和反讽性对比的强调。他从没受过对丁尼生如此预期的教育，他有一个总体印象：这些品质的出场意味着另类的、“没有诗意”的事故的侵扰。

我无意于将这首诗知识化（intellectualize）——即把实际上自发的、简单的东西弄成自觉的、机关重重的。然而，反讽性的对比和悖论的性质确实存在于这首诗中，它们确与这首诗吸引力（dramatic power）有关。

那些认为这只不过是雕虫小技的人可以将这首诗与丁尼生的另一首诗《破，破，破》相比较，它有近乎相似的创作题材和相同意象的暗示。

破，破，破，
在寒冷的灰色岩石，啊，海！
我愿意讲出
我心里升起的想法。
哦，不错，渔夫的孩子
他与他的姐姐喊叫着，做游戏！

哦，很好，那个少年水手，

在泊在海湾的他的船上唱歌！

那些庄严的船只航行

到小山下的避风港；

但是，哦，一只消失了的手中的火炬，

凝固了的嗓音！

破，破，破，

在峭壁的脚下，啊，海！

可是逝去的一天的温柔的仁慈

永远不会回到我身边。

这首诗比《眼泪》简单，从某种程度上，它是一首不那么令人费解的诗。但是，它也是很单薄的一首诗，除非我们轻松地认同于温和的忧郁所产生的紧张，它实际上更粗糙的、更难解。例如，船只被称为“庄严的”，但这种观察是无用的，最终不相关的。它们的庄严与悲伤的经验之间有什么关系？（或许有人会说这个词暗示的是这些船去实现他们的使命，镇定的，丝毫不关心讲述者的情绪。但是这种解释是勉强的，这种相关性很小。）

让我们重新审视一下这首诗中所展现的过往的状况：手已经消失，声音已经凝固。确实，正像这首诗本身所表明的，我们感到手并未消失，声音犹可闻。否则我们根本不会有这首诗。然而诗人并不致力于将这个仍存活在记忆中的活动与其先前的“真实的”生活联系起来。他愿意接近这类事情的传统散文式的解释(prose account)。这首诗中的回忆不能称其为一种生命: 它只是“回忆”——无论它是什么——读这首诗，我们并没有被迫超越我们对这个主题的传统想法的界线。

同样地，诗行“逝去的一天的温柔的仁慈”中的元素（elements）也保持在传统的散文水平（prose level）。时日是“逝去的”；它的“温柔的仁慈”

将永不会“返回”他的身边。我们并没有被鼓励把他的当前回忆的辛酸比作坟墓中的鬼魂。诗人不承认他的经验表现为那样一种反讽性复活（ironical resurrection）；他也不允许埋藏在“逝去”和“返回”背后的隐喻经历一次复活以进入活泼的诗人的生命。诗人并不关心这些现象。

当然，诗人不用去关心这些；我认同我们无权要求这首诗应该探究回忆的本质，像《眼泪，无用的眼泪》那样。人们常常会面对着安静的甚至是幸福的情景无端伤感。诗人当然有权，如果他选择，让诗顺着这个方向行进。然而，应该注意到，为避免对这种经验的心理探索，诗人冒了失去吸引力的风险。

当然，单纯的精神分析不足以保证吸引力；加之那样的分析还存在着自己的风险：诗会变得不自然，成为冷漠的修辞。但是，当诗人能够像在《眼泪，无用的眼泪》中那样分析他的经验，运用不同的元素，把他们带入一个新的统一体，他不仅保证了丰富性和深度，而且也保证了吸引力。我们对诗歌的传统解释——它使情感与智力对立，“抒情的单纯”（lyric simplicity）与“深沉的冥思”（thoughtful meditation）对立——于诗歌事业全无助益。这种对立并不只是肤浅的，它歪曲了真实的关系。对于抒情的品质来说，如果它是真诚的，那么它就不是对一个本身具有某些诗意的主题或情境进行某种透明的“简单的”编辑（redaction）的结果。毋宁说，它是对不同材料极富想象的领会的结果——但是一种极富想象的领会如此真实，以至在读者看来，它不造作，出人意料，没有一刻放松它所处理的复杂难懂的材料。

【附】阿尔弗立德·丁尼生：《眼泪，无用的眼泪》

眼泪，无用的眼泪，我不知它们有何用意。
眼泪从某种神圣而绝望的深处
从心头涌起，汇聚眼中，
注视着幸福的秋日田野

想起那一去不返的时光。

清新如同第一缕阳光闪耀在船帆，
它从地下带上来我们的朋友，
悲伤如同染在船帆的最后一抹残阳
带着我们所有的爱沉入天际；
如此悲伤，如此清新，那一去不返的时光。

啊，哀伤，陌生，如同幽暗的夏日黎明
半睡半醒的鸟儿将最早的鸣唱
送入垂死的耳朵，当垂死的眼睛看到
窗扉渐渐变成朦胧的亮块；
如此哀伤，如此陌生，那一去不返的时光。

亲切如同死后记忆中的亲吻
甜蜜如同为别人装饰在唇上的
无望幻想；深沉如同爱，
如同初恋，不无遗憾的狂乱
哦，生命中的死亡，那一去不返的时光。

（王永 译）

詹姆斯·赖特诗选

王永 译

詹姆斯·赖特(James Wright,1927—1980),生于美国俄亥俄州马丁斯渡口。他的第一部诗集《绿墙》,在1954年获得了“年青诗人耶鲁丛书”奖。他的其他诗集包括:《圣徒犹大》、《树枝不会折断》、《我们可以在河边会合吗》、《诗合集》(1972年获普利策奖)、《两市民》、《意大利夏天的瞬间》、《致一棵开花的梨树》和《这次旅行》。此外,他还翻译过聂鲁达、希门内斯的作品以及中国古诗。

赖特早年以托马斯·哈代和罗伯特·弗罗斯特的诗为榜样。他的早期诗作遵循传统的音尺和诗节,比如他的诗集《圣徒犹大》就运用了固定的形式:意大利十四行,五步抑扬格,押韵。然而,他突然放弃了他前两部诗集中惯用的音尺和押韵。他后来的诗集呈现出开放松散的形式。后来的诗作往往运用口语,在诗篇的组织上也更随意。赖特的诗歌既神清韵远、明心见性,又具有奇异的暗示、联想。在对大自然及动物的书写中,寄寓深永的情思。

以下译诗皆选自赖特的诗集《这次旅行》(This Journey,Random House,New York,1982)。《这次旅行》是他生前最后一部诗集。这部诗集涉及了以下的主题:作者童年与青年时代在俄亥俄的回忆;对自然的、日常生活的敏锐观察；生动易感的欧洲经历。可见，“这次旅行”既可理解为诗人对自己欧洲之旅的追忆，也可理解为他对人生之旅的回顾。

这个和那个

我不能再与她共享
那些高尚的，优雅的颊骨。
我再也看不到轻轻的脚步
走在那些长长的
草茎之下，可爱的青春。

我不会说出
那个地方——一般人
说那是她的
一块沉重的祭石。
他们没错，那些人们。
他们有所不知。

曾经在一阵慌乱中，她冲口而出
她爱我，而我
说了太多。
如果我只是共享
那片沉默，她将
会一切如意。

可是，没有，我煞有介事地

高谈阔论，关于
这个，那个。
如今这个和那个都没了
那些高尚优雅的
颊骨也没了。

我看到轻轻的脚步
在长长的草茎中彷徨。
她走掉了。
而我仍然坐在那里说着。
仿佛我仍能
口吐东风。

四海为家

列昂纳多·达·芬奇，玄武岩的野鹰，
快要死去，
一张破碎的脸失落于紫藤花丛。
遍布他身体的紫藤花
正变得灰暗，即将逝去。
所有流浪者中的最敏锐者
那些靠别人的生命而活得滋润的人
他们不能在列昂纳多身上找到
一条温暖的脉管，而列昂纳多
他自己也快要
死去。

终于能暂时摆脱这个疯子。
尽管紫藤花无处可寻
而海风将列昂纳多击倒，
一只新生的蜥蜴嬉戏在寒冷的阳光里
在列昂纳多的拇指和他的调色板之间。
一只小蜥蜴
慷慨赠予列昂纳多，赠予我
整个春天。

告别列昂纳多，终于摆脱了
这个即将死去的疯子，他不能再养活
那些树丛中的流浪者。
我要带着这条蜥蜴回家，
四海为家，
放心地躺在他身边
在明亮的阳光下。
即便下雨，我们都会仰起我们的脸。
我俩都将变绿。

雨中的羊

在勃艮第*，在奥塞里那边
河流一直通往俄沃伦，
牧草稠密，几天前刚刚修剪
羊群在其间。

它们丰满的身体闪耀
在六月的薄雾中。

羊什么都吃
一直吃到根部。
这或许就是为什么
这些雨中的探测者
在它们吃草时看上去如此从容。
有人把它们放到地里
刚刚一会儿，它们享受着这段美好时光
时光延续着。

勃艮第的牧民会很快回来
在早晨的某个时刻，
把肥胖的羊群赶下围墙
赶进闪光的石头。
这时一个男孩会独自回到草场
护理草场。
牧民对草场非常仁爱，
他们不得不。

* 勃艮第：法国东南部地方的地名，该地盛产红葡萄酒。

别管他

我的麻烦是
我对一些事物忧虑过多，而对它们本该
置之不理。
阿迪杰河*旁被雨水冲洗过的石头
（蜥蜴常在那儿晒太阳）
会重新温暖
在它自己的时间里，不管时间本身
是好还是坏。
我坐在山冈上
远离维罗纳，深知不可能
在傍晚试图偷偷地接近蜥蜴。
无论多么快速地
突袭
或是在矮常青树间慢慢地爬行
在河的转弯处，
他可能在那
也可能不在，就像
阳光取悦于他。
最后一羽光线懒洋洋地落到
阿迪杰河的浮萍上，并会呆很长一会儿
在他抬起的脸上。

*阿迪杰河：意大利北部的一条河流。

是的，但是

即便那是真的，
即便我死了，埋在维罗纳
我相信我会出来洗脸
在寒冷的春泉。
我相信我会出现在
正午与四点钟之间，几乎
所有人都在睡觉或是做爱，
所有的德国人都将摩托熄火，
蒙上，锁好，安静下来。

这时，沿着阿迪杰河，在圣乔治欧旁，丰满的蜥蜴
会出来，眼睛望过水面
不被诱惑纠缠。
我会坐在它们中间，加入它们，
对金色的蚊子置之不理。
为什么我们要坐在阿迪杰河边，毁灭
万物，即使是我们的敌人，即使是猎物
上帝之所以照耀我们
因为我们在太阳下毫不设防。
我们并不疲惫。我们并不愤怒，或是孤独，
或是恶心。
我们轻轻地，轻轻地相爱。我们知道我们正在发光，
尽管我们不能彼此看到。
风没有驱散我们，

因为我们真正的肺已经坠落
像叶子一样在阿迪杰河上飘走，
很久以前。

我们安心下来。

五月的早晨

深入春天，冬天在坚持。他的绝望苦涩而熟谙。苟活在每一处阴影里，沿着地中海，他饿得要死：愤怒地看到闪光的海，苍白的漂石载着绿蜥蜴就像载着犹大离去。冬天在坚持。他仍然相信。他想去抓住蜥蜴的肩膀。格洛塔格里下面的一棵橄榄树迎接冬天进入午间的阴影，像毕达哥拉斯一样轻柔地说话。安静，耐心，我能听到他说。怀抱着受伤的头，让阳光触摸那张粗野的脸。

真实的声音（为罗伯特·勃莱而作）

在北明尼苏达，地表被白沙覆盖。（如果）恰逢太阳已落到松树后面，月亮还没有横过湖面之时，你可以在白色的路上走过。黑暗是一种你随处都能看出很远的黑暗。不管这里有没有光线，都有足够的空间漫游。在太阳消失之后，这些又高又粗的松树全都消失了。这就是为什么这些蓝色的小云杉看起来如此友好，你的眼睛在黑暗中也感到安然。我从没在月亮来临之前触摸过一棵蓝云杉，以免它会用虚假的声音说出话来。你只能听到一棵云杉用它自己的沉默说话。

埃坡的狐狸

他知道所有的狗到处跳跃着，从这条小谷一直到悬崖牧场，到荆棘谷灯塔，到更远的地方。这些狗被驯养地绝不杀他。所以每晚，在黎明结束之前，他会从乡间小路的篱笆边温柔地潜出，优雅地坐着，带着一种疲倦的消遣注视着，直到黑暗到了海中央。

时光

曾经，用一只无力的脚踝，我试图行走。我所能做的只是慢慢地转上一两步，然后坐下。肯定是有某些事物的平衡来推动地球。可是，今天早上，一只小燕鸥正鼓足气力飞越爱奥尼亚海。从我站的地方看去，他仿佛仅有一只翅膀。或许，在阳光下我的眼睛有些不对劲，或许，对于从他的左肩垂落下的影子我有所不知。可是现在，这影子于我无益。他已经把它丢到海里。肯定是有某些事物的平衡来推动地球。可是他不再推动地球。我的两只脚踝都很强壮。我的头发白了。

后　记

是足迹，总要留在时光里。

蒐集在这部书里的是我从事诗学研究以来的部分文字。1998年师从诗歌评论家陈超先生读研，多蒙其指导和鼓励，一些小诗和诗评在《飞天》《诗刊》《诗探索》等刊物发表，便算是走上了以诗歌评论、研究为主要方向的学术之路，迄今已近二十年矣。虽然硕士毕业后，到石家庄陆军指挥学院任教5年，从事军事教育技术相关教学，但诗歌和诗歌批评并未完全放下。2005年，又考入首都师范大学中国诗歌研究中心，跟从著名诗歌评论家吴思敬先生读博，得其亲炙，并多次参加先生组织的诗学会议，获益良多，更坚定了走诗学研究道路的信心和勇气。然而，由于资质驽钝，性喜懒散，加之到这座以皇帝之名命名的小岛十年来，舌耕于杏坛，教学任务委实繁重（曾有一年，上的课多达11门次），学术功力并未有大精进，思之汗颜。

这部著作是从我累积下来的五十余万字中萃取而成的，最早的一篇《“毕晓普”的启示》完成于20世纪末。围绕着二十年来我所从事的诗学研究，分成了四辑：诗人研究、诗作细读、著作评论、诗学翻译，这也便是我所起的书名“通往诗学的交叉小径”所寓之意。我通过这些“小径”得以管窥诗学之堂奥。在这些“小径”上也留下了我歪斜的或深或浅的足迹。

这是我第一部专著，虽不无敝帚自珍之意，而又自知鄙陋，羞于献芹。但按照惯例，同时也是发自衷心，对于在此书完成过程中的给予帮助的人表达谢意实有必要。德高望重的“诗坛引渡者”、我的博士生导师吴思敬先生，我的同门师兄、年轻有为的张立群先生百忙之中为拙著作序撰评，亦为拙著张目增色，心中不胜感铭。书中所辑这些文章大多在《诗探索》《中国诗人》《名作欣赏》《诗潮》《诗歌月刊》《燕山大学学报》《长沙理工大学学报》等刊物发表，在此致谢。另外，在诗人研究专辑中，《“我对你陈述我的一切，有如内心的独自交谈”》《在沙地重建巴别塔》《“它们选择站在一场大风中，必有深深的用意”》三篇论文，我的学生姜一凡、孙自秀、吴惜文分别参与了资料整理与研讨，是我们共同完成的。我的研究生杨洋也参与了这部书稿的初步编辑，一并感谢。最后还要感谢燕山大学出版社责任编辑的辛苦劳动。

是为后记。

时维戊戌仲冬，王永于听雨轩